# 인생

# 인생

위화 장편소설

백원담 옮김

푸른숲

# 한국 독자에게

《인생》은 1992년 중국의 〈수확〉이라는 잡지에 발표했고, 96년에 한국에서 출판되었다. 오늘날까지 《인생》은 42개의 언어로 서로 다른 나라에서 출판되었는데 한국은 가장 먼저 출판한 나라 중 하나이다. 이 소설을 번역해준 백원담 교수와 푸른숲 출판사에 감사를 표한다. 당신들이 내 작품을 한국에 데려가주었다. 당연히 제일 중요한 감사의 뜻은 한국의 독자에게 전해야 한다. 여러분의 열독이 나와 출판사를 깊이 고무시킨다.

이것은 네 번째 한국어판 서문인데 뭘 써야 할지 모르겠다. 《인생》에 관해서는 중국에서나 외국에서나 너무나 많은 말을 해서 이번에는 다른 얘기 하나를 해야겠다. 장이머우 감독과의 이야기다.

내 소설 《인생》의 최초 국외 출판은 장이머우 감독의 영화 〈인생〉에 영향을 얻은 바 크다 하겠다. 이 기회를 빌려 영화 〈인생〉에 관해 이야기해보겠다. 당초 장이머우 감독과 이야기하던 작품은 《인생》

5

이 아니라《강변의 착각(河邊的錯誤)》이라는 소설이었다. 몇 차례 토론 끝에 진전이 더디고, 한담을 나누다가 장 감독이 신작은 뭐 없냐고 물어왔다. 그 당시 〈수확〉 잡지사에서《인생》의 교정쇄를 보내온 시점이어서 그 원고를 장 감독에게 건넸고, 장 감독은 〈수확〉에 발표되기 전에《인생》을 읽은 첫 번째 독자가 되었다.

장이머우 감독은 작품을 각색할 때 원작을 맹목적으로 옮기지 않고, 현실에 대한 자신의 이해와 느낌을 접목시켰다. 그리하여 1993년 11월의 어느 날 밤, 〈인생〉을 처음 봤을 때 내 소설 같지 않다는 느낌을 받았다. 그 당시 통화를 했고, 내 불만을 전하며 심지어《인생》이라는 제목도 쓸 필요 없다고 했다. 장이머우 감독은 성격이 좋은 사람이었다. 그는 온화한 목소리로 왜 제목을 그대로 써야 하는지 설명을 했다.

《인생》이 다른 언어로 번역되어 각기 다른 나라에서 출판된 후 1990년대 중반부터 빈번한 해외여행이 시작되었는데 책과 관련된 행사는 많이 배제되고, 영화를 상영하고, 나는 장이머우 감독을 대신하여 관객과의 대화를 하기도 했다. 당시 장이머우 감독은 몹시 바빴기에 초청을 하려야 할 수가 없었고, 나는 한가했기에 초청을 받기만 하면 갔다. 그리하여 나는 외국에서 스무 번 넘게 영화를 봤고, 나중에는 도저히 보기가 싫어 극장 밖에 나와 할 일 없이 길가에 서 있었다. 그러면 관계자가 다가와 열심히 외국어로 뭐 필요한 게 없느냐고 물었고, 외국어를 이해할 수 없었기에 지루할 때까지 거리에 서 있다가 다시 극장 안으로 들어가곤 했다. 이렇게 외국에서 〈인생〉을 스무 번 넘게 본 이후 갑자기 이런 생각이 들었다. 왜 소설은 영화 같지 않을까? (왜 소설은 영화만 못 할까?)

이 얘기를 하는 이유는 사람들은 자신이 가장 익숙한 것이 가장 좋은 거라 느끼곤 한다. 익숙함이란 자신의 습관과 생각에 따라 진행되고, 익숙지 않은 것은 자신의 생각과 습관과 부딪히기 때문이다.

그 후로 장이머우의 〈인생〉에 관해 물어오면 한 치의 주저도 없이 이렇게 대답하곤 했다.

"위대한 영화지요."

2023년 8월 9일
위화

# 10년 만의 만남

만약 작가가 자신의 작품에 어떤 권위를 갖는다면, 아마도 그 권위는 작품이 완성되기 전까지만 유효할 것이다. 작품이 완성되면 작가의 권위는 점차 사라진다. 이제 더 이상 그는 작가가 아니라 한 사람의 독자이기 때문이다. 이것이 바로 지난 몇 년간 나의 옛 작품들을 읽으며 내가 느낀 감회다. 시간이 흐를수록, 이미 완성한 내 작품을 읽을 때 내 안에서는 종종 낯설다는 느낌이 솟아오른다.

모든 독자는 자신의 일상적인 경험과 상상력에 기초해 문학작품을 읽는다. 만약 이 작품이 누군가의 마음을 움직였다면, 분명 그의 마음속 깊은 곳에 숨어 있던 어떤 생각과 감정을 일깨웠기 때문일 것이다. 또한 이 작품에 대한 그의 이해와 감상은 다른 독자는 물론, 작가의 그것과도 전혀 다를 것이다.

나는, 작가로서, 동일한 내 작품이라도 읽을 때마다 다른 느낌을 받는다. 생활이 변했고, 감정도 변했기 때문이다. 그래서 나는 작가가 자기 작품의 서문에 쓰는 내용은 사실 한 사람의 독자로서 느낀 바라고 말하고 싶다.

모든 독자는 문학작품에서 자기가 일상에서 느껴온 것들을 찾고 싶어 한다. 작가나 다른 누군가가 아니라 바로 자기가 느껴온 것 말이다. 문학의 신비로운 힘은 여기서 나온다. 모든 작품은 누군가가 읽기 전까지는 단지 하나의 작품일 뿐이지만, 천 명이 읽으면 천 개의 작품이 된다. 만 명이 읽으면 만 개의 작품이 되고, 백만 명 혹은 그 이상이 읽는다면 백만 개 혹은 그 이상의 작품이 된다.

내 작품들이 한국에 소개된 지 십 주년이 되는 올해, 푸른숲에서 장편소설《인생》,《허삼관 매혈기》,《가랑비 속의 외침》과 중편소설집《세상사는 연기와 같다》, 단편소설집《내게는 이름이 없다》의 개정판을 출간하기로 했다고 한다. 이를 위해 올 사월 푸른숲의 김혜경 사장님이 특별히 항저우를 방문해 나와 개정판에 대한 이야기를 나누었다.

김혜경 사장님은 내가 개정판을 위한 서문을 써줬으면 하셨다. 이 다섯 권이 한국에 처음 소개될 때, 나는 이미 다섯 권 각각에 서문을 썼다. 한국 독자에게 하고 싶은 말은 그때 이미 다 했다고 생각한다. 지금은 감사의 말을 전해야 할 때다.

지난 십 년간 나를 존중하고 지지해준 김혜경 사장님과 푸른숲에 감사의 말씀을 전한다. 그분들의 노력과 열정 덕분에 내 옛 작품들이 한국에서 매년 쇄를 거듭할 수 있었다. 또한 이미 푸른숲을 떠났지만, 내 작품들이 출간될 때 정성과 심혈을 기울여준 김학원 선생과 지평님 선생께도 감사드린다. 그리고 네 분의 번역자 선생님들, 즉 백원담 교수, 최용만 선생, 박자영 선생, 이보경 선생께도 감사의 말씀 올린다. 그분들의 훌륭한 번역 덕분에 내 작품이 한국에 뿌리 내리고 꽃을 피울 수 있었다. 내 작품이 출간되기 전에 남모를 도움을 주었던, 나와 같은 일을 하는 한국 친구 공지영 선생께도 감사드린다. 또 내가 존경하는 한국의 선배 작가 이문구 선생이 대단히 적극적으로 내 작품을 추천해준 일도 빼놓을 수 없다. 그 밖에 김정환, 김민기, 전인권, 최원식, 안동규 선생 등등 내가 아는, 혹은 아직 알지 못하는 모든 한국 친구들에게 이 말을 꼭 전하고 싶다. 내 감사의 마음은 유유히 흐르는 한강처럼 그렇게 언제까지나 변함없을 거라고.

2007년 5월 5일
위화

# 개인과 그 운명의 우정

나는 이 작품을 어떻게 설명해야 할지 모르겠다. 이러한 의무를 작가에게 지우는 것은 무척이나 난감한 일이다. 그러나 나는 한번 시험해보기로 했다. 한국의 독자들이 나의 이런 모험을 받아들여줬으면 하는 마음이다.

이 작품의 원제 '살아간다는 것(活着)'은 매우 힘이 넘치는 말이다. 그 힘은 절규나 공격에서 나오는 게 아니라 인내, 즉 생명이 우리에게 부여한 책임과 현실이 우리에게 준 행복과 고통, 무료함과 평범함을 견뎌내는 데서 나온다.

《인생》이라는 작품은 개인과 운명의 우정을 이야기하고 있다. 이것은 가장 감동적인 우정이다. 왜냐하면 그 둘이 서로 감사하면서도, 동시에 서로 증오하기 때문이다. 사람과 그의 운명은 서로 상대방을 포기할 방법이 없고, 서로 원망할 이유도 없다. 그들은 살아가는 동안은 흙먼지 풀풀 날리는 길을 함께 가고, 죽을 때는 빗물과 진

12

흙 속으로 함께 녹아든다. 아울러《인생》은 사람이 어떻게 엄청난 고난을 견뎌내는가에 관한 이야기다. 중국 속담에 '머리카락 하나에 3만 근을 매달아도 끊어지지 않는다'는 말이 있는 것처럼 말이다.

또한 나는《인생》이 눈물의 넓고 풍부한 의미와 절망이란 존재하지 않는다는 것, 그리고 사람은 살아간다는 것 자체를 위해 살아가지, 그 이외의 어떤 것을 위해 살아가는 것은 아니라는 사실을 말하고 있다고 믿는다.

물론《인생》에는 우리 중국인들이 최근 수십 년 동안 얼마나 어렵게 살아왔는가 하는 이야기도 담겨 있다. 그리고 나는《인생》에서 풀어낸 이야기가 이 정도에서 그치지 않는다는 것도 잘 안다. 문학이란 바로 이런 것이다. 그것은 작가가 의식하는 것뿐만 아니라 의식하지 못한 것까지도 이야기한다. 독자는 바로 이러한 순간에 일어나 자기 목소리를 내는 것이다.

마지막으로 한국의 푸른숲 출판사와 옮긴이 백원담 선생에게 감사드린다. 그들의 노력으로《인생》이 다른 언어로 한국에서 빛을 보게 되었다.

1996년 10월 17일
위화

# 마음의 소리

진정한 작가는 언제까지나 마음을 향해 글을 쓴다. 마음의 소리만이 그의 이기심과 고상함이 얼마나 두드러지는지를 그에게 솔직하게 말해줄 수 있다. 마음의 소리는 작가가 진실로 자신을 이해할 수 있게 한다. 자신을 이해하면, 곧 세계를 이해한 것이다.

아주 오래전에 나는 이러한 원칙을 깨달았다. 그러나 이러한 원칙을 지키는 데는 힘겨운 노동과 오랜 시간의 고통이 뒤따랐다. 마음은 결코 아무 때나 열리는 것이 아니며, 더 많은 경우 오히려 문을 닫아버리기 때문이다. 따라서 글을 써야만, 쉬지 않고 글을 써야만 마음의 문을 열 수 있고, 자기를 발견할 수 있다. 마치 떠오르는 태양빛이 어둠을 비추듯, 영감은 이런 순간에야 불현듯 떠오르는 법이다.

오래전부터 내 작품은 모두 현실과의 긴장 관계에서 나왔다. 나는 상상에 빠져 있었고, 또 현실에 단단히 얽매어 있었다. 나는 자아의 분열을 분명하게 느꼈고, 나 자신을 순수하게 할 방법을 찾지 못했다. 예전에 나는 동화 작가가 되고 싶었다. 그게 아니라면 진정으로 참된 작품을 소유한 사람이 되고 싶었다. 이 둘 중의 어느 하나라도 될 수 있다면, 내 마음 깊은 곳의 고통이 한층 가볍고 미약해지리라 생각했다. 동시에 내 역량도 그만큼 쇠잔해갈 테지만…….

사실상 나는 지금과 같은 작가가 될 수 있을 뿐이다. 나는 언제나 마음이 요구하는 대로 글을 쓴다. 냉철한 이성은 나의 글쓰기를 대체할 수 없다. 바로 그런 이유로 나는 아주 오랜 세월 분노에 가득 찬, 또 냉혹하기 이를 데 없는 작가였다.

이것은 나 혼자만 맞닥뜨린 어려움이 아니다. 우수한 작가라면 누구나 현실과 긴장 관계에 있다. 그들의 붓끝에서 현실이 요원한 상태에 처하게 될 때만이 그들 작품 속 현실이 찬란히 빛을 발할 수 있다. 지나간 현실은 온통 매력적으로 보이지만 거기에는 이미 한 층의 비현실적인 색채가 덮여 있고, 그 속은 개인적인 상상과 이해로 꽉 막혀 있다는 사실을 알아야 한다. 진정한 현실은 역시 작가의 일상 속 현실이며, 사람들이 이해하기 어렵고 함께 어울려 지내기 어려운 현실이다.

작가는 아침저녁으로 대하는 현실을 표현해내야 한다. 그는 종종 그 일이 정말 감당하기 어렵다고 여긴다. 무섭게 달려드는 진실들은 대개 추악하고 음험한 것을 하소연해오기 때문이다. 왜 이상한 것은 죄다 여기에 있는지. 왜 추악한 사물이란 사물은 다 내 옆에 있고, 아름다운 것은 머나먼 바다 끝에서 가물거리는지. 다시 말해서 인간의 우애와 동정심은 늘 정서의 형태로 다가오지만, 그와 상반되는 사실들은 오히려 손만 뻗으면 바로 만질 수 있다는 얘기다. 한 시인이 말한 것처럼 "인류는 지나치게 많은 진실은 감당해낼 수 없다."

일생 동안 자아와 현실의 긴장 관계를 풀어가는 작가도 있다. 포크너가 가장 성공적인 예로, 그는 화해의 길을 찾았다. 그는 중간 상태의 사물을 묘사하면서 아름다운 것과 추악한 것을 모두 포용했다. 그는 미국 남부의 현실을 역사와 인문정신 속에 펼쳐놓았다. 이것이 바로 진정한 의미에서의 문학 현실이다. 왜냐하면 그것이 과거와 미래를 이어주기 때문이다.

성공하지 못한 작가들도 현실을 묘사하기는 한다. 그러나 그들의 붓끝에서 나오는 현실이 폭로하는 것은 단지 하나의 환경, 즉 단단히 굳거나 죽어버린 현실일 뿐이다. 그들은 인간이 어떻게 살아왔는지, 또 어떻게 살아갈지를 제대로 볼 줄 모른다. 그런 작가들이 시시콜콜 따지기 좋아하는 인물을 묘사할 때, 우리는 작가 본인이 바로 그렇게 따지기 좋아하는 사람이란 걸 알 수 있다. 이런 작가는 있는 그대로의 실재를 묘사할 뿐, 현실을 묘사하는 작품을 쓰고 있는 게 아니다.

앞에서도 말했듯이 나는 현실과 긴장 관계에 있다. 좀더 심각하게 말하자면, 나는 줄곧 현실을 적대적인 태도로 대했다. 시간이 흐르면서 마음속의 분노가 점차 사그라지자, 나는 진정한 작가가 찾으려는 것은 진리, 즉 도덕적인 판단을 배격하는 진리라는 걸 깨달았다. 작가의 사명은 발설이나 고발 혹은 폭로가 아니다. 작가는 독자에게 고상함을 보여줘야 한다. 여기서 말하는 고상함이란 단순한 아름다움이 아니라, 일체의 사물을 이해한 뒤에 오는 초연함, 선과 악을 차별하지 않는 마음, 그리고 동정의 눈으로 세상을 대하는 태도다.

바로 이러한 심정으로 나는 미국의 민요 〈톰 아저씨〉를 들었다. 노래 속 늙은 흑인 노예는 평생 고통스런 삶을 살았고, 그의 가족은 모두 그보다 먼저 세상을 떠났다. 하지만 그는 원망의 말 한마디 없이 언제나처럼 우호적인 태도로 세상을 대했다. 이 노래는 내 마음 깊은 곳을 울렸다. 그래서 나는 이런 소설을 쓰기로 했고, 그것이 바로 이 책《인생》이다. 이 소설에서 나는 사람이 고통을 감내하는 능력과 세상에 대한 낙관적인 태도에 관해 썼다. 글을 쓰는 과정에서 나는 깨달았다. 사람은 살아간다는 것 자체를 위해 살아가지, 그 이외의 어떤 것을 위해 살아가는 것은 아니라는 사실을. 나는 내가 고상한 작품을 썼다고 생각한다.

1993년 7월 27일
하이옌에서
위화

**일러두기**

1. 이 책은 《살아간다는 것》의 개정판이다.

2. 이 책의 외래어 표기는 국립국어원의 외래어 표기법 및 표기 용례를 따랐다. 단, 신해 혁명 이전 인물의 경우 우리식 한자 발음으로 굳어진 예가 많아 이런 원칙에서 예외로 허용했다.

3. 괄호 안의 보충 설명은 모두 옮긴이가 덧붙인 것이다.

# 1

10년 전에 나는 한가하게 놀고먹기 좋은 직업을 얻었다. 그것은 바로 촌에 가서 민요를 수집하는 일이었다. 그해 여름 내내 나는 어지러이 노니는 참새처럼, 시끄러운 매미 소리와 햇빛 가득한 시골 마을 들녘에서 빈둥거렸다.

나는 농민들이 즐겨 마시는 씁쓰레한 찻물을 좋아했다. 그들은 대개 차통을 밭둑의 나무 밑에 놔두곤 했다. 나는 아무 거리낌 없이 찌꺼기가 잔뜩 낀 찻잔을 들어 찻물을 따라 마셨고, 더불어 내 물병까지 가득 채웠다. 그러고는 밭에서 일하는 남자들과 한바탕 음탕한 얘기를 하며 노닥거렸는데, 그럴 때면 내 시답잖은 얘기에 아가씨들이 남몰래 키득거리곤 했다. 그 웃음소리를 뒤로 하고, 나는 아무 일도 없었다는 듯 유유히 자리를 떴다.

어느 날은 참외밭을 지키는 노인과 오후 내내 함께 앉아 노닥거렸는데, 내 평생 그렇게 많은 참외를 먹기는 처음이었다. 얼마나 먹었던지 자리에서 일어나 작별 인사를 할 때는 애 밴 여자처럼 배가 불룩해 걸음조차 떼기 힘들었다. 그러고 나서 할머니뻘 되는 여자와 문간에 앉아 있노라니, 그녀는 짚신을 삼으며 '시월의 잉태'라는 노래를 들려주었다.

그 시절 내가 제일 좋아했던 일은 저녁 무렵 농민들의 집 앞에 앉아, 그들이 우물물을 길어 땅바닥에 뿌리며 풀풀 날리는 먼지를 잠재우는 모습을 망연히 바라보는 것이었다. 또 석양빛이 나뭇가지 끝을 비추는 정경을 바라보며 그들이 건네준 부채를 들고 소금처럼 짠 음식을 함께 맛보고, 젊은 처자들을 훔쳐보며 남정네들과 한담을 나누던 일 또한 즐거운 기억으로 남아 있다.

나는 밀짚모자를 쓰고 슬리퍼를 끌면서 다녔다. 또 허리띠 뒤쪽에는 수건을 매달았는데, 걷다 보면 그것은 꼭 양의 꼬리처럼 엉덩이 위에서 흔들거렸다. 그런 모습으로 온종일 입을 쫙 벌리고 하품을 하면서 좁은 밭둑길을 느릿느릿 거닐다 보면, 슬리퍼가 팔딱팔딱 소리를 내며 흙먼지를 날리는 게 마치 차바퀴가 털털거리며 지나가는 것 같았다.

나는 여기저기 돌아다니긴 했지만, 어느 마을에 갔고 어느 마을에는 안 갔는지 잘 분간하지 못했다. 마을 가까이 가면 종종 아이들이 나를 보며 웅성거리는 소리를 들을 수 있었다.

"노상 하품하는 그 사람 또 왔네."

그러면 마을 사람들은 음담패설이나 지껄이고, 구슬픈 노래를 천연덕스럽게 불러대는 사람이 또 찾아왔다는 걸 알 수 있었다. 사실 모든 엉큼한 이야기, 구슬픈 노래는 다 그들에게 배운 것이었다. 나는 그네들이 무엇에 흥미를 느끼는지 알고 있었고, 그것이 자연스레 내 취미가 되었을 뿐이다.

언젠가 울고 있는 한 노인을 만났다. 그는 코가 시퍼렇게 멍들고 얼굴이 잔뜩 부은 채로 밭둑에 앉아 있었는데, 가슴 가득한 슬픔으로 감정이 격해진 상태였다. 노인은 내가 다가가는 걸 보고는 하늘을 향해 더 크게 울기 시작했다. 누가 이렇게 만들었느냐고 물으니, 그는 손가락으로 바짓가랑이 속의 진흙을 파내며 분노에 찬 말투로 불효막심한 아들이 자신을 이 모양으로 만들었노라고 대답했다. 도대체 왜 이런 못돼먹은 짓거리를 했느냐고 다시 묻자, 그는 더듬더듬 얼버무리며 말을 잇지 못했다. 그 순간 나는 그 노인이 며느리를 덮치려다가 아들에게 들켰다는 걸 알아챘다.

또 어느 날 저녁에는 손전등을 들고 밤길을 가다가 연못가에 이르렀는데 벌거벗은 두 사람이 불빛에 비치는 게 아닌가. 한 사람이 다른 한 사람을 누르고 있었는데 손전등을 비추자 두 몸뚱이는 꼼짝도 하지 않았다. 다만 손 하나가 넓적다리를 긁적긁적하기에, 나는 얼른 손전등을 끄고 자리를 떴다.

한번은 농번기의 한낮에 대문을 활짝 열어놓은 집에 들어가 물을 찾는데, 짧은 속곳 차림의 남자가 허둥지둥 나를 우물가로 끌고 가더니 슬며시 물 한 바가지를 부어주고는 생쥐처럼 집 안으로 달아났다. 이런 일은 내가 흥얼거리는 노래만큼이나 많이 일어났다. 나는 빈틈없이 파릇파릇한 토지를 보고 있으면, 농작물이 어떻게 그처럼 왕성하게 자라나는지를 한결 잘 이해할 수 있었다.

그해 여름 나는 거의 연애를 할 뻔했다. 내 눈과 마음을 한없이 즐겁게 해준 한 여자아이를 만났는데, 그녀의 까무잡잡한 얼굴은 지금까지도 눈이 부실 만큼 생생하다. 처음 봤을 때, 그녀는 바지를 걷어 올리고 물가의 풀 위에 앉아 대나무 막대기로 한 무리의 살찐 오리들을 지키고 있었다. 그 열예닐곱 살의 여자아이는 매우 수줍어하며 그 푹푹 찌던 오후를 나와 함께 보냈다. 그녀는 얼굴에 웃음을 띨 때마다 고개를 깊숙이 숙였다. 나는 그녀가 걷어 올렸던 바짓가랑이를 살며시 내리는 모습과 자기의 벗은 발을 풀덤불 속에 숨기려 애쓰는 모습을 눈여겨보았다.

그날 오후 나는 그녀와 놀러나갈 계획을 되는 대로 지껄였는데, 그녀는 내 얘기에 놀라기도 하고 즐거워하기도 했다. 되는 대로라고 했지만, 사실 그때는 나 역시 흥분한 상태였기 때문에 그 말들은 모두 진심에서 우러나온 것이었다. 하지만 소처럼 기운 센 그녀의 세 오빠가 나타났을 때, 나는 소스라치게 놀라 당장 도망가지 않으면 꼼짝없이 그녀를 아내로 맞이해야 한다는 걸 간파했다.

내가 푸구이라는 노인을 만난 건 여름이 막 시작될 무렵이었다. 그날 오후 나는 잎이 무성하게 자란 나무 밑을 지나가고 있었다. 면화는 이미 다 거둔 뒤였고, 밭에서는 수건 쓴 여자 몇몇이 면화 줄기를 뽑고 있었다. 그들은 시도 때도 없이 엉덩이를 흔들며 면화 뿌리에서 진흙을 털어내고 있었다.

나는 밀짚모자를 벗고, 뒤춤의 수건을 빼서 얼굴의 땀을 닦았다.

옆에는 햇빛을 받아 누런빛을 띠는 연못이 있었다. 나무에 기대어 연못을 마주보고 앉았는데, 금방 잠이 쏟아졌다. 그래서 풀덤불에 누워 모자로 얼굴을 덮고 가방을 베개 삼아 나무 그늘에서 눈을 붙였다.

지금보다 열 살 어렸던 시절의 나는 그처럼 나뭇잎과 풀덤불 사이에 누워 두 시간을 잤다. 중간에 개미 몇 마리가 다리 위로 기어 올라왔지만, 잠결에도 의연하고 정확하게 손가락으로 그놈들을 튕겨버렸다. 한참 단잠을 자고 있는데 물가에라도 온 것처럼 멀리서 한 노인이 대나무 뗏목을 저어가며 낭랑한 목소리로 고함치는 소리가 들렸다. 애써 꿈에서 벗어나 돌아와 보니 그 소리가 현실에서 또렷하게 울려 퍼지고 있었다. 몸을 일으켜 살펴보니 근처 밭에서 한 노인이 소에게 훈계를 늘어놓고 있었다.

밭을 갈던 소는 이미 피곤에 지친 듯 고개를 숙인 채 그 자리에 서 있었고, 뒤에서 웃통을 벗고 밭을 매는 노인은 소의 소극적인 태도를 불만스러워하는 듯 보였다. 노인이 소에게 목청껏 야단치는 소리가 들렸다.

"소는 밭을 갈아야 하고, 개는 집을 지켜야 하며, 중은 탁발을 해야 하고, 닭은 새벽을 알려야 하며, 여자라면 베를 짜야 하는 법. 그런데 너는 어째서 소 주제에 밭을 안 갈겠다는 거야? 이건 예부터 전해온 도리라고. 가자, 가자."

피곤한 소는 노인이 외치는 소리를 알아들은 듯 고개를 들고 쟁기를 끌며 앞으로 나아갔다.

노인의 등과 소의 등이 똑같이 까무잡잡해 보였다. 저물어가는 두 생명이 오래된 밭을 확확 갈아엎는 모습이 꼭 수면 위로 오르락내리락 하는 파도 같았다. 이윽고 투박하긴 하지만 어딘가 모르게 사람을 감동시키는 노인의 목소리가 선명하게 들려왔다. 노인은 옛날 노래를 부르기 시작했다. 먼저 "어허어허" 도입부를 길게 뽑더니, 뒤이어 두 마디 노랫말이 나왔다.

황제는 나를 불러 사위 삼겠다지만
길이 멀어 안 가려네.

길이 멀어 황제의 사위가 되지 않겠다는 것이다. 노인의 자신만만함에 나도 모르게 웃음이 났다. 그러나 소의 걸음이 느려지자 노인은 이내 다시 고함을 질렀다.

"얼시! 유칭! 게으름 피워선 안 돼. 자전! 펑샤! 잘하는구나. 쿠건! 너도 잘한다."

소 한 마리에 이렇게나 이름이 많다니? 이상하다는 생각이 들어 밭께로 가서 노인에게 물었다.

"이 소는 도대체 이름이 몇 개나 됩니까?"

노인은 쟁기를 붙들고 서서 나를 위아래로 한 번 훑어보더니 물었다.

"당신, 성안 사람이지?"

"네."

나는 고개를 끄덕였다. 노인이 의기양양하게 말했다.

"내 한눈에 알아봤지."

"이 소는 대체 이름이 몇 개냐구요."

"이 소 이름은 푸구이야, 그거 하나지."

"노인장께서는 방금 이름을 여러 개 부르지 않으셨습니까?"

"아……"

노인은 기쁜 얼굴로 웃으며, 나를 향해 다소 신비롭게 손을 휘저었다. 내가 다가서자 막 말을 시작하려다 말고 고개를 치켜든 소를 꾸짖었다.

"엿듣지 마. 고개 숙여."

그러자 소는 과연 고개를 숙였다. 그러자 노인이 목소리를 낮춰 말했다.

"소가 자기만 밭을 가는 줄 알까 봐 이름을 여러 개 불러서 속이는 거지. 다른 소도 밭을 갈고 있는 줄 알면 기분이 좋을 테니 밭도 신나게 갈지 않겠소?"

노인의 거무스름한 얼굴에 떠오른 미소가 쏟아지는 햇살 속에서 더욱 생기 있게 보였다. 얼굴에 깊게 팬 주름이 흥이 나는 듯 움찔거리자, 그 골마다 진흙이 꽉 들어찬 모습이 마치 밭 사이사이로 난 작은 길처럼 보였다.

노인은 그 햇빛 쏟아지는 오후에 나와 함께 잎이 무성하게 자란 나무 아래 앉아, 자기가 살아온 이야기를 들려주었다.

40여 년 전, 아버지는 항상 이 근처를 왔다 갔다 하셨다네. 검은색 비단옷을 입고, 두 손은 늘 등 뒤로 해서 뒷짐을 지고 다니셨지. 대문을 나설 때면 어머니께 이렇게 말씀하시곤 했네.

"우리 땅에 좀 가보리다."

아버지가 당신 전답에 가시면, 일하던 소작인들은 모두 두 손으로 호미를 잡고 공손하게 인사를 드려야 했네.

"나리 마님."

들에서는 그렇게 불렀지만 성안에 가면 그곳 사람들은 모두 아버지를 선생이라고 불렀어. 아버지는 그처럼 지체 높은 분이셨지만, 대변을 볼 때만큼은 가난한 사람처럼 행동하셨지. 집 안의 침상 옆에 있는 변기에서 대변보는 걸 싫어하셨고, 짐승처럼 들에서 누기를 좋아하셨어. 아버지는 저녁마다 트림을 하셨는데, 끄윽 하는 소리가 꼭 청개구리 울음소리 같았지. 시원하게 트림을 하시고는 집 밖으로 나가 느릿느릿 마을 어귀의 변소로 가셨다네.

변소에서는 똥통 가장자리에 묻은 오물을 피하기 위해 발을 들어 위쪽을 밟고 올라가 앉으셨지. 연세가 많아서 똥도 늙었는지 쉽게 나오지 않았던 모양이야. 그때 우리 식구는 모두 아버지가 마을 어귀에서 끙끙거리는 소리를 들을 수 있었지.

수십 년 동안 아버지는 줄곧 그렇게 대변을 보셨는데, 환갑을 넘긴 다음부터는 똥통에 한번 앉으시면 반나절이 훌쩍 지나갔어. 그때 아버지의 두 다리는 새 발톱처럼 힘이 있었지. 아버지는 거기 앉아 하늘빛이 서서히 어두워지면서 당신 소유의 밭이 어스름에 덮이는 걸 보기 좋아하셨다네. 내 딸 평샤는 서너 살 때 마을 어귀로 달려가 할아버지가 똥 누는 모습을 구경하곤 했는데, 아버지는 아무래도 나이가 많아서 똥통 위에 있을 때면 다리가 후들거렸던 모양이야. 그러면 평샤는 이렇게 묻곤 했대.

"할아버지, 왜 움직이세요?"

그러면 아버지는 이렇게 대답하셨다지.

"바람이 불어서 그런 거야."

당시는 아직 우리 집안이 망하지 않았을 때라, 우리 쉬씨 집안 소유의 땅이 100묘가 넘었어. 여기서부터 저기 보이는 공장 굴뚝까지가 모두 우리 땅이었어. 아버지와 나는 꽤 먼 곳까지 호방하기로 소문난 부자였지. 우리 둘이 길을 갈 때면 신발 소리가 마치 동전이 쩔렁거리는 소리처럼 들렸을 게야.

내 아내 자전은 성안에 있는 미곡상집 딸이었다네. 그 사람도 있는 집안 출신이었지. 돈 있는 집 딸이 돈 있는 집에 시집오니 돈이 쌓이고 쌓여 돈 위로 짤그락짤그락 소리를 내며 흘러넘쳤다네. 하지만 그런 소리도 내 나이 마흔 되어서는 더 이상 듣지 못했어.

나는 우리 집안을 망친 놈이야. 아버지 말씀대로 나는 불효자였다네. 나는 몇 년간 서당에 다녔는데, 두루마기를 입은 훈장님이 나한테 책을 읽으라고 할 때가 가장 재미있었지. 나는 자리에서 일어나 선장본(線裝本) 《천자문》을 들고 훈장님께 이렇게 말했다네.

"잘 들어봐. 아버지가 너한테 한 구절 읽어줄 테니까."

나이 많은 훈장님은 우리 아버지한테 이렇게 말했지.

"댁의 도령은 크면 틀림없이 건달이 될 거요."

나는 어려서부터 구제불능이었어. 이건 아버지가 하신 말씀이야. 훈장님은 나처럼 썩은 나무는 다듬을 수 없다고 하셨지. 이제 와서 돌이켜보면 다 맞는 말씀이지만, 그때는 그렇게 생각하지 않았다네. 그때 난 '나한테는 돈이 있어. 그리고 난 쉬씨 집안의 유일한 향불이니 내가 재가 되면 쉬씨 가문은 대가 끊기게 된다구'라고 생각했지.

서당에 갈 때 나는 발에 흙을 묻히는 법이 없었다네. 우리 집 일꾼이 나를 업어서 데려다주고, 또 공부가 끝날 때쯤이면 그 자리에 다시 와서 공손하게 허리를 굽히고 있었거든. 그러면 나는 훌쩍 올라타 그의 머리를 때리며 소리쳤지.

"창건, 달려."

달려가는 창건의 등에서 흔들거리는 내 모습은 마치 나뭇가지에 앉은 참새 같았다네. 나는 또 이렇게 소리치곤 했지.

"날아라."

그러면 창건은 걷다가 뛰다가 하면서 나는 시늉을 했지.

커서는 성안에 가는 걸 좋아해서 열흘에서 보름은 집에 들어가지 않았어. 나는 하얀 비단 옷을 입고 머리에는 반지르르하게 기름을 바르고 다녔는데, 그런 모습으로 거울 앞에 서면 머리에 온통 참기름을 바른 듯해 돈 있는 태가 났지.

나는 또 기생집에 가서 경박한 여자들이 밤새 교태부리며 내는 신음소리를 즐겨 들었다네. 그 소리를 듣고 있으면 어딘가 가려운 데를 긁어주는 느낌이었어. 사람이란 게, 일단 기생과 놀아났으면 그 다음엔 도박에 손대지 않을 수 없는 법. 여자와 도박은 팔과 어깨처럼 이어져 있어 떼려야 뗄 수 없는 관계거든. 나중에는 도박을 더 좋아했고, 기생은 단지 한숨 돌리기 위한 것일 뿐이었어. 물을 많이 마시면 소변을 보러 가게 되는 것처럼.

도박은 완전히 달랐어. 통쾌하기도 하고 긴장되기도 하고. 특히 그 긴장감은 말로 다 할 수 없는 편안함을 줬지. 그 이전엔 중이 되면 종을 치듯이, 그날그날 되는 대로 살았거든. 매일 아침 눈을 뜨면 하루를 또 어떻게 보내나 하는 생각에 머리가 지끈지끈했지.

아버지는 늘 소리를 지르며 화를 내셨고, 내가 가문을 빛내지 못한다며 야단을 치셨다네. 하지만 난 가문을 빛낼 생각 같은 건 눈곱만큼도 없었으니, 이렇게 중얼거리기나 했지.

'도대체 무슨 권리로 날 내 맘대로 못 살게 하고, 가문을 빛내야 한다는 따위의 귀찮은 일을 생각하라는 거야? 아버지도 젊었을 때 나처럼 빈둥거리다가 할아버지 대에 있던 200묘 넘는 땅을 반이나 날려서 100묘밖에 안 남았잖아.'

그래서 나는 아버지께 이렇게 말씀드렸지.

"걱정 마세요. 내 아들은 가문을 빛낼 거예요."

좋은 일은 자손에게 물려주자는 내 말에 어머니는 웃음을 머금고 살며시 내게 말씀하셨어.

"네 아버지도 젊었을 때 할아버지께 그렇게 말씀하시곤 했지."

내 생각이 바로 그거였다구.

'그래, 자기도 못 한 일을 나한테 억지로 떠넘기니 내가 어떻게 할

수 있겠어?'

그때 내 아들 유칭은 아직 태어나지 않았고, 딸 펑샤는 네 살이었네. 아내 자전은 유칭을 가진 지 6개월쯤 됐을 때라 그 꼴이 보기에 좀 흉했지. 길을 걸을 때면 바짓가랑이 속에 만터우(소가 없는 찐빵)를 끼워 넣은 것처럼 뒤뚱거렸거든. 나는 두 다리를 옆으로 내딛는 게 보기 싫어서 이렇게 빈정거렸지.

"당신, 바람 한번 불면 배가 더 커지겠어."

그러나 자전은 단 한 번도 말대꾸하는 법이 없었다네. 그렇게 자기를 모욕하는 말을 들으면 심기가 불편했을 텐데, 가볍게 한마디 정도 할 뿐이었지.

"바람이 불어서 커지는 게 아니에요."

나는 오히려 도박을 시작한 이후부터 진정으로 가문을 생각하게 됐다네. 아버지가 없앤 100묘의 땅을 되찾아야겠다고 마음먹었거든. 그렇게 나날을 보내는데 아버지가 대체 성안에서 뭘 하며 빈둥거리는 거냐고 물으시더군. 나는 의기양양하게 대답했지.

"빈둥거리는 게 아니라 사업을 하고 있다구요."

"무슨 사업을 한다는 거냐?"

도박을 한다고 했더니 아버지는 버럭 화를 내셨다네. 물론 당신도 젊었을 때 할아버지께 그렇게 응수했겠지. 아버지는 내가 도박한다는 걸 아시고는 신발을 벗어 때리기 시작하셨어. 나는 이리 숨고 저리 숨고 하면서 몇 대 때리다 말겠거니 했지. 그런데 평상시에는 기침을 해야 기력이 나던 아버지가 점점 더 심하게 때리시는 게 아니겠어? 파리 새끼도 아닌데 그렇게 맞을 수야 없었지. 그래서 아버지의 손을 꽉 잡고 말했다네.

"아버지, 제기랄, 그만 하세요. 저도 아버지가 저를 세상에 나오게 하신 만큼은 함부로 하실 자격이 있다는 건 알아요. 젠장, 그만 하시라구요."

내가 아버지의 오른손을 꽉 잡자, 이번에는 왼손으로 오른쪽 신발을 벗어 때리려고 하셨지. 내가 왼손까지 잡아 꼼짝할 수 없게 되자, 헐떡거리며 고함을 치셨어.

"불효막심한 놈."

나는 응수했지.

"꺼져, 씨팔."

그러고는 두 손으로 밀었는데, 아버지는 그대로 담장 모서리에 주저앉으셨다네.

젊었을 때 난 먹고 마시고 계집질하고 도박하고, 방탕한 짓이란 짓은 다 해봤어. 내가 자주 가던 기생집은 이름이 칭러우였지. 거기 있는 한 뚱뚱한 기생이 나랑 시시덕거리길 좋아했는데, 그 여자가 길을 걸을 때면 엉덩이 두 짝이 꼭 누각에 걸린 두 개의 초롱처럼 번쩍번쩍했다네. 그녀가 침대에 누워 요동을 치면, 위에서 누르고 있던 나는 물결에 흔들리는 배 위에서 잠을 자는 기분이었어. 나는 종종 그녀에게 나를 업고 거리로 나가달라고 했지. 그 여자한테 업히면 꼭 말에 탄 것 같았다니까.

우리 장인어른, 그러니까 미곡상 천 사장은 검은색 비단 적삼을 입고 계산대 뒤에 서 있었다네. 나는 그곳을 지날 때마다 그 기생의 머리채를 잡아당겨 멈추게 하고는 모자를 벗어 장인에게 예를 갖췄지.

"근래 무고하십니까?"

그러면 장인의 얼굴은 쑹화단(오리 알이나 계란을 재, 찰흙, 왕겨, 소금 등을 섞은 것에 넣어 밀봉한 뒤 삭힌 것)처럼 시커멓게 변했는데 나는 모른 척 히히거리며 지나갔다네. 나중에 아버지 말씀을 들으니, 장인이 나 때문에 몇 번이나 병이 났다고 하더라구. 나는 억울하다고 했지.

"웃기지 마세요. 아버지도 병이 안 나셨잖아요. 장인은 한 치 걸러 두 치인데, 병난 걸 왜 제 탓을 하냐구요."

장인은 나를 두려워했어. 나는 그걸 잘 알고 있었지. 기생 등에 올라타고 그분 가게 앞을 지날 때면, 장인은 쥐새끼처럼 잽싸게 안채로 들어가셨다네. 장인은 감히 나를 쳐다보지 못했지만, 사위 된 입장에서 모른 척할 수야 있나. 예를 갖춰야 하고말고. 나는 낭랑한 목소리로 자리를 피하는 장인한테 안부를 여쭈었지.

경기가 제일 좋았을 때는 일본이 항복한 뒤, 국군이 잃어버린 땅을 되찾기 위해 성안으로 들어올 무렵이었지. 그날은 정말 시끌벅적했다네. 성안의 길 양쪽으로 사람들이 죽 늘어섰는데, 하나같이 작고 색깔 있는 깃발을 손에 들고 있었어. 또 상점들은 모두 청천백일기(쑨원이 고안하여 국민 혁명군의 군기로 사용되다가 국민당의 당기가 되었고, 지금은 대만의 국기로 사용되고 있다)를 비스듬하게 꽂았는데, 장인의 미곡상 앞에는 문 두 짝만큼이나 큰 장제스 상도 걸려 있었다네. 미곡상의 점원 셋이 모두 장제스 상의 왼쪽 주머니 밑에 서 있었고 말이야.

칭러우에서 밤새 도박을 한 뒤라 나는 머리가 어지럽고 무거운 게 마치 어깨에 쌀자루를 지고 있는 것 같았다네. 그런 참에 보름이나 집에 들어가지 않았다는 생각이 들더군. 옷에서는 쉰내가 나고 꼴이 말이 아니어서, 그 뚱뚱한 기생을 침대에서 끌어내려 나를 집으로 업고 가달라고 했지. 가마 한 대를 뒤쫓아 오게 해서 집에 도착하면 그녀를 가마에 태워 칭러우로 돌려보낼 작정이었다네.

그녀는 투덜거리며 나를 업고 성문 쪽으로 갔지. 천둥도 자는 사람은 깨우지는 않는 법인데, 이제 막 잠든 사람을 깨우는 걸 보면 내 심장이 시커멀 거라더군. 하도 그래서 1위안짜리 은화를 가슴에 찔러 넣어주고 입을 틀어막았지. 성문 가까이에 이르러 길 양쪽에 사람들이 우글우글 서 있는 걸 보니 정신이 조금 맑아지더군.

장인은 성안 상회의 회장이었는데, 나는 멀리서도 그가 길 한가운데 서 있는 걸 알아보고는 고함을 질렀지.

"모두 다 나와 서 있군. 잘 서 있어. 국군이 오면 모두 손뼉을 치며 함성을 질러야지."

그때 누군가 나를 보고 히히거리며 소리쳤다네.

"왔어, 왔어."

장인은 국군이 온 줄 알고 재빨리 한쪽으로 비켜섰지. 그 순간 나는 말을 타듯 두 다리 사이에 끼고 있던 기생에게 소리를 쳤어.

"달려, 달려."

양쪽에 늘어선 사람들의 왁자지껄한 웃음 속에서 그녀는 나를 업고 헉헉거리며 종종걸음을 쳤지. 그러면서 이렇게 욕을 하더군.

"밤에는 누르고 낮에는 타고, 당신 심장은 분명 시커멀 거야. 당신은 날 황천길로 내몰고 있다구."

나는 씩 웃으며 길 양쪽에서 왁자하게 웃는 사람들한테 고개 숙여 인사를 했지. 그런 다음 장인 앞에 이르러 기생의 머리채를 잡아당겼다네.

"멈춰, 멈춰."

기생은 "아이코" 소리를 지르며 멈춰 섰고, 나는 큰소리로 장인한테 안부를 여쭈었지.

"장인어른, 사위가 문안인사 드립니다."

그때 나는 정말 장인의 얼굴에 먹칠을 했던 게야. 장인은 멍하니 그 자리에 서서 입술을 부들부들 떨더니, 한참 만에 잠긴 목소리로 한마디 내뱉으시더군.

"아이구, 조상님! 빨리 꺼지지 못해."

그 소리는 장인의 입에서 나온 게 아닌 듯했네.

내 아내 자전은 물론 내가 성안에서 그런 요상한 짓거리를 하고 다니는 걸 알고 있었지. 자전은 좋은 여자였어. 나 같은 놈이 그처럼 어질고 지혜로운 여자를 아내로 맞이할 수 있었던 건 전생에 개 노릇을 하며 팔자를 고치게 해달라고 짖어댔기 때문이라네. 자전은 내가 무슨 짓을 해도 다 참아냈어. 내가 밖에서 터무니없는 짓을 하고

34

다녀도 속으로 가슴을 칠 뿐, 나한테는 아무 말도 하지 않았지. 우리 어머니처럼 말이야.

내가 성안에서 좀 심하게 소란을 피우고 다니긴 했지. 자전은 속으로 참 난감하고 골치가 아팠을 거야. 마음이 늘 심란하니 편히 지낼 수도 없었겠지. 하루는 성안에서 돌아와 막 자리에 앉으려고 하는데, 자전이 웃음 가득한 얼굴로 내 앞에 네 가지 요리를 차려놓더니 술까지 권하더라구. 그러고는 옆에 앉아 내가 먹고 마실 수 있게 시중을 드는 거야. 그렇게 함박웃음을 짓고 있으니 이상한 생각이 들더라구. 무슨 좋은 일이 있나 싶기도 하고, 이리저리 생각해봐도 무슨 특별한 날 같지는 않고 말이야. 그래서 무슨 일이냐고 물어봤더니, 말은 않고 여전히 얼굴 가득 웃음을 머금고 나를 바라보기만 했다네.

네 가지 요리는 모두 야채로 만든 거였는데, 각기 다른 방식으로 만들었지만 밑에는 모두 비슷한 크기의 돼지고기가 들어 있었어. 처음에는 아무 생각 없이 먹었지. 그러다 마지막 요리를 먹을 때 보니 밑에 또 돼지고기가 있는 게 아니겠나. 난 잠시 멍해졌다가 곧 허허 웃고 말았지. 자전의 뜻을 알아차렸거든. 그녀는 나를 깨우치려 했던 거야. 여자들이 겉모습은 다 달라 보여도 아래는 모두 같다는 뜻이었지. 자전의 속내를 눈치 채고 나는 이렇게 말해줬다네.

"이런 이치는 나도 알아."

정말로 이치는 나도 알았어. 하지만 위쪽이 다르게 생겼으면 그 각각에 대한 내 마음도 다 달라지니 난들 어쩌겠나.

자전은 그런 여자였어. 속으로 불만이 많아도 얼굴에는 티를 내지 않았고, 예봉을 감추고 에두르는 말로 나를 일깨웠지. 그러나 난 이렇게 하나 저렇게 하나 말을 듣지 않았어. 아버지의 신발도, 자전의 요리도 내 발목을 붙잡지는 못했다네. 나는 여전히 눈만 뜨면 성 안으로 달려가 기생집에서 노는 걸 좋아했지. 남자들의 심사를 알고 계셨던 어머니는 자전에게 이런 말씀을 하셨다더군.

"남자들이란 다 게걸스런 고양이란다."

어머니의 말씀은 내 잘못을 덜어주기 위한 것만은 아니었어. 아버지의 과거를 까발리는 것이기도 했지. 아버지는 의자에 앉아 어머니가 하시는 말씀을 듣고는 두 눈을 가늘게 뜨고 허허 웃으셨지. 아버지도 젊었을 때는 물불을 가리지 않고 날뛰시다가, 나이가 들어 마음대로 움직일 수 없게 되어서야 점잖아지셨거든.

나는 도박도 칭러우에서 했는데 마작이나 파이주(32개의 골패를 네 사람이 8개씩 나눠 갖고 하나씩 내면서 하는 도박), 주사위를 즐겨했다네. 도박을 할 때마다 내기를 걸었는데, 내기를 걸면 걸수록 아버지가 젊었을 때 날린 100여 묘의 땅을 되찾고 싶어졌지. 처음에는 당장 가지고 있던 돈으로 내기를 하다가, 나중엔 돈이 떨어져 어머니와 자전의 패물, 심지어 딸아이 펑샤의 금목걸이까지 몰래 들고 나왔다네. 그러다가 아예 외상 장부를 만들었지. 돈을 빌려주는 사람들도 우리 집안 사정을 훤히 알고 있었으니, 외상 장부를 쓰게 해줬던 거야. 장부에 기재를 하면서부터는 내가 얼마를 걸었는지도 모른 채 도박을 했어. 돈을 빌려주는 사람도 나를 일깨우기보다는 우리 집 100여 묘의 땅을 남몰래 매일같이 계산하고 있었지.

해방된 이후에야 나는 도박으로 돈을 번 사람들은 모두 수작을 부린다는 사실을 알게 됐어. 어쩐지 내기를 걸 때마다 잃는다 싶더니 그들은 함정을 파놓고 내가 거기로 뛰어들길 기다렸던 거야.

그때 칭러우에는 선 선생이라는 사람이 있었다네. 나이는 예순 살 가까이 됐는데, 눈이 고양이처럼 유난히 번들거렸고 남색 두루마기를 입고 다녔지. 그 양반은 평소엔 허리를 붓처럼 곧게 펴고 모서리에 앉아 조는 듯 눈을 감고 있었어. 그러다 판돈이 커지면 기침을 몇 차례 하면서 천천히 다가와 한 자리 차지하고 구경을 하기 시작했지. 그렇게 잠시 지켜보고 있으면 누군가 일어나 자리를 양보했다네.

"선 선생, 여기 앉으쇼."

선 선생은 두루마기를 걷고 앉아 나머지 노름꾼 셋한테 이렇게 말했지.

"같이 하시죠."

칭러우 사람들은 선 선생이 잃는 것을 본 적이 없다네. 푸른 힘줄이 드러난 그의 두 손이 패를 섞을 때면 휘휘 바람 소리만 들렸지. 패가 그의 손에서 길어졌다 짧아졌다 하며 삭삭 들고나는 걸 보고 있으면 눈이 다 시릴 정도였다구.

한번은 선 선생이 술에 취해서 나한테 이렇게 말하더군.

"도박은 전적으로 두 눈과 두 손에 달렸어. 눈은 발톱처럼 날카로워야 하고, 손은 미꾸라지처럼 민첩해야 해."

일본이 항복하던 그해, 룽얼이 왔지. 그는 남북 사투리가 뒤섞인 말을 했는데, 목소리만 들어도 만만치 않은 사람이라는 걸 알 수 있었다네. 여러 지방을 떠돌아 세상 물정에 훤한 사람이란 게 드러났거든. 룽얼은 두루마기 없이 위아래로 흰 비단옷을 입고 두 사람과 함께 왔다네. 그들은 룽얼을 도와 커다란 버드나무 상자 두 개를 들고 왔어.

선 선생과 룽얼의 도박판은 정말 근사했다네. 구경하는 사람들로 꽉 들어찬 칭러우 도박장에서 선 선생과 그 세 사람이 판을 벌였어. 룽얼의 뒤에는 심부름꾼 하나가 마른 수건을 받쳐 들고 서 있었는데, 룽얼은 수시로 그 수건을 가져와 손을 닦았지. 우리는 그가 젖은 수건이 아니라 마른 수건으로 손을 닦는 걸 희한하게 여겼다네. 손을 닦을 때의 그 위엄이라니. 막 밥을 다 먹었을 때처럼 든든한 기분이었지.

처음엔 룽얼이 계속 잃었어. 정작 그는 별로 개의치 않았는데, 그가 데리고 온 두 사람은 화를 참지 못해 욕을 하고 한숨을 쉬고 난리도 아니었지. 반대로 선 선생은 줄곧 땄는데도 얼굴에는 그런 기색이 전혀 없었다네. 오히려 미간을 찌푸리고 있는 게 꼭 많이 잃은 사람 같았어. 선 선생은 고개를 빳빳이 들긴 했어도 시선만큼은 룽얼의 두 손에 못 박아놓고 있었지. 그런데 나이가 많아서 그런지 밤이 이슥해지니까 거친 숨을 몰아쉬더라구. 이마에도 땀이 흥건하고 말이야. 그즈음 그가 입을 열었다네.

"이번 판에 승부를 냅시다."

룽얼이 쟁반에서 마지막 수건을 가져와 손을 닦으며 말했지.

"좋습니다."

그들은 가진 돈을 몽땅 탁자 위에 꺼내놓았어. 그러자 탁자는 가운데 작은 구멍 하나 정도만 남기고 돈으로 완전히 뒤덮였지. 모든 사람이 패를 다섯 장씩 받아 넉 장까지 내고 나니, 룽얼의 두 친구가 잔뜩 풀이 죽어서는 패를 내려놓더군.

"끝났어, 또 잃었어."

그러나 룽얼이 재빨리 말했지.

"아냐. 너희가 이겼다구."

그렇게 말하며 마지막 패를 내밀었는데, 스페이드 에이였어. 두 친구가 그걸 보더니 흐흐 하고 웃더구먼. 사실 선 선생의 마지막 패도 스페이드 에이였다네. 그는 에이스 세 개에 킹 두 개를 가지고 있었고, 룽얼의 친구 하나는 퀸 세 개에 잭 두 개를 가지고 있었어. 룽얼이 먼저 스페이드 에이를 내밀자, 선 선생은 잠깐 멍하니 있다가 손에 있던 패를 거두며 말했지.

"내가 졌소."

룽얼과 선 선생의 스페이드 에이는 둘 다 소매 속에서 바꿔치기한 거였다네. 카드 한 벌에 스페이드 에이가 두 개나 있을 수는 없잖은가. 그런데 룽얼이 먼저 그걸 내밀었으니, 선 선생은 패배를 인정할 수밖에 없었던 거야. 그게 우리가 본 선 선생의 첫 패배였지. 선 선생은 손으로 탁자를 밀치고 일어나 룽얼과 그 친구들에게 읍을 하고는 몸을 돌려 밖으로 나갔어. 나가는 길에 입구쯤에서 미소를 지으며 이렇게 말하더군.

"나도 이제 늙었구먼."

그 이후로 선 선생을 봤다는 사람이 없어. 들리는 말로는 그날 날이 밝자마자 가마를 타고 떠났다더군.

선 선생이 떠나자 룽얼이 그 도박장의 사부가 되었네. 룽얼과 선 선생은 달랐어. 선 선생은 늘 따기만 하고 잃은 적이 없는데, 룽얼은 판이 작으면 종종 잃기도 했다네. 하지만 판이 크면 절대로 잃는 법이 없었지. 나는 칭러우에서 자주 룽얼 패거리들과 판을 벌였는데, 딸 때도 있고 잃을 때도 있어서 별로 잃지 않았다고 생각했지. 그러나 실은 내가 딴 건 모두 푼돈이었고, 잃은 건 뭉칫돈이었어. 나는 뭐가 어떻게 돌아가는지도 모르면서 곧 가문을 빛낼 수 있을 거라 생각했던 거야.

내가 마지막으로 판을 벌이던 날, 자전이 찾아왔다네. 그날은 하늘이 갑자기 캄캄해졌다는데, 자전이 나중에 말해줘서 알았어. 그때나는 하늘이 맑은지 어두운지 따위는 도통 모르고 살았거든. 자전은 남산만 한 배를 안고 칭러우로 왔지. 내 아들 유칭이 뱃속에서 일고여덟 달쯤 있었을 무렵인데, 자전은 나를 찾아와서는 아무 소리도 내지 않고 내 앞에 꿇어앉았다네. 처음엔 그녀를 보지 못했어. 그날은 손맛이 어찌나 좋은지 주사위를 던지면 십중팔구는 내가 원하던 숫자가 나왔거든. 마주앉아 있던 룽얼이 숫자들을 보며 허허 하고 웃었지.

"이봐, 내가 또 꼴았어."

룽얼이 선 선생에게 이긴 뒤부터 칭러우에서는 감히 누구도 그와 패를 잡으려 하지 않았다네. 물론 나도 그랬지. 나와 룽얼은 늘 주사위로 도박을 했어. 룽얼은 주사위도 제대로 할 줄 알아서 거의 따기만 하고 잃지는 않았지. 그런데 그날은 그가 내 손 안에서 꼼짝을 못하고 계속 잃기만 하는 거야. 그런데도 입에 궐련을 문 채 아무 일도 없다는 듯 눈을 가늘게 뜨고 있더군. 게다가 돈을 잃을 때마다 헤헤 웃기만 하는 게 아니겠나. 그 깡마른 두 팔로 돈을 밀어줄 때는 정말 께름칙했다구. 나는 속으로 룽얼 너도 한번 당해봐야 한다고 생각했지.

사람은 다 마찬가지라네. 손을 뻗어 다른 사람 주머니에서 돈을 긁어낼 때는 미간을 펴고 웃음을 짓지만, 자기가 돈을 내줄 차례가 되면 하나같이 울상이 되거든. 그렇게 흥에 겨워하던 차에 누군가 내 옷을 잡아당겨 고개를 숙여보니 내 아내였다네. 자전이 무릎 꿇고 있는 걸 보자 불같이 화가 나더군. 내 아들이 아직 태어나지도 않았는데 무릎을 꿇다니, 너무 불길한 일이란 생각이 들었어. 그래서 자전에게 말했지.

"일어나, 일어나라고. 제기랄, 일어나란 말이야."

말 잘 듣는 그녀는 곧바로 자리에서 일어났지. 나는 또 이렇게 말했네.

"당신, 여기 와서 뭐 하는 거야? 어서 돌아가지 못해!"

그렇게 한마디 내뱉고는 그녀한테서 신경을 껐지. 그러고는 룽얼이 주사위를 손바닥으로 받쳐 들고 예불하듯 흔드는 걸 지켜봤다네.

그는 얼굴색 하나 바뀌지 않고 말하더군.

"계집 엉덩이를 만지면 손맛이 떨어질 텐데."

보아하니 내가 또 땄더군. 그래서 이렇게 응수했지.

"룽얼, 자네 가서 손이나 씻고 오지."

그러자 룽얼이 허허 웃으며 대꾸하더군.

"당신 입이나 씻고 말하슈."

그때 자전이 또 옷을 잡아당겨서 쳐다봤더니 다시 꿇어 앉아 있더라구. 그녀가 가녀린 목소리로 말했어.

"저랑 집으로 돌아가요."

내가 여자랑 돌아가? 이것이 내 얼굴에 먹칠을 하려고 작정을 했군. 순간 화가 확 치밀어 올랐는데, 앞을 보니 룽얼 패거리들까지 나를 보며 웃고 있더라구. 그래서 냅다 소리를 질렀지.

"썩 꺼져!"

그러나 자전은 계속 같은 말을 했어.

"저랑 집에 가요."

결국 나는 자전의 뺨을 두 대나 때렸다네. 자전의 머리는 땡땡이처럼 이리저리 몇 번이나 흔들거렸지. 그렇게 맞고도 그녀는 그대로 무릎을 꿇은 채 말했어.

"당신이 돌아가지 않는다면, 저도 일어나지 않겠어요."

지금 생각하면 가슴이 아프지만 젊었을 때 난 정말 개 같은 놈이었다네. 그처럼 좋은 여자를 때리고 짓밟다니. 아무리 때려도 그녀는 무릎을 꿇은 채 끝내 일어나지 않았어. 때리는 내가 흥이 나지 않을 정도였다니까. 머리카락은 마구 헝클어지고, 눈물이 주룩주룩 흘러 얼굴을 다 가릴 정도였지. 보다 못한 나는 방금 딴 돈을 집어 옆에 서 있던 두 사람한테 주고는 그녀를 끌어내라고 했지.

"멀리 끌어낼수록 좋아."

자전은 끌려 나가면서 불룩 튀어나온 배를 두 손으로 가렸다네. 그 뱃속에는 내 아들이 있었지. 그녀는 소리치지도 울부짖지도 않고 큰길가로 끌려 나갔어. 그 두 사람한테 내팽개쳐진 뒤 담벼락을 짚고 일어났다더군. 그때는 날이 저물 무렵이었는데, 그런 길을 혼자 느릿느릿 걸어서 집으로 돌아간 거라네. 나중에 물어봤지. 그때 나를 죽이고 싶지 않았느냐고. 그런데 고개를 가로젓더라구.

"아뇨."

아내는 눈물을 닦으며 장인의 미곡상 입구에 한참을 서 있었다더군. 거기 서서 아버지의 머리가 등유불에 비쳐 담장에 드리운 그림자를 보고, 장인이 장부를 정리하고 있다는 걸 알았지. 그녀는 그 자리에 서서 엉엉 한바탕 크게 울고는 그곳을 떠났다더군.

자전은 그날 저녁 10리가 넘는 밤길을 걸어 집으로 돌아왔다네. 여자 혼자 몸으로, 그것도 7, 8개월 된 유청을 뱃속에 품고서 말이야. 게다가 가는 길목마다 개들이 금방이라도 달려들 듯 요란하게 짖어대고, 한바탕 큰 비까지 내려 푹푹 패인 그 길을 말일세.

자전은 처녀 적에 학교를 다녔다네. 당시 성안에는 야간학교가 있었는데, 자전은 달빛처럼 하얀 치파오를 입고 작은 등잔불을 손에 든 채 몇몇 친구들과 그 학교에 다녔지. 나는 길모퉁이에서 처음 그녀를 봤다네. 그녀는 몸을 좌우로 흔들며 걷고 있었는데 하이힐을 신고 돌길을 걸어가는 소리가 마치 똑똑 빗방울이 떨어지는 소리 같았지. 난 그 모습에 눈을 깜빡일 수조차 없었어. 그때 자전은 정말로 아름다웠다네. 머리는 귀뿌리에 단정하게 걸려 있었고, 걸을 때면 치파오가 허리 부분에서 구겨졌다 펴졌다 했지. 그때 그녀를 내 여자로 만들어야겠다고 마음먹었다네.

자전과 친구들이 희희낙락거리며 지나가자마자 나는 바닥에 앉아 있던 구두닦이한테 다짜고짜 물었지.

"저 여자 어느 집 딸이오?"

"미곡상 천씨의 천금 같은 보배요."

나는 집에 돌아오자마자 어머니께 말씀드렸다네.

"빨리 중매인을 좀 찾아주세요. 성안에 있는 미곡상 천 사장의 딸을 아내로 맞이하고 싶어요."


그날 저녁 자전이 끌려 나간 뒤로 나는 재수가 옴 붙었지. 연거푸 몇 번 잃고 나니 탁자 위에 산더미처럼 쌓였던 돈이 발 씻는 물처럼 흘러가버렸다네. 룽얼은 허허거리며 어찌나 웃던지 웃다가 얼굴이 문드러질 것 같았다니까. 그날 나는 날이 훤히 밝을 때까지 꼬박 앉아 도박을 했는데, 그렇게 앉아 있으니 머리는 어질어질하고 눈은 풀리고 뱃속에서는 악취가 올라오더군. 나는 마지막 한 판에 내 평생 최대의 판돈을 걸었다네. 튀튀 침을 뱉어 손을 씻고, 내 모든 걸 그 한 판에 걸었지. 내가 막 주사위를 잡으려 하는데 룽얼이 손을 뻗어 날 저지하며 말했어.

"천천히."

룽얼은 심부름꾼에게 손을 흔들며 말했지.

"쉬씨 댁 도련님한테 뜨거운 수건 좀 가져다드려라."

그때는 이미 옆에서 놀던 사람들은 전부 곯아떨어지고, 우리 몇몇만 남아 도박을 하고 있었지. 나머지 두 사람은 룽얼이 데려온 이들이었어. 나는 나중에야 룽얼이 심부름꾼을 매수해 나한테 뜨거운 수건을 가져다주게 하고, 내가 얼굴을 닦는 동안 주사위 하나를 바꿔치기 했다는 걸 알게 됐지. 룽얼은 바꿔치기 한 주사위로 속임수를 썼던 거야. 하지만 나는 아무런 눈치도 채지 못하고 얼굴을 닦아낸 수건을 쟁반에 던져놓고는, 주사위를 죽어라 흔든 다음 획 던졌지. 좋았어. 던지고 보니 그런대로 괜찮더라구. 나온 숫자가 꽤 컸거든. 이어서 룽얼의 차례가 됐지. 룽얼은 주사위를 '칠'에 놓고, 손을 뻗어 손바닥을 힘껏 내리치며 소리를 질렀어.

"칠!"

그 주사위에는 구멍을 뚫어서 수은을 넣어뒀는데, 그렇게 내리치니까 수은이 아래로 가라앉더라구. 마침내 그가 주사위를 잡아 획 던졌고, 주사위는 몇 바퀴를 구르다가 '칠'에서 멈춰 섰다네.

과연 '칠'이었어. 그 순간 머릿속이 윙윙거리더군. 제대로 진 거지. 그런데 생각해보니 외상 장부를 쓰고, 나중에 갚으면 되겠다 싶더라구. 그래서 다시 마음을 느긋하게 먹고 자리에서 일어나 룽얼에게 말했지.

"먼저 장부에 적게나."

그런데 룽얼이 손을 내저으며 나를 자리에 앉히더니 이렇게 말하는 거야.

"이제 안 됩니다. 도련님은 지금 당신 집의 100묘도 넘는 땅을 전부 날렸다구요. 또 장부를 쓰면 뭘 가져와서 갚으시려구요?"

그 말을 듣는 순간 나는 하품도 하다 말고 말했지.

"아니야. 그럴 리가 없어."

룽얼과 다른 두 전주가 장부를 가져와 하나하나 내 앞에서 계산을 해줬다네. 룽얼이 내 머리를 툭툭 치며 말했어.

"도련님, 틀림없지요? 이거 다 도련님이 직접 서명한 거 맞지 않느냐구요."

그제야 나는 비로소 반년 전에 그들한테 빚을 지기 시작해, 반년 만에 우리 조상들이 남겨준 가산을 전부 탕진했다는 걸 알았지. 반쯤 계산했을 즈음에 나는 룽얼한테 그만두라고 했다네.

"그만하게나."

그러고는 몸을 일으켜 병든 닭처럼 칭러우를 나왔어. 날은 완전히 밝은 뒤였는데, 길 한복판에 서서 어디로 가야 할지 정말 막막하더군. 그때 아는 사람이 두부 한 바구니를 들고 가다가 나를 보고는 쩌렁쩌렁한 목소리로 인사를 했지.

"안녕하세요, 쉬씨 댁 도련님."

그 소리에 놀라 멍하니 쳐다보자, 그가 히히거리며 말하더군.

"도련님 이게 무슨 꼴이에요. 약 끓이고 남은 찌꺼기 같잖아요."

그는 내가 그렇고 그런 여자와 밤일을 했다고 생각한 게야. 내가 파산해서 막노동꾼처럼 가난해졌으리라고는 꿈에도 몰랐겠지. 나는 쓴웃음을 지으며 그가 멀리 사라지는 모습을 바라보다가, 더 이상 여기 있어서는 안 되겠다 싶어 서둘러 발걸음을 옮겼지.

장인의 미곡상 근처에 이르렀을 때, 점원 둘이 막 문을 열다가 나를 보고는 히히거리더군. 내가 또 지나가면서 장인에게 큰소리로 문안인사를 올릴 줄 알았나 봐. 하지만 그때 어디 그런 배짱이 있었겠나? 고개를 있는 대로 움츠리고는 다른 쪽 끝에 있는 집에 딱 붙어서 잽싸게 지나쳤지. 안에서 장인이 기침을 하고, 이어서 "퉤" 가래를 뱉는 소리가 들려오더군.

그렇게 정신없이 성 밖으로 나오다가 한순간 가산을 탕진했다는 걸 까맣게 잊고 말았지. 그냥 머릿속이 텅 빈 게 꼭 벌집을 들쑤셔놓은 것 같더군. 성문 밖에 이르러 비스듬히 뻗어 있는 작은 길을 보자, 또다시 털컥 겁이 났어. 앞으로 어떡해야 하지? 몇 걸음 걷다가 멈춰서서 사방을 둘러보니 사람 그림자도 보이지 않더군. 허리띠로 콱 목을 매 죽고 싶었다네.

그런 생각을 하며 다시 길을 걷는데, 느릅나무 한 그루가 보이더군. 하지만 그냥 물끄러미 쳐다보기만 했을 뿐, 허리띠를 풀 생각은 애당초 없었다네. 사실 난 죽고 싶었던 게 아니라 나 자신에게 화낼 방법을 찾았던 것뿐이거든. 게다가 내가 죽는다고 노름빚이 없어지는 게 아니란 생각도 들었다네. 그래서 이렇게 혼잣말을 했지.

"그만두자, 죽지 말자구."

그 빚은 없어지기는커녕 아버지한테로 넘어가겠지. 아버지를 생각하자 가슴 한 구석이 저려왔어. 이번에는 나를 때려죽이지 않을까? 걸어가면서 이 생각 저 생각 아무리 해봐도 죽는 길밖에는 없더라구. 그래도 집으로 가자. 죽을 때 죽더라도 아버지한테 맞아죽는 게 밖에서 들개처럼 죽는 것보다야 낫겠지.

눈 깜짝할 사이에 나는 대꼬챙이처럼 빼빼 마르고 눈가도 시커매졌던 모양이야. 그런 줄도 모르고 집으로 갔는데, 어머니가 나를 보자마자 놀라서 소리를 지르시더구먼. 어머니는 내 얼굴을 보며 물으셨어.

"너 푸구이 맞니?"

나는 어머니께 쓴웃음을 지어 보이며 고개를 끄덕였지. 어머니가 기겁을 해서 뭐라고 하시는 소리를 들었지만, 모른 척하고 방으로 들어갔어. 머리를 빗고 있던 자전도 나를 보자마자 화들짝 놀라 입을 벌린 채 멍하니 쳐다보더군. 어제 집으로 돌아가자는 그녀를 때리고 발로 찼던 일이 생각나, 나는 그 앞에 털썩 무릎을 꿇었다네.

"자전, 나 완전히 끝장났어."

그렇게 말하고 꺼이꺼이 우는 나를 자전은 재빨리 다가와 부축하려 했지. 하지만 뱃속에 아들 유칭이 있는데 나를 어떻게 부축하겠어? 자전이 어머니를 불러와, 두 여자가 함께 나를 침대로 옮겼다네. 침대에 눕자마자 나는 흰 거품을 토해냈지. 곧 죽을 것 같은 내 모습에 깜짝 놀란 두 사람은 내 어깨를 두드리고 머리도 마구 흔들어댔다네. 나는 손을 뻗어 그들을 밀쳐내며 말했지.

"내가 우리 집 재산을 다 날렸어."

그 말을 듣는 순간 어머니는 처음엔 멍하니 계시더니, 곧 나를 유심히 보며 말씀하셨어.

"너 뭐라고 했니?"

"제가 우리 집 재산을 다 날렸다구요."

내 꼴이 그랬으니 그 말을 믿지 않을 도리가 없었지. 어머니는 땅바닥에 그대로 주저앉아 눈물을 훔치며 말씀하셨네.

"윗물이 맑아야 아랫물이 맑지."

어머니는 그 순간까지도 당신 자식을 아끼는 마음에 나를 탓하기는커녕, 도리어 아버지를 원망하셨던 게야. 자전도 울었지. 그녀가 내 등을 주무르면서 말했어.

"당신이 앞으로 노름을 하지 않는다면 괜찮아요."

깨끗이 날렸으니 다시 도박을 하고 싶어도 할 돈이 없었는걸. 나는 저쪽 방에서 아버지가 욕을 하는 소리를 들었어. 아버지는 그때까지도 자신이 알거지가 됐다는 건 모르고, 단지 두 여자가 시끄럽게 우는 게 싫으셨던 거야. 아버지의 목소리가 들리자 어머니는 울음을 그치고 자리에서 일어나 나가셨고, 자전도 뒤따라 나갔다네. 나는 두 사람이 아버지 방으로 갔다는 걸 알았지. 곧이어 아버지가 저쪽에서 버럭 고함치시는 소리가 들리더구먼.

"돼먹지 못한 놈."

그때 딸 펑샤가 후다닥 문을 밀치고 들어와 서둘러 문을 닫았다네. 그러고는 작고 날카로운 목소리로 말했어.

"아빠, 빨리 숨으세요. 할아버지가 아빠 때리러 와요."

내가 움직일 생각을 안 하고 그녀를 바라보자 다가와 손을 잡아 끌더구먼. 아무리 끌어당겨도 내가 움직이지 않으니까 그대로 울어 버렸지. 펑샤가 우니까 가슴을 칼로 도려내는 기분이었다네. 그렇게 어린 나이에도 자기 아비를 감쌀 줄 알다니……. 그 아이를 보면서 나는 나 자신을 갈기갈기 찢어 죽이고 싶었다니까.

아버지는 노기충천해서 고래고래 소리를 지르셨지.

"이 돼먹지 못한 놈! 네놈을 갈기갈기 찢어버리고 말 테다. 불알을 잘라버릴 거라구. 이 천하의 몹쓸 놈을 잘게 다져버리겠어."

나는 속으로 '아버지 들어오세요. 와서 저를 잘게 다져버리시라구요'라고 말했지. 그런데 아버지는 문앞으로 오시다가 몸이 기우뚱하더니 그만 넘어지셨고, 그대로 혼절하셨네. 어머니와 자전이 소리를 지르며 아버지를 부축해서는 침대로 모셔갔어. 잠시 후 저쪽 방에서 아버지가 호루라기 소리처럼 우는 소리가 들려왔지.

아버지는 내리 사흘 동안 침대에 누워 계셨다네. 첫날은 꺽꺽 오열을 하시더니만, 다음날부터는 울지는 않고 한숨만 쉬셨어. 그 소리가 내 방까지 분명히 들릴 정도였지. 또 한숨에 이어서 슬픈 목소리로 하시는 말씀도 들렸다네.

'인과응보야, 이건 인과응보라구.'

셋째 날, 아버지가 당신 방에서 손님을 맞으셨는데 기침은 크게 하셔도 말소리는 너무 낮아서 잘 들리지 않았어. 저녁때 어머니가 오시더니 아버지가 나를 찾는다고 하시더군. 나는 침대에서 일어나 이번엔 진짜 결딴나겠구나 생각했지. 사흘을 자리보전 하시고 이제 기력을 좀 회복하셨으니, 그 힘으로 나를 패면 못해도 반쯤은 죽을 것 같았어. 그래서 이렇게 혼잣말을 했지. '아버지가 어떻게 때리든 맞받아칠 생각은 하지 말자.' 그런 생각을 하며 아버지 방으로 가는데 힘이 하나도 없는 게 몸은 솜뭉치 같고, 두 다리는 꼭 남의 다리 같더구먼. 아버지 방으로 가서는 어머니 뒤에 서서 아버지가 침대에 누워 계신 모습을 훔쳐봤다네. 아버지는 눈을 동그랗게 뜨고 나를 바라보면서 허연 수염을 툭툭 털어내시더니 어머니한테 말씀하셨어.

"당신은 나가 있어."

어머니가 나가시자 마음이 어찌나 조마조마하던지, 아버지가 당장 침대에서 튀어나와 사생결단을 내실 것 같았어. 뜻밖에도 아버지는 자리에 누운 채 꼼짝도 하지 않으셨네. 가슴 앞쪽에 있던 이불이 바닥으로 떨어지긴 했어도 말이야.

"푸구이."

아버지는 내 이름을 한 번 부르시고는 침대의 가장자리를 툭툭 치며 말씀하셨지.

"앉아라."

쿵쾅거리는 가슴을 안고 그 곁에 앉으니, 아버지가 내 손을 어루만지시는 게 아니겠나. 그런데 그 손이 얼음장같이 차서 내 마음도 함께 얼어붙었다네. 아버지는 가볍게 말씀하셨어.

"푸구이, 노름빚도 빚은 빚이다. 예부터 빚은 갚지 않을 도리가 없단다. 우리 땅 100여 묘와 이 집을 모두 저당 잡혔으니 내일 사람들이 동전을 가져올 거다. 나는 늙어서 짊어질 힘이 없으니 네가 지고 가서 빚을 갚고 오너라."

아버지는 말을 마치고 또 길게 한숨을 쉬셨네. 그 말씀을 들으니 눈이 시큰시큰하더라구. 나는 아버지가 나와 사생결단을 내실 생각이 아니란 걸 알았지. 하지만 아버지 말씀은 마치 무딘 칼로 목을 베이고도 머리가 그대로 매달려 있는 것처럼 날 고통스럽게 했다네. 아버지가 내 손을 탁탁 치면서 말씀하셨지.

"가서 자라."

다음날 아침 일어나보니 네 사람이 우리 집 마당으로 들어서고 있더군. 앞에 오는 사람은 비단옷을 입어서 돈이 좀 있어 보였지. 그가 뒤에 따라오는 후줄근한 차림의 세 짐꾼에게 손을 휘저으며 말했어.

"여기 내려놓게."

세 인부가 짐을 내려놓고 옷자락을 들어 얼굴을 닦을 무렵, 그 돈 있는 자가 나를 잠깐 쳐다보는가 싶더니 아버지에게 고하더군.

"나리, 요구하신 돈을 가져왔습니다."

아버지는 연신 기침을 하시며 땅문서와 집문서를 들고 나오셨지. 그것들을 그 사람한테 넘겨주면서 허리를 굽히고 말씀하셨네.

"고생했소."

그 사람이 동전 세 무더기를 가리키며 아버지에게 말했지.

"모두 여기 있습니다. 세어보시지요."

아버지는 부자의 기세는 다 어디로 갔는지, 가난한 사람처럼 공손하게 말씀하시더군.

"됐습니다. 그럴 필요 없어요. 방에 들어가 목이나 축이시죠."

"필요 없소."

그 사람이 나를 보더니 아버지에게 물었어.

"이분이 도련님이신가요?"

아버지가 고개를 끄덕이자 그 사람이 나를 보고 웃으며 말하더군.

"돈을 보낼 때, 호박잎을 구해서 위를 덮으시오. 누가 훔쳐가지 못하게."

그날 나는 처음으로 동전을 지고 성안까지 10리도 넘는 길을 걸어가 빚을 갚았다네. 동전 무더기를 덮은 호박잎은 어머니와 자전이 따왔지. 평샤도 따라가서 제일 큰 잎 두 장을 따왔어. 내가 짐을 지고 나갈 준비를 하자, 평샤는 빚 갚으러 가는 줄도 모르고 나를 올려다보며 이렇게 묻더군.

"아빠, 또 며칠 동안 집에 안 들어오세요?"

그 말을 듣자 코끝이 찡한 게 눈물이 쏟아질 것 같더구먼. 그래서 얼른 짐을 지고 허둥지둥 성안으로 갔지. 룽얼이 내가 짐을 지고 오는 걸 보더니 아주 다정한 목소리로 인사를 했다네.

"오셨네요, 도련님."

짐을 그 앞에 놓았더니 룽얼은 호박잎을 들쳐보고는 미간을 찌푸리며 말했어.

"왜 고생을 사서 하십니까? 은화로 바꾸면 훨씬 수월했을 일을."

내가 마지막 동전 무더기까지 내려놓고 나니, 그는 더 이상 나를 도련님이라 부르지 않고 고개를 끄덕거리며 이렇게 말했지.

"푸구이, 여기 놓게."

오히려 다른 전주가 친절하게 내 어깨를 두드리며 말했다네.

"푸구이, 가서 한잔하세."

그 말을 듣더니 룽얼도 서둘러 말하더군.

"그래, 그렇지. 한잔하세. 내 한잔 대접하지."

나는 고개를 저었어. 집으로 돌아가야겠다는 생각이 들었거든. 하루아침에 내 비단옷은 엉망이 되었고, 어깨에서는 피가 흘러내렸다네.

혼자 집으로 가면서 울고 또 울었지. 그런데 가만 생각해보니 겨우 하루 돈을 나르고도 사지가 다 풀릴 정도로 힘든데, 그 돈을 벌기 위해 얼마나 많은 조상들이 고생했을까 싶더라구. 그제야 난 아버지가 왜 은화가 아니라 동전을 고집했는지 알게 됐지. 바로 그런 이치를 깨닫게 하려고, 그러니까 돈을 번다는 게 얼마나 힘든 일인지 알게 하려고 그러신 거야. 그런 생각이 들자 더 이상 걸을 수가 없었어. 그대로 길가에 쭈그리고 앉아 허리에 경련이 일어날 정도로 꺼이꺼이 울었지.

그러고 있는데 어렸을 때 나를 서당까지 업고 다녔던 우리 집 머슴 창건이 다 떨어진 가방을 들고 걸어오는 게 보였다네. 우리 집에서 수십 년이나 일을 한 창건이지만 이제 떠나야 했던 거야. 그는 아주 어렸을 때 부모님이 돌아가셔서 우리 할아버지가 집으로 데려오셨는데, 끝까지 결혼을 못 했어. 그날 창건은 나처럼 눈물을 줄줄 흘

리며 맨살이 그대로 드러난 다리로 걸어가다가 내가 쭈그리고 앉아

있는 걸 보고는 놀라서 소리쳤지.

"도련님."

나도 그에게 소리를 질렀다네.

"도련님이라 부르지 말고 짐승이라고 불러."

그러나 그는 고개를 가로저으며 말했어.

"빌어먹어도 황제는 황제고, 돈이 없어도 도련님은 도련님인

걸요."

그 말을 들으니 방금 닦아낸 얼굴에 또다시 눈물이 흘러내리더군.

창건도 내 곁에 쭈그리고 앉아 얼굴을 무릎에 묻고 울었지. 둘 다 한

바탕 울고 난 뒤에 내가 말했다네.

"날이 곧 저물 텐데, 자네 집으로 돌아가게."

그러자 그가 자리에서 일어나 한 걸음 한 걸음 멀어져가며 웅얼거

리더군.

"그 집 말고 나한테 집이 또 어디 있다고."

나는 창건의 가슴에 한 번 더 못을 박았던 거야. 그가 혈혈단신 살

아온 걸 뻔히 봐왔으면서도 말이지. 가슴이 어찌나 저리던지. 창건

의 모습이 더 이상 보이지 않을 때에야 나는 자리에서 일어나 집으

로 갔다네. 날은 이미 저문 뒤였지. 집에 있던 머슴이랑 하녀들이 전

부 떠나서, 어머니와 자전이 부엌에서 불을 피워 밥을 하고 있었다

네. 아버지는 침대에 누워 계셨고, 평샤만 전과 다름없이 신이 나 있

었지. 그 애는 앞으로 어떤 고난이 닥칠지 몰랐으니까. 평샤가 팔짝

거리며 내 다리로 달려들더니 이렇게 물었어.

"왜 사람들이 나한테 아가씨라고 부르지 않아요?"

나는 아이의 작은 얼굴을 어루만질 뿐, 한마디도 해줄 수가 없었지. 펑샤는 더 이상 묻지 않고 손톱으로 내 바지에 묻은 진흙을 털어내며 신이 난 듯 조잘거렸다네.

"내가 아빠 바지를 깨끗하게 해드리고 있어요."

저녁 먹을 때가 되자 어머니가 아버지 방 앞에서 물으셨지.

"진지 가져올까요?"

아버지는 나와서 먹겠다 하시고는 등잔불을 들고 방에서 나오셨어. 불빛에 비친 아버지의 얼굴이 반은 밝고 반은 어두웠지. 아버지는 등을 구부린 채 연신 기침을 하셨다네. 자리에 앉자마자 내게 물으셨지.

"빚은 다 청산했느냐?"

"깨끗이 갚았습니다."

"잘했다, 잘했어."

아버지는 내 어깨를 보시더니 또 한마디 하셨어.

"어깨가 상했구나."

아무 소리도 못 하고 어머니와 자전을 슬그머니 보았더니 두 사람 모두 눈물을 흘리며 내 어깨를 바라보더군. 아버지는 느릿느릿 몇 술 뜨시더니, 금방 젓가락을 내려놓고 밥그릇을 밀어내며 더 드시지 않으셨지. 잠시 후 아버지가 말씀하셨어.

"옛날에 우리 쉬씨 집안 조상들은 병아리 한 마리를 키웠을 뿐인데 그 병아리가 자라서 닭이 되었고, 닭이 자라서 거위가 되었고, 거위가 자라서 양이 되었고, 양이 다시 소가 되었단다. 우리 쉬씨 집안은 그렇게 발전해왔지."

아버지의 목소리는 순식간에 스쳐갔다네. 아버지는 잠시 가만히 계시다가 다시 말을 이으셨어.

"내 손에서 쉬씨 집안의 소는 양으로 변했고, 양은 또 거위로 변했다. 네 대에 이르러서는 거위가 닭이 되었다가, 이제 닭도 없어졌구나."

아버지는 여기까지 말씀하시고는 허허 웃으셨다네. 그렇게 웃다가 웃다가 결국엔 우셨어. 그러고는 나한테 손가락 두 개를 펴 보이며 말씀하셨지.

"쉬씨 집안은 두 망나니를 낳았어."

이틀도 되지 않아 룽얼이 왔는데 모습이 완전히 변했더라구. 입에 금니를 두 개나 해 박았더군. 그런데 글쎄 그 큰 입으로 계속 히히거리며 웃는 게 아닌가. 그는 우리가 저당 잡힌 집이며 땅을 모조리 사들이고는 자기 재산을 살펴보러 온 거였어. 발로 담벼락을 차보기도 하고 귀를 담벼락에 붙이고는 손바닥으로 두드려보며 감탄을 하기도 했지.

"단단하구먼, 단단해."

룽얼은 논밭까지 휙 둘러보고 돌아와서는 나와 아버지한테 인사치레를 하더군.

"저 짙푸른 땅을 보니 마음이 놓이네요."

룽얼이 왔으니, 우리는 몇 대에 걸쳐 살아온 집에서 나와 초가집으로 이사를 갔지. 이사 가던 그날 아버지는 뒷짐을 지고 이 방 저 방 왔다 갔다 하시더니 끝내 어머니한테 한마디 하셨다네.

"나는 이 집에서 눈을 감을 줄 알았다오."

그러고는 비단옷의 먼지를 털어내시고 목을 곧게 편 채 문밖으로 걸음을 내딛으셨지. 늘 그랬던 것처럼 뒷짐을 지고 천천히 마을 어귀의 뒷간으로 가셨어. 날이 막 저물 무렵이었는데 몇몇 소작인들이 밭에서 일을 하고 있었지. 그들은 아버지가 이제 땅주인이 아니라는 걸 알았지만 호미를 붙잡고 인사를 했다네.

"나리."

아버지는 가볍게 웃으시고는 손을 내저으며 말씀하셨지.

"이제 그렇게 부르지 말게나."

아버지는 이미 당신의 땅을 걸어가는 게 아니었어. 두 다리를 부들부들 떨면서 똥통 앞에 이르러 사방을 둘러보시고는 허리띠를 풀고 쪼그려 앉으셨다네.

아버지는 그날 해질 무렵 대변을 보실 때는 예전처럼 소리를 지르지 않고, 눈을 가늘게 뜬 채 저 멀리 성안으로 향하는 작은 길이 서서히 어둠에 묻혀가는 모습을 바라보셨다네. 그 근방에서 몸을 구부리고 푸성귀를 따던 한 소작인이 허리를 펴자, 아버지는 더 이상 그 작은 길을 볼 수 없었지.

그러다 아버지는 똥통에 미끄러져 넘어지시고 말았다네. 그 소작인이 우당탕 하는 소리에 황급히 몸을 돌려보니, 아버지가 똥통 옆

에 머리를 둔 채 땅바닥에 비스듬히 누워 꼼짝도 않으셨다더군. 소
작인은 낫을 든 채 아버지 앞으로 달려가 물었다네.

"어르신, 괜찮으세요?"

아버지는 눈꺼풀을 굼적거리며 그에게 쉰 목소리로 물으셨네.

"어느 집 사람인가?"

소작인이 몸을 구부리며 말했지.

"영감마님, 저 왕시입니다."

아버지는 잠시 생각하다가 말씀하셨지.

"아, 왕시구나. 왕시, 아래쪽에 돌덩이가 있는데 배겨서 견딜 수가
없네."

왕시가 아버지의 몸을 뒤집어 주먹만 한 돌을 꺼내 옆으로 던지
자, 아버지는 다시 그 자리에 비스듬히 누워 작은 소리로 말씀하
셨지.

"이제 좀 편해졌네."

"부축해드릴까요?"

아버지는 고개를 저으며 숨을 몰아쉬셨다네.

"괜찮네."

뒤이어 아버지가 왕시한테 물으셨어.

"자네, 예전에 내가 넘어지는 거 본 적 있나?"

왕시는 고개를 저으며 대답했지.

"없습니다요, 영감마님."

아버지는 기분이 약간 좋아진 듯 또 물으셨다네.

"처음 넘어진 거지?"

"그럼요, 영감마님."

아버지는 몇 차례 허허 웃으셨는데, 잠시 후 웃음을 그치고는 눈을 감으셨다네. 이어서 목이 옆으로 비틀리며 머리가 똥통을 타고 바닥으로 미끄러졌지.

그때 우리는 막 초가집으로 이사를 해서 나와 어머니는 집 안에서 짐을 정리하던 중이었어. 평샤도 신이 난 듯 우리를 따라 물건을 정리했지. 그 애는 앞으로 무슨 일이 닥칠지 몰랐던 거야. 함지박 하나 가득 옷을 들고 연못으로 가던 자전이 헐레벌떡 뛰어오는 왕시를 만났다네.

"작은 마님, 영감마님이 돌아가신 것 같아요."

우리는 자전이 밖에서 목이 터져라 소리치는 걸 들었지.

"어머니! 여보! 어머니!"

자전은 몇 번 소리치지도 못하고 그 자리에서 오열을 했어. 그 순간 나는 아버지한테 무슨 일이 생겼구나 싶어서 밖으로 뛰어나가 자전이 있는 곳으로 갔지. 가보니 함지박 가득 담겨 있던 옷들이 땅바닥에 어지러이 흩어져 있더군. 자전은 나를 보자마자 울부짖었다네.

"푸구이, 아버님이……."

머릿속이 온통 윙윙거렸지. 곧바로 죽을힘을 다해 마을 어귀로 달려갔어. 내가 똥통 앞에 이르렀을 때 아버지는 이미 돌아가신 뒤였다네. 밀어도 보고 소리도 질러봤지만 아버지는 꼼짝도 하지 않으셨어. 어찌할 바를 몰라 일어나서 뒤를 돌아보니, 어머니가 전족한 발을 뒤뚱거리며 울며불며 달려오고 계셨어. 그 뒤로는 자전이 펑샤를 안고서 따라오고 있었고.

아버지가 돌아가신 뒤 나는 돌림병에라도 걸린 것처럼 온몸에서 힘이 쭉 빠졌다네. 종일 초가집 앞마당에 앉아 눈물을 뚝뚝 흘리거나 한숨을 푹푹 쉬거나 하며 시간을 보냈지. 펑샤는 종종 내 곁에 앉아 내 손을 갖고 놀면서 물었어.

"할아버지가 넘어지셨어요?"

내가 고개를 끄덕이자 또 묻더군.

"바람이 불어서 그랬나요?"

어머니와 자전은 감히 큰소리로 울지도 못했어. 내가 죄책감을 떨치지 못하고 아버지 뒤를 따라갈까 봐 전전긍긍했다네. 간혹 내가 조심하지 않아서 어디 부딪히기라도 하면 놀라서 펄쩍 뛰었지. 내가 아버지처럼 바닥에 넘어지지 않은 걸 보고서야 겨우 마음을 놓고 물었어.

"괜찮지?"

며칠 동안 어머니는 나를 볼 때마다 이렇게 말씀하셨네.

"사람은 즐겁게 살 수만 있으면 가난 따위는 두렵지 않은 법이란다."

어머니는 그렇게 나를 위로하셨던 거라네. 어머니는 내가 가난 때문에 그 모양이 된 줄 아셨지만, 사실은 내가 아버지를 돌아가시게 했다는 생각 때문에 그랬던 거야. 아버지는 나 때문에 돌아가신 건데 어머니와 자전, 평샤까지 함께 쳇값을 치러야 했으니 말이야.

아버지가 돌아가신 지 열흘째 되는 날 장인이 오셨네. 오른손에는 두루마기를 들고, 새파랗게 질린 얼굴로 마을에 들어오셨지. 그 뒤로는 울긋불긋한 꽃가마가 따라왔고, 열 명 가까이 되는 젊은이들이 징을 울리고 북을 치며 양쪽을 에워쌌지. 마을 사람들이 앞 다투어 구경을 하러 나왔어. 그들은 어느 집에서 며느리를 들이는 줄 알고, 왜 그 얘길 한 번도 못 들었는지 모르겠다며 쑥덕거렸다네. 그 가운데 누군가 장인에게 물었지.

"어느 집 경사요?"

장인은 무표정한 얼굴로 소리를 지르셨다네.

"우리 집 경사요."

그때 나는 아버지 산소에 있었는데, 풍물 소리를 듣고 고개를 들어보니 장인이 기세등등하게 우리 초가집으로 들어서는 게 아니겠나. 장인이 뒤쪽에 대고 손을 휘저으니 꽃가마가 땅에 놓이고 풍물 소리도 그치더군. 순간 나는 그분이 자전을 데려가려 한다는 걸 알았지. 가슴은 막 쿵쾅거리는데 어떻게 해야 할지를 모르겠더군.

잠시 후 어머니와 자전이 소리를 듣고 집에서 나왔어. 자전이 소리를 쳤지.

"아버지."

장인은 딸을 보고는 어머니에게 이렇게 말씀하셨네.

"그 짐승은 어디 있소?"

어머니는 웃는 얼굴로 말씀하셨지.

"푸구이 말씀인가요?"

"아니면 누구겠소?"

장인은 고개를 돌리다 나를 봤다네. 곧장 내 쪽으로 두 발짝 다가와 고함을 치셨어.

"이 짐승만도 못한 놈, 이리 와!"

나는 그 자리에서 꼼짝도 하지 않았다네. 내가 어찌 감히 그리로 갈 수 있었겠나? 장인은 손을 휘저으며 내게 호통을 치셨어.

"이리 오라니까, 이 짐승만도 못한 놈! 왜 이리 와서 나한테 인사를 하지 않는 거냐? 이 짐승아, 똑똑히 들어. 오늘 내가 예전에 네가 자전을 데려갈 때랑 똑같이 해서 그 애를 데려갈 생각이다. 잘 봐. 이건 꽃가마고 이건 징이랑 북이야. 옛날에 네 녀석이 장가들 때보다 결코 못하진 않을 게다."

그렇게 호통을 친 뒤에 장인은 고개를 돌려 자전에게 말했지.

"빨리 들어가서 짐 싸."

자전은 꼼짝도 않고 자기 아버지를 불렀어.

"아버지."

그러나 장인은 있는 힘껏 발을 구르며 말씀하셨네.

"빨리 하지 못해!"

자전은 멀리 서 있는 나를 보더니 몸을 돌려 집으로 들어가더군. 그때 어머니가 눈물을 흘리며 장인에게 애원했지.

"이러시는 건 괜찮지만, 제발 자전은 남게 해주세요."

장인은 어머니한테 단호하게 손사래를 치고는 나를 돌아보며 고함을 지르셨어.

"짐승 같은 놈, 오늘부터 자전과 너는 완전히 끝이다. 우리 천씨 집안과 너희 그 잘난 쉬씨 집안은 두 번 다시 오가는 일이 없을 것이고."

어머니는 굽실거리며 장인에게 애걸했다네.

"푸구이 아버지의 체면을 봐서, 자전은 두고 가세요."

그러나 장인은 나를 가리키며 어머니한테 소리를 질렀지.

"저 녀석 아버지도 저 녀석 때문에 분에 못 이겨 죽은 거 아니오."

장인은 그렇게 한바탕 고함을 치시더니만 너무했다 싶었는지 목소리를 누그러뜨리며 말씀하시더군.

"내가 사납다고 생각지 마시오. 저 짐승 같은 놈이 제멋대로 한 탓에 이 지경이 된 거니까."

장인은 또 나를 보며 호통을 치셨네.

"평샤는 너희 쉬씨 집안에 남겨두지만, 자전 뱃속에 있는 아이는 우리 천씨 집안의 자손이니 그리 알게나."

어머니는 한 귀퉁이에 서서 오열하시다가 눈물을 닦으며 말씀하셨지.

"저더러 쉬씨 집안 조상님들 얼굴을 어찌 뵈란 말씀이신가요."

자전이 보따리를 들고 나오자 장인이 말씀하셨어.

"가마를 타라."

자전은 고개를 돌려 나를 쳐다보더군. 가마 곁에 가서 또 한 번 나를 쳐다보더니, 다시 어머니를 보고는 가마에 올라탔어. 그때 평샤가 어디선가 뛰어나와 엄마가 가마를 타고 가는 걸 보고는 함께 가려고 몸을 반쯤 가마에 실었다네. 그러자 자전이 손으로 아이를 밀어냈지.

장인이 가마꾼에게 손을 내젓자 가마가 들어 올려지고, 자전이 안에서 큰소리로 울기 시작했다네. 그러나 장인은 아랑곳없이 호령을 하셨어.

"가는 길에 풍악을 울려라."

열 명 가까이 되는 젊은이들이 있는 힘껏 징과 북을 울리니 더 이상 자전의 울음소리가 들리지 않았지. 가마가 출발하자 장인은 두루마기를 잡고 가마만큼이나 빠른 걸음으로 떠나셨다네. 어머니는 전족한 발을 끌고 처량하게 그 뒤를 쫓다가 마을 어귀에서야 멈춰 서셨지.

그때 펑샤가 뛰어와 눈을 크게 뜨고는 나에게 말했다네.

"아빠, 엄마가 가마 타고 갔어요."

펑샤의 들떠 있는 모습을 차마 볼 수가 없어서 아이를 불렀지.

"펑샤, 이리 온."

곁으로 온 아이의 얼굴을 쓰다듬으며 이렇게 말했다네.

"펑샤, 내가 네 아빠라는 걸 잊어서는 안 된다."

펑샤는 그 말을 듣자 깔깔 웃으며 말했어.

"아빠도 제가 펑샤라는 걸 잊지 마세요."


푸구이 노인은 여기까지 말하고는 나를 보며 허허 웃었다. 40년

전에는 한량이었던 노인이 가슴을 다 드러낸 채 풀밭에 앉아 있었다. 햇빛이 나뭇잎 틈새로 새어 들어와 가늘게 뜬 그의 눈 위로 쏟아져 내렸다. 그의 다리는 진흙투성이였고, 벗겨진 머리에는 흰 머리칼 몇 가닥이 듬성듬성 돋아나 있었으며, 쭈글쭈글하게 주름진 가슴에서 땀이 방울방울 흘러내렸다. 그 늙은 소는 누런 연못에 들어앉아 머리와 긴 등뼈만 드러낸 채였고, 연못물은 파도가 해안에 부딪히듯 소의 검은 등뼈를 철썩철썩 때리고 있었다.

이 노인은 내가 여유작작한 생활을 막 시작했을 무렵 처음으로 만난 사람이었다. 그때 나는 젊었고 근심 걱정도 없었으니, 새로운 누군가를 만난다는 건 마냥 즐거운 일이었다. 그전까지 알지 못했던 모든 것들이 나를 깊숙이 빨아들였다. 이런 시기에 바로 푸구이라는 노인을 만난 것이다. 그는 마치 그림을 그리듯 자기 얘기를 실감나게 들려주었다. 그렇게 자기 얘기를 있는 대로 털어놓는 사람은 처음이었다. 내가 알고 싶다고만 하면 그는 뭐든지 다 얘기해주었다.

푸구이 노인과의 만남 덕분에 나는 이후 민요를 수집하며 살아갈 나날들에 기분 좋은 기대를 품게 되었다. 그 비옥하고 우거진 땅에는 어딜 가나 푸구이 같은 사람 천지일 거라고 생각했다. 과연 이후의 나날들에 푸구이 같은 노인들을 수없이 만났다. 그들은 모두 푸구이와 같은 옷을 입었는데, 하나같이 바짓가랑이를 무릎까지 걷어올리고 있었다. 그들의 얼굴에 팬 주름에는 햇빛과 진흙이 꽉 들어차 있었고, 그들이 나를 향해 웃을 때면 그 텅 빈 입 속으로 몇 개 남지 않은 이가 보였다. 그들은 종종 탁한 눈물을 흘렸지만, 슬퍼서 그

러는 건 아니었다. 기쁠 때도, 심지어 아무 일도 없는 평화로운 때에
도 눈물을 흘렸다. 그렇게 울고 나서는 시골의 진흙길처럼 거친 손
가락을 들어 눈물을 훔쳤다. 몸에 붙은 검불을 털어내듯 그렇게 말
이다.

그러나 푸구이 노인처럼 잊히지 않는 사람은 두 번 다시 만나지
못했다. 자기가 살아온 날들을 그처럼 또렷하게, 또 그처럼 멋들어
지게 묘사할 수 있는 사람은 그 말고는 또 없었던 것이다. 그는 과거
의 자신을 제대로 볼 수 있는 사람이었고, 자기가 젊었을 때 살았던
방식뿐만 아니라 어떻게 늙어가는지도 정확하게 꿰뚫어 볼 수 있는
사람이었다.

그런 노인을 시골에서 만나기란 대단히 어려운 일이다. 아마도 가
난하고 고생스러운 생활이 그들의 기억을 흐트러뜨렸기 때문일 것
이다. 그들은 대개 지난 일을 어떻게 말해야 할지 몰라, 난감한 미소
를 지으며 대충 얼버무리기 일쑤였다. 자기가 살아온 날들에 별다른
애정이 없는 듯, 마치 길에서 주워들은 것처럼 몇 가지 사소한 일들
만 드문드문 기억할 뿐이었다. 그리고 이 사소한 기억마저도 자기가
아니라 남에 대한 것이었고, 한두 마디 말로 자기가 생각하는 모든
것을 표현해버렸다. 그곳에서 나는 종종 젊은 세대가 그들을 욕하는
소리를 들었다.

"나이를 개 몸뚱어리로 먹었나."

그러나 푸구이 노인은 완전히 달랐다. 그는 과거를 회상하기 좋아
했고, 자기 이야기 하는 걸 좋아했다. 마치 그렇게 이야기를 하면서

한 번, 또 한 번 그 삶을 다시 살아보는 것 같았다. 그의 이야기는 새의 발톱이 나뭇가지를 꽉 움켜잡듯 나를 단단히 사로잡았다.

## 2

자전이 떠난 뒤 어머니는 구석에 앉아 몰래 눈물을 훔치곤 하셨다네. 그런 어머니에게 몇 마디 위로의 말을 해드릴 생각이었지만, 그 모습을 보면 아무 말도 나오지 않더군. 도리어 어머니가 종종 나한테 이런 말씀을 하셨어.

"자전은 네 여자다. 남의 여자가 아니라구. 누구도 빼앗아갈 수 없단다."

나는 그 말에 그저 한숨을 쉴 뿐이었지. 내가 무슨 말을 할 수 있었겠나? 번듯하기 그지없던 집안이 하루아침에 깨진 기왓장처럼 산산조각이 나버렸는데. 밤에 자리에 누우면 잠이 오지 않는 날이 많았다네. 이것저것 원망하다 보면 결국 가장 미운 건 나 자신이었지. 밤마다 그렇게 많은 생각을 하다 보니 낮에는 머리가 지끈지끈 아팠어. 종일 기력도 없고 말이야. 다행히도 평샤가 있었지. 평샤는 내 손을 잡아끌며 묻곤 했지.

"아빠, 탁자에는 다리가 네 개 있는데 하나가 없어지면 몇 개가 남게?"

어디에서 주워들었는지 몰라도 내가 세 개가 남았다고 대답하자, 펑샤는 신이 나서 깔깔 웃으며 종알거렸다네.

"틀렸어. 다섯 개 남았어."

펑샤의 말을 들으니 웃으려 해도 웃음이 나오지 않더군. 원래 우리 집에는 네 사람이 있었는데, 자전이 가버렸으니 하나가 떨어져나간 것 아닌가. 게다가 자전의 뱃속에는 아이까지 있었고. 나는 펑샤에게 이렇게 설명해주었지.

"엄마가 돌아오면 다섯이 될 수 있단다."

집 안의 값나가는 물건이란 물건은 다 팔아치운 뒤, 어머니는 펑샤를 데리고 나물을 캐러 다니셨다네. 바구니를 들고 지척지척 다니셨는데, 펑샤만큼도 빨리 걷지 못하셨지. 머리는 이미 하얗게 센 양반이 당신 체력으로는 감당할 수 없는 일을 배우려고 하셨어. 어머니가 펑샤를 끌고 한 발 한 발 걸어가는 모습을 바라보고 있노라면, 그 조심조심하는 모습에 눈물이 쏟아질 지경이었지.

나는 더 이상 예전처럼 살 수는 없겠다는 생각이 들었다네. 어머니와 펑샤를 먹여 살려야 했으니 말이야. 그래서 성안에 있는 친지들한테 돈을 빌려 작은 가게를 열겠다고 했는데, 어머니는 아무 말씀도 하지 않으셨어. 이곳을 떠나는 게 아쉬우셨던 게야. 사람은 나이가 들면 다 살던 곳을 떠나고 싶어 하지 않는 법이라네. 그러나 나는 어머니께 단호하게 말씀드렸지.

"이제 집과 땅은 모두 룽얼의 소유가 되었으니 여기 사나 다른 곳에 사나 어차피 마찬가지예요."

그 말에 어머니는 아무 말씀도 안 하시다가 반나절이 지나서야 입을 떼셨지.

"네 아버지 산소가 여기 있지 않느냐."

어머니의 이 한마디에 나는 감히 다른 생각을 할 수 없게 됐지. 이 궁리 저 궁리 해봤지만 결국 룽얼을 찾아가는 수밖에 없었다네.

이곳의 지주가 된 룽얼은 항상 비단옷을 입고 오른손에 찻주전자를 든 채로 밭둑을 어슬렁거렸는데 아주 득의만만한 모습이었지. 그는 커다란 금니를 두 개나 해 넣은 입을 쫙 벌리며 웃고 다녔어. 간혹 마음에 들지 않는 소작인에게 욕을 퍼부을 때도 그렇게 입을 크게 벌렸지. 처음에는 그가 친절해서 그런 줄 알았지만, 차츰 그게 금니를 보여주기 위한 거란 걸 알게 됐다네.

룽얼은 나를 만나면 그래도 어느 정도는 예의를 갖췄지. 늘 웃으며 말했어.

"푸구이, 우리 집에 차 마시러 오게나."

내가 그때까지 룽얼의 집에 가지 않은 건, 거기 가면 가슴 한구석이 저려올 것 같아서였다네. 내가 이 두 다리로 땅을 짚을 무렵부터 그 집에 살았는데, 이제 그 집이 룽얼의 집이 되었으니 내 심정이 어땠겠나.

사람이 그 지경에 처하면 그런 것까지 고려할 수는 없게 되지. '궁하면 뜻이 작아진다'는 옛말을 따를 작정이었네. 내가 룽얼을 찾아갔던 날, 그는 우리 집 거실의 나무의자에 앉아 있었지. 두 다리는 의자 위에 놓고 한 손에는 찻주전자를, 다른 한 손에는 부채를 든 채 내가 들어오는 걸 보더니 입을 벌리고 웃더군. 그가 말했지.

"푸구이로군. 의자 하나 찾아서 앉게나."

룽얼은 의자에 드러누워 꼼짝도 하지 않았고, 나 역시 그가 차를 우려 권하리라는 기대 따위는 하지 않았지. 내가 자리에 앉자 그가 말하더군.

"푸구이, 자네 나한테 돈 빌리러 왔나?"

내가 아니라고 대답하기도 전에 그가 말을 이었네.

"도리를 생각한다면, 나도 자네한테 몇 푼쯤 빌려줘야겠지. 옛말에 당장의 위급함은 도와도 가난은 돕지 않는다고 했네. 나는 자네의 위급한 사정을 도와줄 수 있을 뿐이지, 자네를 가난에서 벗어나게 해줄 수는 없네."

나는 고개를 끄덕이며 말했지.

"밭뙈기를 좀 빌렸으면 하네."

그 말에 룽얼은 빙그레 웃으며 물었어.

"몇 묘나 원하는데?"

"다섯 묘."

"다섯 묘?"

룽얼이 눈썹을 위로 치켜 올리며 묻더군.

"자네 몸으로 당해낼 수 있겠어?"

"단련하면 되겠지."

그는 잠시 생각을 좀 하더니 이렇게 말했어.

"우리 서로 안 지도 오래되었으니, 내 자네한테 좋은 밭으로 다섯 묘를 빌려주겠네."

룽얼은 우의를 이야기하면서 정말로 나에게 좋은 밭 다섯 묘를 빌려줬지. 나 혼자 다섯 묘를 일구다가는 아마 지쳐서 죽을 거야. 나는 농사일을 해본 적이 없어서, 마을 사람들이 일하는 걸 어깨 너머로 보면서 배웠지. 너무 느려서 어쩌나 하는 걱정은 하지 않았다네. 나는 늘 밭에 있었고, 날이 어두워져도 달빛만 있으면 밭에 나가려 했지.

농작물은 계절을 잘 타야 한다네. 한 계절을 놓치면 다른 계절도 다 놓치는 거라구. 그때는 식구들을 먹여 살리기는커녕 룽얼에게 줄 소작료도 채우지 못했어. 옛말에 '둔한 새가 먼저 난다'고 했는데 나는 거기다 많이 날기까지 했지.

어머니는 그런 내가 안쓰러우셨던지 밭에 따라 나와 일을 거드셨어. 연세도 많으시고 다리도 성치 않은 양반이라 허리를 잠깐만 구부려도 잘 펴지 못하셨지. 그래서 밭에 엉덩이를 대고 앉으시는 일이 많았다네. 나는 어머니께 말씀드렸지.

"어머니, 어서 집으로 돌아가세요."

그러나 어머니는 고개를 저으며 말씀하셨어.

"손이 네 개면 두 개보다 낫지 않겠니?"

"어머니가 병이라도 나시면 손이 하나도 없게 되는 거예요. 제가 어머니를 돌봐야 하니까요."

어머니는 그제야 천천히 밭둑 위로 올라가 펑샤와 함께 앉아 계셨지. 펑샤는 매일 밭둑에 앉아 나와 함께 있었고, 여러 가지 꽃을 따다가 자기 다리 옆에 놓아두었다네. 그러고는 나에게 한 송이 한 송이 들어 올려 보이며 무슨 꽃이냐고 물었어. 내가 그 꽃들을 어찌 알겠나. 그래서 난 이렇게 말하곤 했지.

"할머니께 여쭤봐라."

어머니는 밭둑에 앉아 내가 호미질 하는 모습을 보시다가 종종 소리를 치셨어.

"다리를 베지 않도록 조심해라."

낫질을 할 때면 더 맘을 놓지 못하고 시도 때도 없이 말씀하셨지.

"푸구이, 손 베일라."

어머니가 옆에서 주의를 줘도 소용이 없었다네. 일이 너무 많아 되도록 빨리 해야 했으니까. 그렇게 서두르다 보면 다리를 찢기고 손을 다치는 건 어쩔 수 없는 일이지. 손이나 발에서 피가 나면 어머니는 다급한 마음에 그 짧은 다리로 헐레벌떡 뛰어오셨다네. 진흙 한 덩이를 뭉쳐 피가 나는 곳을 틀어막으시고는 쉴 새 없이 잔소리를 하셨어. 한번 말씀을 시작하셨다 하면 반나절이 훌쩍 지나갔지. 그래도 뭐라 대꾸할 수가 없었어. 그랬다가는 어머니 눈에서 눈물이 떨어질 것 같았거든.

어머니는 땅속의 진흙이 사람에게 가장 이로운 거라고 자주 말씀하셨네. 곡식을 자라게 하는 건 물론이고 병도 고칠 수 있다는 거야. 그래서 예전부터 난 어딘가를 다치면 그 위에 질척한 진흙 한 덩이

씩을 붙여놓곤 했지. 어머니 말씀이 맞네. 진흙이라고 우습게 봐서는 안 되지. 그걸로 못 고치는 병이 없다구.

사람이 피곤해서 종일 기력이 없다 보면 쓸데없는 생각 따위는 하지 않게 되더구먼. 룽얼의 밭을 빌린 뒤부터 나는 자리에 누우면 그대로 코를 골며 자느라 다른 건 아예 생각할 겨를도 없었다네. 하루하루가 고되고 피곤했지만 마음은 도리어 편안해졌다고나 할까. 나는 우리 쉬씨 집안도 처음에는 병아리에 불과했으니 내가 이렇게 일을 하면 몇 년 안에 병아리가 거위가 될 거라 생각했어. 그렇게 되면 언젠가 다시 일어설 날이 있을 거라고.

그때부터 나는 더 이상 비단옷을 입지 않았다네. 내가 입는 거친옷은 어머니가 손수 짜주신 거였는데, 처음 입었을 때는 좀 불편하고 살갗도 쏠리더니만 입다 보니 편안해지더군. 그 며칠 전에 마을의 왕시가 죽었다네. 그는 우리 집 소작인이었는데 나보다 두 살이 많았지. 그는 죽기 전에 아들한테 자기가 입던 낡은 비단옷을 나에게 보내라고 했다네. 줄곧 내가 그 집의 작은 주인이었다는 걸 잊지 않고, 내가 죽기 전에 비단옷을 입어 품격을 유지했으면 했던 게지. 왕시의 진심어린 마음에는 미안했지만, 나는 그 비단옷을 잠시 걸쳤다가 금방 벗어버렸다네. 어찌나 불편하던지. 미끌미끌한 게 꼭 콧물로 만든 옷을 입은 것 같더라구.

그렇게 석 달이 지나자 창건이 왔다네. 나를 업고 다녔다는 우리집 머슴 말일세. 그날 나는 밭에서 일을 하고 있었고 어머니와 펑샤는 밭둑에 앉아 있었는데, 창건이 찢어진 옷을 입고 고목의 가지를 지팡이처럼 짚고 찾아온 거야. 손에 보퉁이 하나와 이가 빠진 그릇을 들고 있는 게 영락없는 거지꼴이더군. 평샤가 먼저 그를 알아봤지. 아이가 벌떡 일어나 그를 소리쳐 불렀어.

"창건, 창건."

어머니도 어렸을 때부터 우리 집에서 자란 창건이 온 걸 아시고는 얼른 일어나 맞이하셨지. 그러자 창건이 눈물을 훔치며 말했어.

"마님, 도련님과 평샤 생각이 나서 잠깐 들렀어요."

창건은 밭 한가운데로 와서 내가 무명옷에 진흙을 잔뜩 묻히고 있는 모습을 보고는 눈물을 뚝뚝 흘리며 말했지.

"도련님, 어쩌다 이렇게 되셨어요?"

내가 도박으로 가산을 날린 후에 가장 고통을 받은 사람은 창건이었다네. 창건은 한평생 우리 집 일을 했으니, 관례에 따르자면 나이든 후에는 우리 집에서 그를 부양해야 했거든. 그런데 우리 집이 망해버렸으니 그는 나가서 밥을 빌어먹는 수밖에 없었지.

돌아온 창건의 꼴을 보니 가슴이 아려오더군. 어렸을 때 난 하루종일 그의 등에 업혀 이리저리 싸돌아다녔지. 다 큰 다음에도 그를 안중에 둔 적이 없었어. 그가 우리를 보러 올 줄은 생각지도 못했다네. 내가 창건에게 물었지.

"지낼 만한가?"

창건은 눈물을 훔치며 대답했지.

"그럭저럭 괜찮아요."

"일할 집은 못 찾았지?"

창건은 고개를 저으며 말했어.

"저처럼 늙은 놈을 어느 집에서 받아주겠어요?"

그 말을 들으니 눈물이 나올 것 같더군. 창건은 자기 힘든 건 생각지도 않고 나 때문에 울었다네.

"도련님, 도련님이 어떻게 이런 고생을 하실 수가 있어요."

그날 저녁 창건은 우리 초가집에 머물렀지. 나와 어머니는 창건을 우리 집에 머물게 하는 문제에 대해 생각해보았네. 그렇게 되면 우리가 더 살기 힘들어지겠지만 말일세.

"좀 힘들어진다 해도 창건을 머물게 해야겠어요. 우리가 밥 한두 숟가락씩 덜 먹으면 부양할 수 있을 거예요."

어머니도 고개를 끄덕이셨지.

"창건이 이처럼 좋은 심성을 가졌는데."

다음날 새벽 나는 창건에게 말했다네.

"창건, 자네가 돌아와서 정말 기쁘네. 마침 일손이 하나 부족하니 이제부터 여기 머물게나."

창건은 그 말을 듣더니 나를 보며 웃더군. 웃다가 웃다가 결국 눈물을 쏟았지.

"도련님, 저는 도련님을 도울 기력이 없어요, 도련님의 그 마음만으로도 충분합니다."

창건은 그렇게 말하더니 곧바로 떠나려고 했어. 나와 어머니가 한사코 말렸지만 소용이 없었지.

"잡지 마세요. 나중에 또 뵈러 올게요."

창건은 그날 그렇게 떠난 뒤에 한 번 더 찾아왔다네. 두 번째 왔을 때는 펑샤에게 머리 묶는 빨간 비단을 가져다주었지. 길에서 주은 거라는데, 펑샤에게 주겠다고 깨끗이 씻은 다음 품에 꼭 안고 일부러 찾아온 거야. 그 이후에는 두 번 다시 그를 보지 못했지.


룽얼의 밭을 빌렸으니 난 이제 룽얼의 소작인이 된 셈이었지. 그러니 더 이상 그를 룽얼이라 부를 수는 없었어. 마땅히 룽 마님이라고 불러야 했지. 내가 그렇게 부르자 룽얼은 손을 내저으며 말하더군.

"푸구이, 우리 사이에 그렇게 예의 차릴 필요 없네."

그러나 시간이 흐르자 그도 어느덧 그렇게 불리는 데 익숙해졌지. 그는 내가 밭에서 일을 하고 있으면 종종 다가와 몇 마디씩 던지곤 했다네. 언젠가 나는 한창 벼를 베고 있고, 펑샤가 그 뒤를 따라오며 이삭을 줍고 있는데 룽얼이 거들먹거리며 지나가다가 이런 말을 하더군.

"푸구이, 나 도박에서 손 뗐네. 앞으로 절대로 도박은 안 할 거야. 노름판에 영원한 승자란 없으니, 이득을 보자마자 곧장 손을 뗀 거지. 자네처럼 이 지경에 이르는 일은 면해야 하지 않겠는가."

나는 허리를 굽히며 공손하게 말했다네.

"네, 룽 마님."

그러자 룽얼이 펑샤를 가리키며 물었어.

"얘가 자네 딸인가?"

나는 또 허리를 굽실거리며 말했지.

"네, 룽 마님."

나는 펑샤가 손에 벼 이삭을 든 채 룽얼을 뚫어져라 쳐다보고 있는 걸 보고는 아이에게 황급히 말했다네.

"펑샤, 어서 룽 마님께 인사 올려라."

펑샤도 내가 하던 대로 룽얼에게 허리를 굽실거리며 말하더군.

"네, 룽 마님."

나는 종종 자전과 뱃속의 아이를 떠올렸다네. 우리 집을 떠나고 두어 달쯤 지났을 무렵, 그녀가 사람을 시켜 소식을 전해왔더군. 아들을 낳았다고, 그리고 장인이 그 아이한테 유칭이라는 이름을 지어주셨다고. 어머니는 그 사람에게 초조하게 물으셨지.

"유칭의 성이 뭐랍디까?"

"쉬씨요."

그때 나는 밭에 있었는데 어머니가 그 작은 발로 정신없이 달려와 소식을 알려주셨지. 어머니는 말씀을 채 맺기도 전에 눈물을 훔치셨어. 나는 자전이 아들을 낳았다는 말을 듣자마자 호미를 내팽개치고 성 쪽으로 달려갔다네. 그러나 열 발자국쯤 가다 보니 더 이상 달려갈 엄두가 나지 않았어. 내가 이렇게 달려가 자전과 아이를 만나려고 하면, 장인이 문간에 발도 못 들여놓게 하실 것 같았거든. 그래서 대신 어머니를 채근했지.

"어머니, 어서 채비를 차리고 자전과 아이를 보러 가세요."

어머니도 성안으로 손자를 보러 가겠다고 몇 번 말씀은 하셨지. 그런데 며칠이 지나도록 움직일 생각을 하지 않으시기에 나도 더 이상 재촉하지 않았다네. 여기 풍습에 따르면, 자전은 친정집에서 강제로 데려간 것이니 당연히 친정 식구들이 데려와야 한다는 거야. 어머니가 말씀하셨지.

"유칭의 성이 쉬씨라니까 자전은 곧 돌아올 게다."

그러고는 또 말씀하셨어.

"자전은 지금 몸이 허할 테니 성안에 있는 게 더 낫다. 몸을 좀 추스려야지."

자전은 유칭이 태어난 지 6개월쯤 되었을 때 돌아왔다네. 가마도 타지 않고, 아이를 업은 채로 10리도 넘는 길을 걸어서 말일세. 유칭은 눈을 꼭 감고 있었는데, 그 작은 머리를 자전의 어깨에 기대고는 이리 흔들 저리 흔들 하면서 이 아비와 인사를 했지.

자전은 회색빛이 감도는 붉은 치파오를 입고, 손에는 푸른 바탕에 흰 꽃무늬가 있는 가방을 들고 눈부시게 아름다운 모습으로 돌아왔다네. 그녀가 돌아오는 길 양쪽으로 유채꽃이 활짝 피어 황금물결을 이루었고, 그 곁을 꿀벌이 윙윙거리며 날아다녔지. 자전은 우리 초가집 문 앞에 이르러서는 곧장 들어서지 않고, 그 앞에 서서 함박웃음을 지으며 어머니를 바라보았다네.

어머니는 집 안에서 짚신을 삼다가 문득 고개를 들어보니, 웬 아름다운 여자가 문 앞에 서 있었다고 하시더군. 마침 자전이 햇빛을 가리고 서 있던 터라, 마치 몸에서 환한 빛이 나오는 것 같았던 모양

이야. 어머니는 자전은 물론 자전이 업고 있던 유칭도 알아보지 못
하셨지. 그래서 이렇게 물으셨다네.

"뉘집 아가씬가. 누굴 찾으시는지?"

자전은 그 말을 듣고 깔깔 웃으며 말했다지.

"저예요. 자전이에요."

그때 나와 펑샤는 밭에 있었어. 펑샤는 밭둑에 앉아 내가 일하는
걸 지켜보고 있었지. 문득 누가 나를 부르는 소리를 들었는데 어머
니 목소리 같기도 하고, 아닌 것 같기도 해서 펑샤에게 물었지.

"누가 소리치는 거니?"

펑샤가 고개를 돌려 살펴보더니 말했어.

"할머니야."

몸을 일으켜 보니 어머니가 초가집 문 앞에서 허리를 구부린 채
목이 터져라 나를 부르고 있었고, 그 곁에 회색빛 감도는 붉은 치파
오를 입은 자전이 유칭을 안고 있더라구. 펑샤는 자기 엄마를 보자
마자 후다닥 뛰어갔지. 나는 그 자리에 그대로 서서 어머니가 허리
를 구부린 채 나를 부르는 모습을 바라보고 있었어. 어머니는 너무
힘을 빼셨는지 손바닥으로 다리를 짚고 계셨다네. 자칫하면 바닥으
로 고꾸라질 수도 있으니.

펑샤는 얼마나 빨리 뛰었던지 밭둑 위에서 이리저리 비틀거린 끝
에 마침내 자전의 발 앞에 다다랐지. 유칭을 안고 있던 자전은 얼른
주저앉아 펑샤까지 함께 와락 껴안았다네. 나는 그제야 밭둑으로 걸
어 나왔어. 어머니는 그때까지 나를 부르고 계셨지. 그네들 가까이

가자 머리가 점점 어지러워지더군. 나는 자전 앞으로 곧장 걸어가 그녀에게 미소를 지어 보였다네. 자전은 자리에서 일어나 잠시 나를 뚫어져라 쳐다봤는데, 내 모습이 초라해 보였던지 고개를 숙이고 눈물을 흘리더군.

어머니가 그 곁에서 슬프게 우시며 말씀하셨어.

"내가 자전은 네 여자라고 말한 적이 있지. 다른 누구도 빼앗아갈 수 없다고."

자전이 돌아와 우리 집은 완전해졌다네. 내 일을 도울 조수도 생긴 셈이고. 나는 그때서야 비로소 내 여자를 아끼기 시작했지. 이런 점은 자전이 나한테 슬쩍 알려준 건데, 사실 나 자신은 잘 느끼지 못하고 있었다네. 나는 자전에게 이렇게 말하곤 했지.

"당신은 밭둑에 가서 좀 쉬어."

자전은 성안에서 자란 아가씨라고 하지 않았나. 가녀린 그녀가 일하는 모습을 보고 있으면 가슴이 아팠지. 자전은 쉬라는 말을 들으면 기분 좋은 웃음을 지으며 말했어.

"힘들지 않아요."

어머니 말씀이 사람은 즐겁게 살 수만 있다면 가난도 두렵지 않은 법이라 하셨지. 자전은 치파오를 벗고 나처럼 무명옷 차림으로 온종일 숨도 제대로 못 쉴 만큼 힘들게 일하면서도 내내 웃는 얼굴이었다네. 평샤도 좋은 아이였지. 우리가 벽돌과 기와로 된 집에서 초가집으로 이사를 왔는데도 여전히 신이 난 모습이었고, 거친 음식을 먹여도 토하지 않았으니까. 동생이 돌아온 뒤로는 더욱 신이 나서 밭으로 나를 따라오지 않고, 동생을 안아줄 생각만 했다네. 그러나 유칭은 측은하기 그지없었지. 제 누이는 그래도 4, 5년은 좋은 시절을 보냈는데, 그 애는 성안에서 겨우 반년을 살고 내 곁에 와서 고생을 하고 있으니 말이야. 내가 가장 미안하게 생각한 사람은 바로 내 아들이었다네.

그러한 나날을 1년쯤 보낸 뒤 어머니가 병이 나셨지. 처음에는 그저 어지러운 정도였다네. 종종 우리가 흐리멍덩하게 보인다고 하실 뿐이었어. 나도 별로 신경 쓰지 않았지. 연세가 많으시니 눈이 잘 안 보이는 건 당연한 일이라며…… 그런데 어느 날 어머니가 불을 지피다 말고 갑자기 머리를 옆으로 기울여 담벼락에 기대시는 거야. 그냥 주무시는 줄 알았는데 밭에서 돌아왔을 때도 여전히 그러고 계셨어. 자전이 소리 내 불러도 대답이 없었지. 그래서 손으로 살짝 밀어봤더니 머리가 담을 따라 죽 미끄러졌다는군.

자전은 놀라서 큰 소리로 나를 불렀지. 그래서 부엌에 가보니 어머니가 정신을 차리고는 우리를 똑바로 쳐다보시는 거야. 어떻게 된 일이냐고 여쭈어도 아무 대답이 없었지. 그렇게 잠시 시간이 흐른 뒤에 어머니는 뭔가 눌어붙은 냄새를 맡으셨던 모양이야. 그게 밥 냄새라는 걸 아시고는 그제야 입을 여셨지.

"에구머니나, 내가 어쩌다 잠이 들었지."

어머니는 당황스런 마음에 얼른 일어나려 하셨지만, 반쯤 일어나다 말고 다리가 꺾여 다시 땅바닥에 넘어지셨지. 그래서 어머니를 얼른 침대로 안고 가 눕혔는데, 어머니는 잠깐 잠들었던 것뿐이라며 끝도 없이 중얼거리셨어. 우리가 믿지 않을까 걱정스러우셨던 게지.

자전이 나를 한쪽으로 끌고 가더니 이렇게 말하더군.

"여보, 성안에 가서 의원을 모셔오세요."

의원을 모셔오려면 돈이 든다는 생각에, 나는 망연자실 그 자리에 서서 꼼짝도 하지 못했지. 그러자 자전이 요 밑에서 손수건으로 싼 은화 두 닢을 꺼내 왔어. 그걸 보고 있으니 가슴이 아프더군. 그 은화는 자전이 성안에서 가져온 거였는데, 우리에겐 그 두 닢이 전부였거든. 하지만 어머니의 건강이 더 큰 일이었으니 결국 그 돈을 받아들었지. 자전은 은화를 쌌던 손수건을 가지런히 접어 다시 요 밑에 넣어두고는, 깨끗한 옷을 한 벌 가져와 나더러 갈아입으라 했다네. 옷을 다 갈아입고 그녀에게 말했지.

"내 다녀오리다."

자전은 말없이 나를 따라 문께로 왔지. 몇 발짝 뗀 뒤 고개를 돌려보니, 그녀가 머리를 뒤로 쓸어내리며 고개를 끄덕여 보이더군. 그렇게 해서 자전이 돌아온 뒤, 처음으로 그녀 곁을 떠났다네.

나는 낡긴 했지만 깨끗한 옷차림에, 어머니가 새로 삼은 짚신을 신고 성안으로 갔지. 펑샤가 잠든 유칭을 품에 안고 문 앞에 앉아 있다가 내가 깨끗한 옷을 입은 걸 보더니 신기한 듯 묻더군.

"아빠, 오늘 밭에 안 가?"

나는 어찌나 빨리 걸었던지 반시간도 안 돼서 성안에 이르렀다네. 1년 넘게 가지 않았더니, 성안에 들어서는데 가슴이 정말 떨리더구먼. 옛날에 알던 사람들을 만날까 봐 걱정스러웠지. 낡은 옷을 입고 있는 걸 보면 그들이 뭐라고 할지……. 누구보다도 두려웠던 사람은 장인이었네. 그래서 감히 미곡상이 있는 길로 가지 못하고 멀리 에 둘러서 갔지.

나는 성안 의원들의 솜씨를 다 꿰고 있었지. 누가 돈 버는 데 혈안이 되어 있는지, 누가 양심적으로 돈을 받는지 아주 훤했다구. 생각 끝에 비단 가게 옆의 린 의원을 찾아가기로 했다네. 그 늙은 의사는 장인의 친구였는데, 자전을 봐서라도 치료비를 적게 받을 게 아니겠나.

현장(縣長) 댁 저택을 지나던 길에 비단옷을 입은 아이가 발끝으로 서서 문고리를 잡으려 기를 쓰는 모습을 보았지. 평샤 또래였는데, 나는 그 애가 현장의 아들이겠거니 하고 다가가 말을 걸었어.

"내가 두드려줄까?"

아이가 신이 나서 고개를 끄덕이더군. 그래서 구리로 된 문고리를 잡고 힘차게 문을 두드렸지. 그러자 안에서 누군가 대답하는 소리가 들렸다네.

"들어오세요."

그런데 그 순간 아이가 이러는 거 아니겠나.

"우리 빨리 도망가요."

내가 영문을 몰라 머뭇거리고 있는 동안, 아이는 어느새 담벼락에 착 달라붙어 미끄러지듯 도망을 쳤더군. 잠시 후 문이 열리고 하인 인 듯한 남자가 나와 내 행색을 살피더니, 아무 말도 없이 손으로 나를 밀치더라구. 예상치 못한 그의 행동에 비틀거리다가 그만 계단에서 굴러 떨어지고 말았어. 원래는 몸을 일으켜 그냥 가려고 했다네. 그런데 그놈이 다시 다가와 나를 발로 차며 욕까지 해대는 거야.

"아무리 빌어먹는 놈이라도 여기가 어딘지는 알고 왔어야지."

나는 화가 머리끝까지 나서 욕을 퍼부었지.

"이 몸께서는 네 조상 무덤 속의 그 썩어 문드러진 뼈들을 갉아먹는 한이 있어도, 네놈한테 밥 빌어먹는 일은 없을 거다."

그러자 그놈이 달려들어 내 얼굴에 주먹을 날리고, 또 나를 발로 걸어차는 게 아니겠나. 결국 우리 두 사람은 길거리에서 엎치락뒤치락 한바탕 치고받았지. 그 종놈은 속이 아주 시커먼 녀석이었어. 아무래도 단번에 나를 이기지 못할 것 같으니까, 내 바짓부리를 잡고 늘어지는 거야. 나는 녀석의 엉덩이를 몇 차례 걸어차 줬지. 사실 우리는 둘 다 제대로 싸움을 할 줄 몰랐다네. 그렇게 한창 꼴사납게 치고받고 있는데 누군가 뒤에서 고함을 치더군.

"정말 못 봐주겠구먼. 이 짐승 같은 놈들 싸우는 꼬락서니가 아주 못 봐주겠어."

싸움을 멈추고 뒤를 돌아보니 누런 옷을 입은 한 무리의 국민당 병사들이 서 있는 게 아닌가. 마차가 끄는 대포를 열 개도 넘게 끌고서 말일세. 방금 소리를 지른 사람은 허리에 권총을 차고 있었는데, 바로 그 부대의 장교였지. 나와 치고받던 녀석은 아주 약삭빠른 놈이라, 장교를 보자마자 고개를 끄덕이며 굽실거리더군.

"장교님, 흐흐, 장교님."

그런데 그 장교가 우리 둘한테 손을 흔들어 보이며 이러는 게 아니겠나.

"미련 곰퉁이 같은 놈들, 싸움도 제대로 못 하니 이리 와서 대포나 끌어."

그 말을 듣는 순간 그야말로 머리 가죽이 다 굳어버리는 것 같더군. 나더러 군인이 되라니. 그 종놈도 다급해져서는 앞으로 나가 말했지.

"장교님, 저는 현장님 댁에 있는 사람입니다."

장교가 말했다네.

"현장 아들이면 더 당과 나라를 위해 힘써야지."

"아니, 아니오."

하인은 기겁을 해서 곧바로 말을 이었지.

"저는 아들이 아닙니다. 때려죽인다 해도 제가 어찌 감히 현장님 아들이 되겠습니까. 장교님, 저는 현장님의 하인입니다."

"네 어미나 가지고 놀아라."

장교는 큰 소리로 욕을 했지.

"그리고 이 몸은 장교가 아니라 중대장이시다."

"네, 네, 중대장님, 저는 현장님의 하인입니다."

그러나 그놈이 무슨 말을 하든 도리어 중대장을 귀찮게 할 뿐 아무 소용이 없었네. 참다못한 중대장이 손을 뻗어 그를 한 대 후려쳤지.

"헛소리 그만 하고, 가서 대포나 끌어."

그러더니 나를 보고 말했어.

"너도."

나는 할 수 없이 말고삐를 끌며 그들을 따라갔지. 적당한 때 기회를 잡아 도망칠 생각이었네. 그런데 그 종놈은 앞으로 가서 중대장한테 계속 간청을 하는 거야. 뜻밖에도 얼마쯤 가다가 중대장이 그의 말을 들어주는 게 아닌가.

"가라, 가. 너는 돌아가라고. 이 자식 귀찮아 죽겠네."

종놈은 아주 신이 나서 거의 꿇어앉을 것 같은 자세로 머리를 조아리더군. 그런데 결국 꿇어앉지는 않고 중대장 앞에서 연신 손만 비벼댔다네. 그러자 중대장이 말했지.

"썩 꺼지지 못해."

"꺼집니다, 꺼져요. 이렇게 꺼진다니까요."

그 녀석이 몸을 돌려 돌아가려는 찰나에, 중대장이 허리에서 권총을 꺼내 들었다네. 그러고는 팔을 수평으로 하더니 한쪽 눈을 감고 저 앞에 걸어가는 종놈을 겨누는 게 아니겠나. 그 녀석이 열 발짝쯤 가다가 돌아보고는 얼마나 놀랐던지 꼼짝도 못 하고 그 자리에 서 있더라구. 한밤중에 돌아다니던 참새마냥 중대장에게 조준을 당한 거지. 이때 중대장이 말했어.

"가! 가라니까!"

그 소리에 하인은 철퍼덕 주저앉아 울며불며 소리를 질렀지.

"중대장님! 중대장님! 중대장님!"

중대장이 그를 향해 한 발을 쏘았는데 명중하지는 못하고, 그 녀석 옆에 가서 박혔다네. 총알에 튄 작은 돌이 그의 손을 그어 손에서 피가 흘렀지. 중대장은 손에 쥔 권총을 흔들며 말했어.

"일어나, 일어나라구."

그가 일어나자 중대장이 다시 말했네.

"가! 꺼지라니까!"

크게 상심한 그는 엉엉 울다가 더듬거리며 이렇게 말하더군.

"중대장님, 대포 끌게요."

그러나 중대장은 다시 팔을 들어 올려 두 번째로 그를 겨냥하며 말했다네.

"가! 어서 가라니까!"

그때, 그 종놈이 갑자기 뭔가 깨달았다는 듯 몸을 돌려 미친 듯이 뛰기 시작했네. 중대장이 두 번째 총알을 쏘았을 때, 그는 막 골목으로 접어들고 있었지. 그러자 중대장은 자기 권총을 보며 욕을 한마디 내뱉더군.

"제기랄, 이 몸이 한쪽 눈을 잘못 감았어."

중대장은 뒤에 서 있는 나를 돌아보더니 권총을 꺼내들고는 총구를 내 머리에 대며 말했어.

"너도 돌아가."

그 순간 내 두 다리는 사정없이 후들거렸지. 이번에는 그가 두 눈을 다 잘못 감는다 해도 한 방에 나를 지옥으로 보낼 것 같았다네. 나는 고개를 절레절레 흔들며 연거푸 말했지.

"저는 대포를 끌겠습니다. 끌겠다구요."

나는 오른손으로 고삐를 잡고, 왼손으로는 자전이 준 주머니 속의 은화를 꽉 쥐었지. 성을 나서는 길에 논밭이며, 우리 집이랑 비슷하게 생긴 초가집들을 보며 고개를 숙인 채 눈물을 흘렸다네.

나는 북쪽으로 가는 그 포병 부대를 따라 점점 더 멀리 가게 되었다네. 그렇게 한 달여를 걸어 안후이성에 이르렀지. 처음 며칠은 오로지 도망갈 생각밖에 나지 않았어. 물론 그런 사람은 나뿐이 아니었네. 이틀에 한 번 꼴로 중대 안에서 아는 얼굴이 하나둘씩 사라져 갔거든. 그들이 도망친 게 아닐 거란 생각이 들어 라오취안이라는 노병에게 물어보았지. 그랬더니 그가 그러더군.

"아무도 도망갈 수 없어."

그러고는 간밤에 총소리를 들은 적이 없느냐고 묻기에 들었다고 했더니 그가 이렇게 말해줬다네.

"그게 바로 도망가는 병사를 쏘아 죽이는 소리야. 명이 길어서 살아남는다 해도 다른 부대에 잡히고 말지."

라오취안의 말에 나는 간담이 서늘해졌다네. 라오취안은 항전 중에 국민당군에 끌려왔는데, 잠시 성으로 도망을 갔다가 며칠 만에 푸젠성 부대에 잡혔다고 했어. 그렇게 6년 넘게 군에 있으면서 일본군과는 한 번도 싸워보지 못하고 공산당 유격대하고만 교전을 했다더군. 그 사이에 일곱 번이나 도망을 쳤지만 번번이 다른 부대에 잡혀 끌려왔다는 거야. 마지막으로 도망친 건 그의 고향집에서 불과 100여 리밖에 떨어지지 않은 곳에서였는데, 결국 우리 부대에 잡히고 말았던 거지. 그 후로는 더 이상 도망칠 생각을 하지 않는다고 했어. 라오취안이 그랬지.

"도망이라면 아주 지긋지긋해."

우리는 양쯔강을 건넌 뒤부터 솜저고리를 입었다네. 양쯔강을 건너자 도망갈 마음도 사라졌고, 집에서 멀어질수록 도망갈 배짱도 없어졌지. 우리 중대에는 열대여섯 살 된 아이들이 열 명 정도 있었는데, 그중에 춘성이라는 소년병이 있었다네. 장쑤성 출신이었지. 그 애는 틈만 나면 나한테 북쪽으로 가면 전투를 할 것 같냐고 물었는데, 난 그럴 거라고 답해주곤 했다네. 사실 나라고 뭘 알았겠나. 도망치지 못할 바에야 전투라도 하는 게 낫다고 생각했던 게지. 춘성과 나는 어느새 가장 가까운 사이가 됐다네. 그 애는 늘 나를 따라다니며 내 팔을 잡아끌면서 이것저것 묻곤 했지.

"우리는 죽게 될까요?"

"나도 몰라."

그 말을 하는 나도 괴롭기는 마찬가지였어. 양쯔강을 넘은 뒤부터 총소리와 대포 소리를 듣게 됐지. 처음에는 멀리서 들려왔는데, 이틀을 더 가니 한층 가까운 데서 들리더군. 그 무렵 한 마을에 도착했는데, 사람은 말할 것도 없고 쥐새끼 한 마리 보이지 않았다네. 중대장이 대포를 옮기라 하기에 이번에는 정말 전투가 벌어지는 줄 알았지. 누군가 중대장에게 가서 물었어.

"중대장님, 여기가 어디입니까?"

그러자 중대장이 대뜸 소리를 치더라구.

"그걸 나한테 묻는 거냐? 제기랄, 그럼 난 누구한테 물을까?"

중대장도 우리가 어디에 와 있는지 전혀 몰랐던 거야. 마을 사람은 모조리 달아난 데다가, 사방을 돌아보니 앙상한 나무와 초가집 몇 채를 빼고는 아무것도 없더군. 한 이틀쯤 지나면 누런 옷을 입은 부대가 또 늘어나 있었지. 그들은 사방으로 열을 맞춰 떠나가거나, 사방에서 열을 맞춰 나타나곤 했다네. 어떤 부대는 우리 옆에 주둔하기도 했고 말이야. 이틀이 더 지났는데도 우리는 대포 한 발 쏘지 못했지. 중대장이 말했어.

"우리는 포위됐다."

포위당한 건 우리 중대만이 아니었어. 무려 10만 명이나 되는 국민당군이 겨우 사방 20리 정도 되는 공간에서 포위를 당했지. 천지가 온통 누런 옷이라 절에 제사라도 지내러 온 것 같더구먼. 그때 라오취안은 무척이나 비범해 보였지. 참호 밖의 흙더미에 앉아 담배를 피워 물고 오가는 병사들에게 시도 때도 없이 인사말을 건넸는데, 아는 사람이 정말로 많았다네. 동서남북으로 떠돌며 일곱 부대에나 몸을 담았으니 그럴 만도 하지. 그는 몇몇 안면 있는 사람들과 희희낙락 음담패설을 주고받기도 하고, 서로 아는 이름을 들먹이며 안부를 묻기도 하더군. 그 얘길 들어보면 죽었다, 아니면 며칠 전에 봤다는 내용이었지. 라오취안이 나와 춘성에게 말해줬는데, 그 사람들은 모두 예전에 그와 같이 도망을 쳤던 이들이라 하더군. 그런 얘길 하고 있는데, 누군가 우리 쪽에 대고 소리를 질렀어.

"라오취안, 자네 아직 안 죽었나?"

아는 얼굴을 또 만난 라오취안은 하하 웃으며 대꾸했지.

"네놈은 언제 잡혀온 건데?"

그 사람이 미처 대답을 하기도 전에 다른 쪽에서 또 라오취안을 불렀다네. 라오취안이 얼굴을 돌려 슬쩍 쳐다보더니 황급히 일어나 소리를 치더군.

"이봐, 라오량 어디 있는지 아나?"

그 사람이 히히거리며 고함을 쳤지.

"죽었어."

라오취안은 울상이 되어 자리에 앉더니 욕을 하기 시작했어.

"제기랄, 녀석이 나한테 은화 1위안을 꿔갔는데."

라오취안은 나와 춘성에게 의기양양하게 말했지.

"봤지? 아무도 도망치지 못했다구."

전투가 시작되자마자 포위를 당했지만 해방군은 우리를 즉시 공격하지 않았다네. 우리도 그다지 겁먹지 않았고, 중대장도 그랬어. 중대장은 장제스 위원장이 탱크를 보내 우리를 구해줄 거라고 말했지. 나중에는 앞쪽에서 총포 소리가 점점 크게 들려왔는데도 우리는 여전히 조금도 겁내지 않았어. 다만 모두 할 일도 없고, 중대장이 대포를 쏘라는 명령도 내리지 않아 심심할 뿐이었지. 한 노병이 앞쪽에서는 우리 형제들이 피를 흘리며 죽어가고 있는데 이렇게 한가하게 있는 건 도리가 아니라는 생각에 중대장에게 가서 물었다네.

"우리도 대포 몇 발 쏘면 안 됩니까?"

참호에 숨어 노름을 하던 중대장이 그 말에 화가 머리끝까지 나서

되물었지.

"대포를 쏜다고? 어디로 쏠 건데?"

중대장 말에도 일리가 있지. 대포를 쏘면 우리 국민당군 머리에 맞을 게 뻔한데, 그렇게 되면 전방에 있던 아군이 우리를 죽여 없애 겠다며 단숨에 뒤로 밀고 오지 않겠나. 그거야말로 생난리나 다름없 지. 중대장은 우리에게 참호 안에 들어가 각자 하고 싶은 일을 하라 고 명령을 내렸다네. 나와서 대포 쏠 생각은 하지 말란 뜻이지.

포위당한 이후로 우리는 식량과 탄약이 완전히 바닥나버렸다네. 머리 위에 비행기가 뜨면, 국민당군은 그 아래로 개미떼처럼 바글바 글 몰려들었지. 탄약 상자는 떨어뜨리거나 말거나 모두 쌀부대 위로 몸을 던졌어. 비행기가 떠나면, 쌀을 차지한 아군 형제들은 재빨리 셋이 한 조를 이루어 둘은 쌀부대를 함께 들고, 나머지 한 사람은 옆 에서 총으로 그들을 호위했지. 그렇게 한 무리씩 흩어져 모두 각자 의 참호로 돌아갔다네.

잠시 후, 무리를 이룬 국민당군이 집과 앙상한 나무가 있는 쪽으 로 한꺼번에 쏟아져 나왔어. 사람들은 멀리 있는 집이나 가까이 있 는 집이나 초가집 지붕이라면 죄다 기어 올라갔어. 그들은 초가집을 부수고 나무도 베어냈다네. 그걸 어디 전쟁이라고 할 수 있겠나. 그 정신 사나운 소리라니……. 전방을 뒤엎은 총포 소리나 다를 바가 없었어. 반나절쯤 지나자 눈앞에 있던 집과 나무들이 전부 사라지 고, 텅 빈 대지 위에는 대들보, 나무 따위를 둘러메거나 나무판이나 의자를 안고 있는 병사들뿐이었다네. 그들이 각자 참호로 돌아가자,

밥 짓는 연기가 한 줄기 한 줄기 피어올라 공중에서 하늘거렸지.

당시엔 가장 흔한 게 총알이라 어디에 누워도 총알에 긁혀 다치곤 했다네. 사방의 집이란 집은 다 부수고 나무도 깡그리 베어낸 뒤, 온 천지의 국민당군은 총검을 들고 마른 풀을 베러 갔어. 농번기에 벼를 베는, 딱 그 모양새였지. 어떤 이들은 얼굴 전체가 땀으로 범벅이 되도록 나무뿌리를 파냈다네. 또 어떤 이들은 무덤을 파헤치기 시작했는데, 무덤에서 꺼낸 관을 땔감으로 쓰기 위해서였지. 그렇게 관을 꺼내 쓴 뒤에 죽은 사람의 뼈는 그냥 참호 밖으로 내버렸다네. 다시 묻어주는 일 같은 건 없었어. 그런 지경에 이르면 누구도 죽은 사람의 뼈 따위는 두려워하지 않게 되거든. 아마 그 뼈들을 옆에 두고 잠을 잔다고 해도 악몽을 꾸는 일은 없었을 거야. 그런 식으로 땔감은 점점 줄어들고, 쌀은 오히려 점점 많아졌지. 그렇다 보니 이제 누구도 쌀을 차지하려 다투지 않았다네. 그래서 우리 셋은 쌀 몇 부대를 지고 와 참호 바닥에 깔고는 침대인 양 했지. 그렇게 하고 누우면 총알 때문에 몸이 쑤실 일은 없을 테니까.

더 이상 밥을 지을 땔감을 구할 수 없게 됐을 때까지도, 장제스 위원장은 우리를 구출해내지 못했다네. 다행히도 비행기는 더 이상 쌀이 아니라 다빙(밀가루를 반죽하여 크고 둥글게 구운 떡으로 북방의 주식 중 하나)을 내려주기 시작했어. 보따리에 싼 다빙이 땅에 떨어지면, 국민당 형제들은 짐승처럼 달려들어 뺏고 빼앗느라 난리를 피웠지. 그렇게 달려든 사람들이 한 겹 두 겹 포개져 있는 꼴은 마치 어머니가 촘촘히 엮은 신발 바닥처럼 보였다네. 거기다 괴성까지 질러대니 이리 떼와 다를 바가 없더구먼.

그때 라오취안이 말했지.

"우리 흩어지자구."

각자 흩어져 달려들어야 더 많은 다빙을 가져올 수 있었으니까. 우리는 참호에서 기어 나와 각자 방향을 정해서 달려갔지. 그때는 총알이 코앞에서 날아가거나 빗나간 총알이 느닷없이 날아들기도 했다네. 한번은 내가 정신없이 뛰어가고 있는데, 옆에 가던 사람이 갑자기 쓰러지는 게 아닌가. 배가 고파서 그런 거겠지 하며 고개를 숙여봤더니 머리의 반이 없더군. 어찌나 놀랐던지 다리가 후들거려 나도 넘어질 뻔했다네.

다빙을 차지하기는 쌀을 차지하기보다 훨씬 어려웠지. 우리가 알기로 국민당군은 매일같이 '죽어라 하고' 죽어가고 있었는데, 비행기가 하늘 저편에서 날아오면 마치 텅 빈 대지에서 삐죽삐죽 풀이 자라듯 갑자기 땅속에서 사람들이 솟아나와 비행기를 따라 뛰기 시작하는 거야. 비행기에서 다빙이 떨어지면 그제야 사람들은 뿔뿔이 흩어져 잘 보이는 '낙하산' 쪽으로 돌진해갔지.

그런데 보따리가 별로 단단히 묶여 있지 않은지라, 땅에 떨어지자마자 다빙이 이리저리 흩어지는 일이 다반사였다네. 그걸 보고 수십 명에서 100명 가까이 되는 사람들이 한 곳으로 몰리면 어떤 이들은 근처에도 못 가보고 정신을 잃곤 했지. 나도 한번은 다빙을 빼앗다가 위로 들려 올라간 적이 있는데, 꼭 허리띠로 흠씬 두들겨 맞은 것처럼 온몸이 욱신거리더라구. 그렇게 죽을 고생을 해도 손에 쥔 다빙은 고작 몇 장뿐이었지. 참호로 돌아오니 라오취안이 이미 와서 저쪽에 앉아 있더군. 그도 누구한테 얻어터졌는지 얼굴이 시푸르죽죽한 게 가져온 다빙도 나보다 많지 않더군. 라오취안은 8년 차 군인이었지만 마음은 여전히 선량했다네. 자기 다빙을 내 것 위에 얹어놓으며 춘성이 돌아오면 함께 먹자고 하더라구. 그래서 우리 두 사람은 참호에 쭈그리고 앉아 머리만 밖에 내놓고 춘성을 기다렸지.

조금 뒤에 우리는 춘성이 품에 고무신 한 무더기를 안고 허리를 구부린 채 뛰어오는 걸 봤다네. 그 애는 늘 신이 나 있어서 얼굴이 발그레했지. 그 애가 몸을 굴려 참호 안으로 들어와서는 바닥에 고무신을 한가득 쏟아놓으며 우리에게 묻더군.

"많지요?"

라오취안이 나를 잠시 쳐다보더니 춘성에게 물었네.

"저거 먹을 수 있니?"

"밥을 지을 수 있지요."

생각해보니 정말 그렇더군. 게다가 춘성의 얼굴을 보니 상한 데가 전혀 없었어. 라오취안이 감탄했는지 나한테 그러더군.

"이 녀석 누구보다 영리한걸."

그 뒤로 우리는 다빙을 얻으려 싸우지 않고, 춘성의 방법을 쓰기로 했지. 다빙을 차지하려는 사람들이 뒤엉켜 있을 때 우리는 그들의 고무신을 모으러 다녔는데, 어떤 발은 반응이 없었고 어떤 발은 발버둥을 쳤다네. 그러면 우리는 손에 잡히는 대로 철모를 들어 그 얌전치 못한 발을 호되게 때려줬어. 그러면 그 발은 몇 번 움츠리다

97

가 얼어붙은 것처럼 꼼짝도 하지 않더구먼.

우리는 그렇게 고무신을 한 아름씩 안고 참호로 돌아와 불을 지폈다네. 어차피 쌀이야 남아도는 거였고, 그렇게 하면 육체적인 고통을 피할 수 있었지. 우리 셋은 밥을 지으면서 한겨울에 맨발로 이리 뛰고 저리 뛰고 하는 사람들을 지켜보았어. 어찌나 재미있던지 웃음을 멈출 수가 없었다구.

그러는 사이에 전방의 총포 소리가 점점 긴박해져갔지. 밤인지 낮인지 구분할 수 없을 정도였어. 우리도 어느새 참호 속에서 그 소리를 듣는 일에 익숙해졌다네. 포탄은 종종 멀지 않은 곳에서 터졌는데, 그 바람에 우리 부대의 대포가 모두 파괴되었지. 그 대포들은 한방 제대로 쏘아보지도 못하고 고철덩어리가 돼버린 거지. 그래서 우리는 더더욱 할 일이 없어졌고 말이야.

그런 나날들을 보내다 보니 어린 춘성도 두려움이 없어졌지. 하긴 그땐 두려움도 소용이 없었으니. 총포 소리는 점점 가까워졌지만, 우린 아직 멀리 있다고 생각했어. 가장 견디기 어려웠던 건 갈수록 심해지는 추위였다네. 몇 분에 한 번씩 추위에 잠이 깰 정도였으니까. 밖에서 포탄이 터지면 귓속이 윙윙거릴 정도로 진동이 심했지. 이러니저러니 해도 춘성은 아직 어린 아이였어. 언젠가 춘성이 정신없이 자던 중에 포탄 한 방이 근처에서 터지는 바람에 몸 전체가 튕겨나간 적이 있는데, 그렇게 잠에서 깨니 분통이 터졌던지 참호 위에 서서 전방의 총포 소리에 대고 버럭 고함을 치더라구.

"이 우라질 놈들아! 작작 좀 해라, 시끄러워서 이 몸이 잠을 못 자겠다!"

나는 춘성을 후다닥 끌어내렸지. 그때는 이미 총알이 참호 위로도 날아다니고 있었거든.

국민당군의 진영은 날이 갈수록 작아졌다네. 우리는 감히 참호 밖으로 나갈 엄두를 내지 못했지. 뱃속이 쓰리다 못해 아릴 만큼 배가 고파야 겨우 먹을 걸 찾으러 나갈 정도였다구. 매일 수천 명의 부상자가 실려 왔는데, 우리 중대는 후방에 있었기 때문에 부상자 천지가 되었다네. 며칠 동안 나는 라오취안, 춘성과 함께 참호에 엎드려 머리만 달랑 드러낸 채 팔다리가 없거나 잘려나간 부상병이 들것에 실려 오는 모습을 바라보았지. 시간이 약간 흐른 뒤, 길게 연결된 들것이 들어왔는데 들것을 든 사람들은 모두 고양이처럼 허리를 굽히고 있었다네. 들것을 옮겨온 군인들은 우리가 있는 곳 가까이에서 공터를 하나 찾아내 하나, 둘, 셋 하는 소리와 함께 그것을 뒤집었지. 그렇게 부상병들을 쓰레기처럼 바닥에 내동댕이치고는 완전히 신경을 꺼버렸다네. 부상병들이 아프다며 악악거리고, 천지가 진동할 정도로 아우성치는 소리가 꼬리에 꼬리를 물고 울려 퍼졌지. 라오취안은 들것 드는 사람들이 떠나가는 모습을 바라보며 욕을 퍼부었다네.

"저런 짐승 같은 놈들."

부상자는 갈수록 늘어났어. 전방에서 포성이 들려오는 한 들것이 우리 쪽에 와서 하나, 둘, 셋 하는 소리와 함께 부상자들을 내동댕이치고 가는 일은 계속될 수밖에 없었지. 바닥의 부상자들은 처음에는 한 무더기 한 무더기였지만, 곧 쌓이고 쌓여 한 부대를 이루었다네. 그들이 고통으로 울부짖던 소리를 아마 난 평생 잊지 못할 걸세. 나와 춘성은 그 모습을 보며 가슴 속을 한바탕 휘도는 한기를 느꼈고, 라오취안도 인상을 잔뜩 찌푸렸지. 나는 속으로 이 전쟁은 또 어떻게 치러야 하나 생각했다네.

날이 어두워지자 눈까지 내렸어. 그리고 꽤 오랫동안 포성이 멎었지. 우리는 참호 바깥에 누워 있는 부상자 수천 명의 비명을 듣고 있었는데, 우는 것 같기도 하고 웃는 것 같기도 했다네. 어쨌거나 그건 고통에 겨워 내는 소리였지. 나는 그 후로 두 번 다시 사람을 그토록 두려움에 떨게 하는 소리를 들어본 적이 없네. 그 소리는 커다랗게 용솟음치는 밀물처럼 우리 몸 위로 사정없이 밀려왔어. 그 와중에 눈꽃이 떨어졌지만, 하늘이 너무 어두워 눈으로 볼 수는 없었지. 그저 몸이 얼었다 축축해졌다 하고, 또 손 위에 보드라운 솜조각 같은 게 앉았다가 천천히 녹아내린 뒤 얼마 지나지 않아 다시 두꺼운 눈꽃 층이 쌓이는 걸 느낄 뿐이었다네.

우리 셋은 꼭 붙어서 잠을 잤지. 배도 고프고 춥기도 했으니까. 그때는 비행기도 거의 날아오지 않아서 먹을 걸 찾기가 아주 어려웠다네. 어느 누구도 더 이상 장제스 위원장이 우리를 구해줄 거라 기대하지 않았어. 앞으로 살아남을지 죽게 될지는 누구도 알 수 없었다네. 문득 춘성이 나를 살짝 밀치며 물었어.

"푸구이, 잠들었어요?"

"아니."

춘성은 다시 라오취안을 살살 밀었는데, 라오취안은 아무 말도 하지 않았다네. 춘성이 코를 두어 번 훌쩍이더니 나에게 말했어.

"이번에는 못 일어나려나 봐요."

그 말을 들으니 나도 콧등이 시큰해지더구먼. 그때 라오취안이 입을 열었어. 두 팔을 쭉 펴면서 말을 하더군.

"재수 없는 소리 하지 마."

그러더니 몸을 일으켜 앉으며 또 한마디 했지.

"이 몸은 크고 작은 전투를 수십 차례나 치렀어. 나는 나 자신에게 이렇게 말하곤 하지. '이 몸은 죽었다가도 다시 살아날 거다. 총알이 내 몸의 어느 곳을 스쳐도 나를 다치게 하지는 못한다'고 말이야. 춘성, 스스로 죽지 않는다고 생각하면 죽지 않아."

그 다음엔 우리 중 누구도 말을 하지 않았다네. 모두 자기 고민에 빠져들었던 거지. 나는 오로지 집 생각만 했다네. 펑샤가 유칭을 안고 문 앞에 앉아 있던 모습과 어머니와 자전의 모습을 떠올렸지. 그렇게 계속 생각에 생각을 거듭하다 보니 가슴이 콱 막혀 숨 쉬기가 힘들 지경이었어. 누군가가 입과 코를 틀어막은 것처럼 말일세.

밤이 되자 참호 밖 부상병들의 신음소리도 점점 작아졌지. 나는 그들 대부분이 잠들었을 거라 생각했어. 몇 사람만 여전히 "어이쿠" 하는 소리를 내고 있었는데, 그 소리가 한 마디 한 마디 바람에 나부껴 마치 서로 이야기를 나누는 것처럼 들렸다네. 한 사람은 묻고 한 사람은 답하는 것처럼 말일세. 물론 그 소리는 너무나 처량해서 산 사람 목소리 같지 않았지만.

그렇게 시간이 흐르고 딱 한 목소리만 남아 울음을 삼키는데, 소리가 너무 낮아서 꼭 모기가 얼굴 위를 살금살금 날아다니는 듯한 기분이었네. 그 소리에 계속 귀를 기울여보니, 신음소리 같지는 않고 몇 마디 노래를 흥얼거리는 것 같았어. 아무 소리도 들리지 않을 정도로 적막한 가운데 오로지 그 소리 하나만 오래도록 주변을 오가며 들려왔다네. 가만히 듣고 있노라니 눈물이 나오더군. 눈물이 흘러 얼굴에 내려앉은 눈을 녹이고, 이어 찬바람에 날려 목을 타고 흘러내렸지.

날이 밝자 아무 소리도 들리지 않았어. 머리를 내놓고 살펴보니 어제 비명을 지르던 수천 명의 부상병이 전부 죽어 있더군. 여기저기 마구 뒤엉킨 채 누워 미동도 하지 않는 시체들을 눈꽃이 내려앉아 살짝 뒤덮고 있었지. 우리처럼 참호 속에 아직 살아 있는 사람들은 한참 동안 그 모습을 바라보며 아무 말도 하지 않았다네. 라오취안같이 죽은 사람을 수없이 봐온 노병도 한참을 멍청하게 바라보고만 있었어. 마침내 그가 한숨을 쉬고는 머리를 절레절레 흔들며 말하더군.

"참혹하군."

그러고는 참호에서 기어 나와 그 거대한 시체 더미 한가운데로 가서는 이리 뒤집어보고 저리 끄집어내보고 했다네. 라오취안은 등을 활처럼 구부린 채 전사자들 사이를 이리저리 넘어 다녔는데, 때로는 꿇어앉아 눈뭉치로 누군가의 얼굴을 닦아냈지. 그때 포성이 또 들려오는가 싶더니 총알 하나가 순식간에 우리 쪽으로 날아왔어. 나와 춘성은 대번에 정신을 차리고 황급히 라오취안을 불렀지.

"빨리 돌아와요."

라오취안은 아랑곳하지 않고 계속 이곳저곳을 살폈다네. 그러더니 잠시 후 벌떡 일어나 사방을 몇 번 둘러보고는 그제야 우리 쪽으로 걸어왔지. 그는 나와 춘성을 향해 걸어오면서 손가락 네 개를 펴보였어. 그러고는 고개를 흔들며 말했지.

"네 명이야. 내가 아는 사람은."

그런데 말을 마치자마자 라오취안이 갑자기 우리를 향해 눈을 부릅뜨는 거야. 이어 그의 두 다리가 굳은 듯 꼿꼿이 서더니, 곧바로 풀썩 주저앉더군. 우리는 그가 왜 그러는지 몰랐어. 그저 총알이 날아오는 것만 보고 필사적으로 소리를 질렀지.

"라오취안, 어서 피해."

몇 번 고함을 질렀지만 라오취안은 여전히 그 자세로 있더라구. 나는 라오취안한테 일이 터졌다는 걸 그제야 깨달았지. 재빨리 참호에서 기어 나가 라오취안에게 달려가 봤더니, 그의 등짝에 피가 낭자해 있더군. 순간 눈앞이 캄캄해져 거의 울부짖듯이 춘성을 불렀지. 춘성이 달려와 둘이 함께 라오취안을 참호로 끌고 왔다네. 그러는 사이에도 총알이 시시때때로 우리 곁을 스쳐 지나갔지.

라오취안을 바닥에 눕히고는 등짝의 피가 나는 곳을 손으로 꽉 막았어. 축축하면서도 뜨거운 느낌이었지. 그때까지도 피가 멈추지 않아 누르고 있는 내 손가락 사이로 흘러내리더군. 문득 라오취안이 천천히 눈을 껌뻑거렸는데 우리를 잠시 쳐다보는 것 같았어. 그러더니 입술을 달싹하며 까슬까슬한 목소리로 묻더구면.

"여기가 어디야?"

나와 춘성은 고개를 들어 사방을 둘러보았지. 하지만 우린들 거기가 어딘지 어찌 알겠나? 하는 수 없이 다시 그를 바라보았지. 그가 눈을 한 번 꾹 감았다가 다시 천천히 뜨는데, 글쎄 눈이 점점 커지는 거야. 입은 잔뜩 일그러져 쓴웃음을 짓는 것 같았고 말이야. 잠시 후 우리는 쇳소리 같은 그의 목소리를 들었지.

"이 몸은 어디서 죽는지도 모르고 죽는구나."

라오취안은 말을 마치고는 곧 눈을 감았네. 머리가 한쪽으로 기울어지는 걸 보고, 나와 춘성은 그가 죽었다는 걸 알았지. 우리는 서로 한참을 바라보다가 춘성이 먼저 울음을 터뜨렸고, 그 모습에 나도 울음을 참을 수가 없었다네.

나중에 우리는 중대장이 민간인 복장으로 갈아입고 허리에는 지폐를 둘둘 말아 차고는 보따리를 들고 서쪽으로 가는 걸 봤지. 우리는 그가 도망치는 거라는 걸 알았어. 옷 속에 꽁꽁 싸맨 지폐 때문에 걸어가는 꼬락서니가 꼭 뚱뚱한 노파가 뒤뚱거리는 것 같더구면. 어떤 소년병 하나가 그에게 소리쳤어.

"중대장, 장 위원장이 우리를 구하러 올까요?"

중대장이 고개를 돌려 말하더군.

"멍청한 놈아! 지금은 네 어미도 널 구하러 올 수 없어. 제 목숨은 제가 구해야 한다고."

한 노병이 그에게 총을 쏘았는데 맞지는 않았어. 중대장은 총알이 자기한테 날아드는 소리를 듣자 지난날의 위풍은 다 어디로 갔는지, '걸음아 날 살려라' 미친 듯이 도망치더군. 이어서 여러 명이 총을 꺼내들고 쏘아대자, 그는 아우성을 치며 이리저리 날뛰더니 곧 눈밭 속으로 숨어 멀리 달아났다네.

총포 소리가 바로 코앞에서 들려올 때쯤 되니, 전방에서 총을 쏘던 사람들의 그림자가 어렴풋이 보이기 시작했지. 그 그림자들은 화약 연기 속에서 하나둘씩 휘청대며 쓰러져갔다네. 그때 나는 내가 정오까지도 살기 힘들 거라 생각했어. 정오가 되기 전에 내가 죽을 차례가 올 것 같았거든. 그렇게 한 달쯤 총포 소리를 들으며 겨우 겨우 살다보니, 죽는다는 게 그리 두렵지 않았다네. 다만 내가 이렇게 아무도 모르는 곳에서 어이없게 죽는다는 게 억울했을 뿐이지. 어머니와 자전은 내가 어디에서 죽었는지도 모르지 않겠는가.

춘성이 어쩌고 있나 봤더니, 한 손은 여전히 라오취안의 몸에 올려놓은 채 고통스런 얼굴로 나를 바라보고 있더군. 며칠 동안 생쌀만 먹어서 그런지 얼굴이 퉁퉁 부어 있었어. 그가 혀끝으로 입술을 핥으며 말했지.

"다빙을 먹고 싶어요."

그 지경에 이르면 죽고 사는 문제는 이미 중요하지 않다네. 죽기 전에 다빙이라도 실컷 먹으면 그걸로 족한 거지. 춘성이 곧 자리에서 일어났어. 나는 총알을 조심하라는 말을 하지 않았지. 그가 나를 쳐다보며 말했네.

"어쩌면 밖에 다빙이 있을지 몰라요. 가서 찾아볼게요."

춘성은 참호 밖으로 기어 나갔고, 나는 그를 말리지 않았네. 어차피 정오가 되기 전에 모두 죽어 나자빠질 텐데 정말 다빙을 먹을 수 있다면 그만큼 좋은 일이 어디 있겠나. 나는 그가 맥없이 축 늘어진 몸으로 시체 위를 넘어 다니는 모습을 지켜보았지. 녀석이 몇 발짝 걸어가다가 나한테 고개를 돌려 말하더군.

"어디 가지 마세요. 다빙 찾아서 곧 돌아올게요."

그는 두 손을 내려뜨리고 고개를 숙인 채 앞쪽의 짙은 연기 속으로 걸어 들어갔다네. 그때 그곳의 공기는 온통 탄내와 화약 냄새로 꽉 차 있어서, 숨을 들이마시면 목구멍에 조그만 돌 같은 게 까끌까끌 느껴졌지.

정오가 되기 전에 참호 안에 살아 있던 사람들은 전부 포로가 되었다네. 총을 든 해방군이 들이닥쳤을 때, 한 노병이 우리에게 두 손을 번쩍 들라고 했어. 긴장 때문에 새파래진 얼굴로 옆에 있는 총을 건드리지 말라고 고함을 치더군. 자기까지 재수 없는 일을 당할까 봐 두려웠던 게야. 춘성보다 몇 살 많아 보이지 않는 한 해방군이 갑자기 시커먼 총구를 나에게 들이댔다네. 순간 가슴이 철렁 내려앉는 게 이번에는 정말 죽겠구나 했지. 그런데 그는 총은 쏘지 않고 나한테 뭐라고 고함을 쳤어. 잘 들어보니 기어 나오라는 말이더라구. 그 한마디에 가슴이 어찌나 쿵쾅거리던지. 난 또다시 살 수 있을지 모른다는 희망을 품게 됐다네. 참호에서 기어 나오자 그 소년병이 말했어.

"손 내리시오."

손을 내려놓으니 긴장했던 마음도 풀어지더군. 포로가 나까지 해서 스무 명이 좀 넘었는데, 그 소년병 하나가 우리 전부를 이끌고 남쪽으로 갔지. 얼마 안 가서 우리는 더 큰 포로 무리에 들어가게 됐다네. 곳곳에서 짙은 화약 연기가 하늘로 치솟고 있었어. 우리는 모두 같은 곳을 향해 길을 돌아 갔다네. 움푹 팬 땅은 시체와 터져버린 총포로 온통 뒤덮여 있었고, 그 곁에서 까맣게 탄 군용차가 삑삑 소리를 내고 있었지. 그런데 얼마쯤 가자 스무 명이 넘는 해방군이 큼지막하고 새하얀 만터우를 들고 북쪽에서 우리가 있는 쪽으로 다가오는 게 아니겠나. 뜨거운 김이 모락모락 솟아나는 만터우를 보니 입에서 절로 침이 흐르더군. 우리를 압송하던 장교가 말했어.

"당신들 알아서 줄 좀 서시오."

그들이 우리에게 먹을 걸 주리라고는 꿈에도 생각 못했네. 춘성이 같이 있으면 얼마나 좋을까 싶어 먼 곳을 한번 둘러봤지만, 죽었는지 살았는지 알 길이 없었지. 우리는 거의 자동적으로 20여 종대로 줄을 서서 한 사람 앞에 만터우 두 개씩을 배급받았어. 세상에, 먹는 소리를 그렇게 크게 듣기는 생전 처음이었지. 돼지 수백 마리가 먹는 소리보다 더 크더군. 게다가 모두 어찌나 빨리 먹던지, 몇몇 사람은 숨이 넘어갈 듯 캑캑거렸어. 그 소리는 갈수록 커졌는데, 내 옆에 있던 사람이 그중에서도 제일 큰 소리를 냈지. 그는 하도 캑캑거리다 보니 아프기까지 했던지 허리를 잡은 채 눈물을 다 흘리더군. 하지만 대부분은 목이 메어 머리를 쳐들고 하늘을 바라보며 꼼짝도 하지 않았다네.

다음날 새벽, 우리는 공터에 집합해 바닥에 질서정연하게 앉았지. 앞에는 탁자 두 개가 놓여 있었는데 장교인 듯한 사람이 우리에게 일장 연설을 했다네. 그는 먼저 전 중국이 해방되어야 하는 이유에 대해 한바탕 설교를 하고는 마지막에 해방군에 참여하고 싶은 사람은 계속 앉아 있고, 집에 돌아가고 싶은 사람은 앞으로 나와 여비를 수령해 가라고 했지.

집에 돌아갈 수 있다는 말에 가슴이 쿵쾅쿵쾅 뛰었다네. 하지만 그 장교가 허리에 차고 있는 권총을 보니 덜컥 겁이 나더군. 나 같은 놈한테 어디 그런 좋은 일이 생길까 싶었거든. 대부분이 그 자리에 그대로 앉아 있었는데, 몇 사람이 정말 탁자 쪽으로 걸어 나가 여비를 받더라구. 장교는 가만히 앉아 바라보고만 있었고 말이야. 돈을 받은 사람들은 이어서 통행증까지 받았다네. 그들은 곧 길을 떠났는데, 그 모습을 보고 있으니 심장이 목구멍까지 솟아오를 것처럼 쿵쾅거리더군. 그 장교가 예전의 우리 중대장처럼 권총을 꺼내 그들을 쏴 죽일 줄 알았거든. 하지만 그들이 멀리 사라져 가는데도 장교는 권총을 꺼내지 않았네. 이번엔 진짜 긴장이 되더군. 해방군이 정말로 우리를 집에 돌려보내려 한다는 걸 알았으니까. 그때껏 전쟁을 겪으면서 나는 전쟁이 어떤 건지 알게 됐어. 그래서 난 나 자신에게 '전쟁 같은 건 두 번 다시 하지 않는다. 집으로 돌아가자' 하고 말했다네. 나는 자리에서 일어나 곧장 그 장교 앞으로 가서는 철퍼덕 꿇어앉아 엉엉 울기 시작했다네. 원래는 집에 가고 싶다고 말하려 했는데, 어쩐 일인지 말이 입가에서 바뀌어 이렇게 소리치고 말았지.

"중대장님, 중대장님, 중대장님……."

다른 말은 나오지 않더라구. 그러자 장교가 나를 부축해 일으키며 하고 싶은 말이 뭐냐고 물었지. 하지만 나는 중대장 소리만 하며 계속 울었다네. 그때 옆에 있던 해방군 하나가 그러더군.

"그분은 단장님이셔."

그 말에 나는 깜짝 놀라 망했구나 싶었는데, 옆에 앉아 있던 포로들이 깔깔거리며 웃더라구. 단장도 웃는 얼굴로 물었지.

"자네, 무슨 말을 하고 싶은 건가?"

나는 그제야 마음이 놓여 말했지.

"집에 돌아가고 싶습니다."

해방군은 나를 돌려보내며 여비까지 줬다네. 나는 서둘러 남쪽을 향해 걸었지. 배가 고프면 해방군이 준 돈으로 샤오빙(밀가루를 반죽해 원형 또는 사각의 평평한 모양으로 만든 다음 겉에 참깨를 뿌려 구운 빵)을 사 먹고, 잠이 오면 평평한 곳을 찾아 눈을 붙였지. 집 생각이 너무나 간절했어. 남은 생을 어머니와 자전, 그리고 두 아이와 함께 살아갈 수 있다는 생각에 울다가 웃다가 하며 미친 듯이 남쪽으로 달려갔다네.

그렇게 양쯔강에 이르렀는데, 남쪽은 아직 해방이 되지 않았더군. 해방군은 이제 막 강을 건널 준비를 하고 있는 중이었지. 나는 건너가지도 못하고 그곳에서 몇 개월을 보냈다네. 굶어 죽지 않으려고 여기 저기 일거리를 찾아다니며 말일세. 나는 해방군에 노 저을 사람이 부족하단 걸 알았지. 난 예전에 부자였을 때 배 타는 게 재미있어서 노 젓는 법을 배운 적이 있다네. 그래서 몇 번이나 해방군에 들어가 그들 대신 배를 저어주고 강을 건널까 생각했지. 해방군이 나한테 잘해줬던 걸 생각하면 은혜를 갚는 게 도리이기도 했고 말이야. 하지만 난 전쟁이 너무나 두려웠다네. 식구들을 못 만나게 될까봐 겁이 나기도 했고. 자전과 가족을 위해 이렇게 다짐했지.

'은혜 갚는 건 포기하자. 대신 해방군이 잘해준 건 절대 잊지 않기로 하자.'

나는 남쪽으로 싸우러 가는 해방군의 뒤꽁무니를 따라서 집으로 돌아왔다네. 따져보니 집을 떠난 지도 어느덧 두 해 가까이 되었더군. 떠날 때는 늦가을이었는데 돌아왔을 때는 초가을이었어. 나는 온몸이 흙투성이가 되어 고향 길목에 접어들었지. 얼마 후 내가 살던 마을이 보였는데 변한 게 하나도 없더군. 한눈에 알아보고 서둘러 그쪽으로 걸어갔어. 조금 걷다 보니 옛날에 살던 기와집이 보였고, 이어서 지금 사는 초가집이 보였네. 초가집을 보자마자 참지 못하고 뛰기 시작했지.

마을 어귀에서 멀지 않은 곳에 일고여덟 살가량 되어 보이는 여자아이가 세 살배기 남자아이를 데리고 풀을 베고 있더군. 나는 그 해진 옷을 입은 여자아이가 우리 펑샤라는 걸 바로 알아차렸다네. 펑샤가 유칭의 손을 잡고 있었는데도 유칭은 어기적어기적 걸어 다녔어. 나는 펑샤와 유칭에게 소리쳤지.

"펑샤! 유칭!"

평샤는 듣지 못했는지, 뜻밖에도 유칭이 몸을 돌려 나를 보더군. 그 아이는 평샤 손에 이끌려 계속 걸어가면서도 머리는 내 쪽으로 돌리고 있었지. 나는 또다시 소리를 질렀다네.

"평샤! 유칭!"

유칭이 제 누이를 잡아끌자 평샤가 내 쪽으로 몸을 돌렸지. 나는 얼른 애들 앞으로 뛰어가 무릎을 굽히고 평샤에게 물었어.

"평샤, 나를 알아보겠니?"

평샤는 눈을 크게 뜨고 나를 한참 바라보다가 입술을 움직였어. 그런데 아무 소리도 나지 않는 거야. 내가 평샤에게 말했지.

"내가 네 아빠다."

그러자 평샤가 웃음을 터뜨리더군. 그런데 입을 쫙쫙 벌리는데도 아무런 소리가 나지 않는 거야. 뭔가 이상하다는 느낌이 들었지만 더 깊이 생각하지는 않았지. 단지 평샤가 나를 알아봤고, 그래서 입을 크게 벌리며 웃었고, 그때 보니 앞니가 다 빠져 있더라는 것만 생각했다네. 손을 뻗어 그 애의 얼굴을 쓰다듬어주니, 눈을 반짝거리며 얼굴을 내 손에 가만히 대더라구. 그러다 유칭을 바라보았다네. 물론 그 아이는 나를 알아보지 못했지. 녀석이 잔뜩 겁을 집어먹고 누이의 몸에 달라붙어 있기에 가서 끌어당기니까 나를 피하더라구. 그래서 녀석에게 말을 붙였지.

"아들아, 내가 네 아빠다."

그러자 유칭은 아예 제 누이 뒤에 숨더니 평샤의 등을 떠밀며 이러더군.

"우리 빨리 가자."

그때 웬 여자가 우리 쪽으로 달려오면서 내 이름을 목메어 부르는 게 아니겠나. 나는 단박에 자전인 줄 알았지. 자전은 이리 비틀 저리 비틀 내 앞까지 뛰어와서는 소리를 질렀다네.

"푸구이."

그러고는 땅바닥에 주저앉아 대성통곡을 하더군. 나는 자전을 달래며 말했어.

"울지 마. 울지 말라구."

하지만 그렇게 말하는 나도 엉엉 울었다네.

마침내 집에 돌아와 자전과 두 아이가 잘 살고 있는 걸 보니 마음이 놓이더군. 그들 셋은 나를 빙 에워싼 채 집으로 데려갔다네. 우리 초가집에 들어서자마자 나는 연거푸 소리를 쳤지.

"어머니! 어머니!"

그렇게 소리치며 집 안으로 뛰어 들어갔는데 어머니의 모습이 보이지 않았어. 순간 눈앞이 캄캄해져 뒤를 돌아 자전에게 물었지.

"어머니는?"

자전은 아무 말 없이 눈물만 줄줄 흘리며 나를 바라보았어. 그 모습에 나는 어머니가 아주 먼 곳으로 떠나셨다는 걸 알게 됐지. 그대로 문간에 선 채 고개를 수그리니 눈물이 왈칵 쏟아졌다네.

어머니는 내가 집을 떠난 지 두 달이 좀 넘었을 무렵에 돌아가셨다네. 자전이 그러는데, 어머니는 돌아가시기 전에 몇 번이나 이런 말씀을 하셨대.

"푸구이는 노름을 하러 간 게 아니란다."

자전은 내 소식을 들으러 수도 없이 성안에 갔는데, 내가 군대에 잡혀갔다고 알려준 사람은 아무도 없었다더군. 그래서 어머니가 그런 말씀을 하셨던 거야. 불쌍한 우리 어머니, 돌아가실 때 아들놈이 어디 있는지도 모르셨으니…….

평샤도 가엾기가 이를 데 없었네. 1년 전에 한 차례 열이 크게 난 다음부터 말을 못하게 되었다더구먼. 자전이 울면서 그 얘기를 할 때 평샤는 나와 마주앉아 있었는데, 우리가 자기 얘기를 하는 줄 알고는 나를 보고 살며시 미소를 지었다네. 그 애가 웃는 모습을 보니 가슴이 바늘에라도 찔린 것처럼 아파오더군. 유칭도 나를 아빠로 받아들이긴 했지만, 여전히 나를 두려워했다네. 내가 안기만 하면 애원하는 듯한 눈으로 자전과 평샤를 바라보았지.

어쨌든 나는 집에 돌아왔다네. 그날 밤엔 도무지 잠이 오지 않더구먼. 나와 자전, 그리고 두 아이가 나란히 누워 있는데, 바람이 지붕 위의 띠를 흔드는 소리가 들리고 환한 달빛이 문틈으로 새어 들어오는 게 보였지. 그에 따라 내 마음도 편안해지고, 또 따뜻해졌다네. 나는 잠시 자전을 쓰다듬다가, 또 두 아이를 쓰다듬고는 나 자신에게 말했어.

"나는 집에 돌아온 거야."

내가 돌아왔을 무렵 마을에서는 토지 개혁이 시작되었지. 나는 다섯 묘의 땅을 배분받았는데, 바로 내가 예전에 룽얼에게 빌렸던 다섯 묘 그대로였다네. 그런데 룽얼은 오히려 낭패를 보게 됐지. 지주가 되어 우쭐댄 지 채 4년도 안 됐는데, 해방을 맞았으니 완전히 끝장난 게 아니겠나. 공산당은 그의 재산을 몰수해 이전의 소작인들에게 나눠줬지. 그는 죽어도 잘못을 인정할 수 없다는 듯 소작인들을 위협했다네. 자기를 무시하는 사람들은 찾아가 패기까지 하면서 말이야. 룽얼은 화를 자초했던 게야. 인민정부는 룽얼을 잡아들여 악덕지주로 몰았다네. 성안의 감옥에 들어간 후에도 그는 정세가 어떻게 돌아가는지 제대로 파악하지 못한 모양이야. 어찌나 고집이 센지 거의 바위덩어리 수준이었다니까. 그러다 끝내는 죽임을 당했지.

룽얼이 총살당하던 날 나도 가서 보았다네. 룽얼은 죽음이 임박해서야 기가 죽었는데, 사람들 말이 그가 성안에서 압송되어 나올 때 눈물은 물론이고 침까지 줄줄 흘리며 아는 사람에게 이렇게 말했다더군.

"내가 사형당할 줄은 꿈에도 생각지 못했소."

룽얼은 뭘 너무 몰랐어. 며칠 갇혀 있다가 풀려날 줄 알았지, 그렇게 총살을 당하리라고는 상상도 못했던 게지. 때는 오후였고 룽얼이 총살당한 곳은 바로 우리 이웃 마을이었는데, 사전에 누군가 구덩이를 잘 파놓았더군. 그날 인근의 몇 개 마을 사람들이 모두 구경을 왔다네. 룽얼은 오랏줄로 묶인 채 거의 끌려오다시피 했는데, 입을 반쯤 벌리고 헉헉 가쁜 숨을 몰아쉬었지. 내 옆을 지날 때 나를 한번 쳐다보긴 했지만 알아보지는 못한 것 같더라구. 그런데 몇 걸음 더 가다가 갑자기 고개를 돌리더니, 코를 훌쩍이며 나한테 소리를 지르는 거야.

"푸구이, 너 대신 내가 죽는구나."

그 말에 난 너무나 당황했다네. '아무래도 그냥 가는 게 낫겠다, 그가 어떻게 죽는지 꼭 볼 필요 있나' 하면서 사람들 틈에서 빠져나와 혼자 밖으로 걸어갔지. 열 발짝이나 걸었을까, 갑자기 탕 하고 총소리가 들리더군. 룽얼이 완전히 끝장났겠구나 싶었는데, 곧이어 또다시 탕 하는 소리가 났고 연달아 세 발의 총성이 더 울렸지. 모두 다섯 발이었네. 룽얼 말고 또 누가 사형당했나 싶어 돌아오는 길에 우리 마을 사람한테 물어보았지.

"몇 명이나 죽었소?"

"룽얼만 죽었소."

룽얼은 정말 더럽게 재수가 없는 놈이었던 게지. 총을 다섯 발이나 맞았으니 목숨이 다섯 개라도 어찌 살 수가 있었겠나.

룽얼이 그렇게 죽고 나니, 집으로 돌아가는 내내 뒷목이 서늘하더군. 생각하면 할수록 아찔한 기분이었다네. 옛날에 아버지와 내가 집안을 말아먹지 않았다면 그날 사형당할 사람은 바로 내가 아니었겠나. 문득 내 얼굴을 문질러보고 팔도 만져보았지. 다행히 다 그대로더군. 정작 죽어야 할 사람은 나인데 다른 사람이 죽었다는 생각이 들었다네. 난 전쟁터에서도 목숨을 건졌고, 집에 돌아와서는 룽얼이 나 대신 죽었으니 말일세. 우리 집안이 조상 묘를 잘 쓴 모양이야. 어쨌거나 난 나 자신에게 말했지.

"앞으로는 제대로 살아야지."

내가 집에 막 돌아왔을 때, 자전은 내 신발 밑창을 만들고 있었는데 내 안색을 보더니 어디 병이라도 난 줄 알고 깜짝 놀라더군. 그래서 집으로 돌아오는 길에 생각했던 것들을 말해줬더니, 그녀도 놀랐는지 얼굴이 하얘졌다 파래졌다 하더라구.

"정말 큰일 날 뻔했군요."

후에 나는 생각을 달리 하게 됐지. 내가 나 자신을 겁줄 필요는 없다고 말일세. 그게 다 운명인 거지. 옛말에 큰 재난을 당하고도 죽지 않으면 훗날 반드시 복이 있을 거라 했네. 그래서 난 내 나머지 반평생은 점점 더 나아질 거라 믿기로 했지. 자전에게도 그렇게 말했더니 그녀는 이로 실을 끊으며 이렇게 말하더군.

"저는 복 같은 거 바라지 않아요. 해마다 당신한테 새 신발을 지어줄 수만 있다면 그걸로 됐어요."

나는 자전이 무슨 말을 하는지 알아들었다네. 앞으로 우리가 또다시 헤어지는 일은 없었으면 좋겠다는 거였지. 그녀의 얼굴이 어느새 많이 늙은 걸 보니 가슴이 아팠어. 자전의 말이 맞아. 가족끼리 매일 함께할 수만 있다면, 복 따위가 무슨 상관이란 말인가.

푸구이 노인은 여기서 잠시 이야기를 멈췄다. 그러고 보니 우리는 뙤약볕 아래 앉아 있었다. 햇빛이 이동하는 바람에 나무 그늘이 조용히 우리를 떠나 다른 쪽으로 옮겨간 것이다. 푸구이 노인은 몸을 몇 번이나 움직이고서야 자리에서 일어났다. 그러고는 무릎을 두드리며 말했다.

"온몸이 점점 굳어 가는데, 딱 한 군데만 날이 갈수록 부드러워진다네."

그 말에 나도 모르게 큰 소리로 웃고 말았다. 아래쪽으로 불룩 튀어나온 그의 바지를 보니 몇 가닥의 풀이 붙어 있었다. 그도 허허 웃으며 내가 자기 뜻을 이해한 걸 무척이나 기뻐했다. 잠시 후 그가 몸을 돌려 소에게 소리쳤다.

"푸구이!"

소는 물속에서 나와 연못가의 풀을 뜯어먹고 있었다. 소가 서 있는 곳은 두 그루의 버드나무 아래였는데, 등에 떨어진 버들가지는 곧은 모양새를 잃고 이리저리 구부러져 등판을 솔질하듯 하늘거렸다. 그러는 사이 버들잎 몇 개가 천천히 땅바닥으로 떨어져 내렸다. 노인은 또 한 번 소를 불렀다.

"푸구이!"

소의 엉덩이가 커다란 바위처럼 천천히 물속으로 들어가자, 머리가 버들가지 속을 비집고 솟아올랐다. 이어서 두 개의 둥그런 눈이 우리가 있는 쪽으로 느릿느릿 다가왔다. 노인이 소에게 말했다.

"자전이랑 다른 사람들은 벌써부터 일하고 있다. 그만하면 너도 충분히 쉬었어. 배불리 먹지 못한 건 나도 아는데 누가 너더러 물속에서 그렇게 오래 있으라더냐?"

푸구이 노인은 소를 논으로 끌고 가 녀석에게 겹갈이(보습 두 개를 동시에 써서 처음 간 곳을 따라 다른 보습으로 한 번 더 깊게 가는 것)할 시간을 주었다. 그러고는 나에게 말했다.

"소도 늙으면 사람 나이든 거하고 똑같다네. 아무리 배가 고파도 일단 한숨 쉬어야 뭘 먹을 수 있거든."

나는 다시 나무 그늘에 앉아 가방을 허리 뒤에 괴고 나무줄기에 기댄 채 밀짚모자로 부채질을 했다. 소의 뱃가죽은 아래로 불룩하게 처져 있었는데, 하도 길게 늘어져 밭을 갈 때 보면 커다란 물주머니처럼 위아래로 출렁거렸다. 푸구이 노인의 불룩 튀어나온 바지로 눈길을 돌려보니, 역시나 이리 흔들 저리 흔들 하는 게 소의 뱃가죽이나 매한가지였다.

그날 나는 석양이 서쪽으로 사라질 때까지 줄곧 나무 그늘 아래 앉아 있었다. 내가 그 자리를 떠나지 않은 건 푸구이 노인의 이야기가 아직 끝나지 않았기 때문이다.

# 3

집에 돌아온 이후로는 고생스럽기는 해도 편안하고 안정된 나날을 보냈다네. 펑샤와 유칭은 하루가 다르게 커갔고, 나는 하루가 다르게 늙어갔지. 하지만 그걸 별로 의식하지는 못했어. 자전도 그랬고. 다만 기력이 예전 같지 않다고 느꼈을 뿐이지. 그런데 어느 날인가 채소 한 짐을 지고 성안으로 팔러 가다가, 옛날에 비단 가게가 있던 자리를 지나가는데 아는 사람 하나가 나를 보더니 그러더라구.

"푸구이, 자네 머리가 다 허옇게 셌구먼."

사실 그 사람과는 반년 정도 못 만났을 뿐인데, 그렇게 말하는 걸 들으니 내가 진짜 많이 늙었구나 싶더라구. 집에 돌아와 자전을 이리 보고 저리 보고 하니까, 그녀는 무슨 일인지 몰라 고개를 숙여 자기를 훑어보기도 하고 뒤를 돌아보기도 하면서 묻더군.

"뭘 보는 거예요?"

나는 웃으며 말했지.

"당신 머리도 허옇구먼."

그해 열일곱 살이 된 펑샤는 어느새 처녀가 다 됐지. 그 애가 농아만 아니었다면 벌써 중매쟁이가 찾아왔을 거야. 마을 사람들은 모두 펑샤가 아주 예쁘다고 했다네. 자전이 젊었을 때랑 꼭 닮았지. 유칭도 열두 살이 되어 성안에 있는 소학교에 다녔고.

유칭을 학교에 보내는 문제를 놓고 나와 자전은 한동안 심각하게 고민했다네. 돈이 없었으니까. 그때 펑샤는 열두세 살쯤 됐는데, 나를 도와 밭일을 좀 하고 자전의 집안일을 거들어준다고는 해도 어쨌거나 우리 내외가 먹여 살려야 할 아이 아니었겠나. 나는 자전에게 펑샤를 다른 집에 보내는 게 어떻겠느냐고 의견을 구했지. 그렇게 해서 절약한 돈으로 유칭의 학비를 댈 수 있을 테니까. 펑샤는 듣지도 못하고 말도 못했지만 총명한 아이라, 나와 자전이 자기를 다른 집에 보내자는 이야기를 꺼내자 얼른 고개를 돌려 우리를 쳐다보더군. 그 애가 두 눈을 껌뻑껌뻑 하는 모습에 우리 내외는 가슴이 찢어지는 듯했다네. 그래서 며칠 동안은 그 얘기를 감히 꺼내지 못했지.

하지만 유칭을 학교에 보내야 할 날이 점점 다가오니, 그렇게 하지 않을 수가 없더라구. 나는 마을 사람 한 명에게 성에 들어가는 길에 어디 열두 살 먹은 여자아이를 잘 길러주겠다는 집이 없는지 수소문해달라고 부탁했지. 그러고는 자전에게 말했다네.

"좋은 집안을 만나면 펑샤는 지금보다 잘 지낼 수 있을 거요."

그 말에 자전은 고개를 끄덕이긴 했지만, 눈에서는 눈물이 흘러내리더군. 어미 마음은 늘 그렇게 여린 법이지. 나는 자전에게 생각을

120

바꿔보라고 했다네. '펑샤는 고통스런 운명을 타고나서 아마 평생 고된 삶을 살게 될 거다. 하지만 유칭까지 평생을 그렇게 살게 할 수는 없지 않겠나. 그러니 공부를 시켜야 한다. 공부를 해야 출세할 수 있다. 둘 다 고생시킬 수는 없는 일 아닌가. 그러니 둘 중에 하나라도 지금보다 잘 살게 해주자.' 이렇게 말일세.

펑샤를 길러줄 집을 수소문하러 갔던 사람이 돌아와서는 펑샤의 나이가 좀 많다고 하더라구. 한 살 반 정도만 어렸어도 데려가겠다는 사람이 많았을 거라면서. 그 말에 우리는 실망이 이만저만이 아니었네. 그런데 한 달쯤 지나 두 집에서 우리 펑샤를 원한다는 편지를 보내올 줄 누가 알았겠나. 한 집은 펑샤를 딸로 삼겠다 했고, 다른 한 집은 두 노인네의 시중을 들었으면 한다고 했네. 나와 자전은 아이가 없는 집에서 펑샤를 데려가 딸로 삼으면 조금이라도 더 아껴줄 거라 생각했지. 그래서 그네들한테 직접 아이를 보러 오라고 편지를 보냈다네. 두 내외가 우리 집에 와서 펑샤를 보더니 아주 기뻐하더구먼. 그런데 딸애가 말을 못 한다는 걸 알고는 곧바로 생각을 바꿨는지 남편 되는 사람이 그러더군.

"깔끔하게 생기기는 했는데, 다만……."

그는 더 이상 말하지 않고, 있는 대로 예의를 차리며 돌아갔다네. 나와 자전은 하는 수 없이 나머지 한 집에 펑샤를 데려가라고 했지. 그 집에서는 펑샤가 말을 하든 못 하든 상관없다며 부지런하기만 하면 된다고 했다네.

그들이 펑샤를 데려가기로 한 날, 내가 호미를 들고 밭에 나갈 준비를 하자 그 애도 바구니와 낫을 들고 나를 따라나섰다네. 몇 년 동안 내가 밭에서 일을 하면 그 애는 옆에서 풀을 베곤 했으니, 이미 습관처럼 되어버린 거지. 그날도 역시 따라나서기에 나는 아이의 등을 떠밀며 집으로 돌아가라고 했다네. 그랬더니 펑샤가 눈을 동그랗게 뜨고 나를 빤히 쳐다보더군. 그래서 나는 호미를 내려놓고 아이를 집으로 끌고 가서는 손에 들린 낫과 바구니를 빼앗아 구석에 던져버렸다네. 그런데도 펑샤는 여전히 동그랗게 뜬 눈으로 나를 쳐다보는 거야. 우리가 자기를 다른 집에 보내는 줄 몰랐던 거지.

자전이 펑샤를 회색빛이 감도는 붉은 옷으로 갈아입히자, 아이는 더 이상 나를 바라보지 않고 고개를 숙인 채 옷을 갈아입히도록 몸을 맡기더군. 그 옷은 자전이 입던 치파오를 고쳐서 만든 거였어. 자전이 옷의 단추를 채워줄 때, 펑샤가 울기 시작했는데 눈물이 그 아이의 다리 위로 뚝뚝 떨어졌다네. 펑샤도 자기가 가야만 한다는 걸 안 게지. 나는 호미를 들고 집을 나서다가 문 앞에서 자전에게 말했어.

"나 밭에 가오. 펑샤를 데려간다는 사람이 오면 그냥 데려가라고 하구려. 나 만나러 오지 말고."

밭에 가서 호미질을 하는데 힘이 날 리가 있나. 허한 마음에 사방을 둘러봐도 풀을 베는 펑샤의 모습은 보이지 않았지. 마음이 텅 빈 것 같더라구. 앞으로는 일을 하면서 펑샤를 볼 수 없다고 생각하니까 기운이 손톱만큼도 나지 않았어. 그런데 그때 펑샤가 밭둑에 서 있는 모습이 눈에 들어오는 거야. 쉰 살쯤 되어 보이는 남자가 옆에

서서 그 애의 손을 잡아끌고 있는 모습도 말일세. 펑샤의 얼굴에는 눈물이 주룩주룩 흐르고 있었다네. 온몸을 부르르 떨 정도로 우는데도 아무 소리도 들리지 않았지. 펑샤는 연거푸 팔을 들어 눈가를 닦아냈어. 난 알았네. 그건 제 아비를 한 번이라도 더 제대로 보기 위해서라는 걸. 그 남자가 나를 보고 웃으며 말했어.

"걱정 마시오. 내 잘 대해줄 테니."

그 남자가 말을 마치고 손을 잡아끌자, 펑샤는 그를 따라나섰다네. 펑샤는 손은 끌려가면서도 몸은 계속 내 쪽을 향한 채 하염없이 나를 바라보았지. 그렇게 한 걸음 한 걸음 내 눈 앞에서 사라져갔어. 조금 더 지나자 그 애가 팔을 들어 눈물을 훔치는 것도 보이지 않더군. 그때는 정말 견딜 수가 없었어. 머리를 아무리 흔들어도 눈물이 계속 흘러내렸지. 조금 있다가 자전이 왔기에 나는 애꿎은 그 사람한테 원망을 했지.

"그냥 보내라고 했건만, 굳이 나를 보러 오게 할 건 뭐요?"

"내가 그런 게 아니에요. 펑샤가 제 발로 찾아간 거지."

펑샤가 떠났는데도 유칭은 별로 신경 쓰지 않았다네. 처음에 펑샤가 다른 사람 손에 끌려 나갈 때는 눈만 동그랗게 떴을 뿐 무슨 일이 일어난 건지 알지 못했지. 펑샤가 점점 멀어져가는 걸 보고서야 머리를 긁적거리며 한 발짝 한 발짝 뒷걸음질을 치더군. 그 애는 내가 있는 쪽을 몇 번 두리번거리기는 했지만, 나한테 무슨 일인지 물어보러 오지는 않았다네. 녀석이 자전의 뱃속에 있을 때 내가 때린 적이 있어서 그런지, 녀석은 나만 보면 그렇게 무서워하더라구.

그날 점심을 먹는데 탁자 한쪽에 펑샤가 없는 걸 보더니, 유칭은 두 숟가락쯤 먹다가 그만두었다네. 그러고는 나와 자전을 번갈아 쳐다보는 거야. 그래서 자전이 말했지.

"빨리 먹어라."

그 애는 작은 머리를 흔들며 제 엄마한테 물었지.

"누나는?"

자전은 그 말에 고개를 푹 수그리며 말했네.

"빨리 먹으라니까."

그러자 녀석은 아예 젓가락을 한쪽에 내려놓더니, 제 엄마한테 소리를 지르더라구.

"누나 언제 돌아오는데?"

펑샤가 간 다음에 마음이 영 좋지 않았는데, 유칭이 그러는 걸 보니 참을 수가 없어서 내가 탁자를 쾅 내려치며 말했다네.

"펑샤는 돌아오지 않아."

유칭은 놀라서 몸을 한 번 움찔하더니 내가 더 이상 화를 내지 않자, 입술을 두 번쯤 씰룩거리다가 고개를 수그리며 말했어.

"난 누나가 있어야 해."

자전은 유칭에게 '너 학교 보낼 돈 마련하려고 펑샤를 다른 집에 보낸 거야'라고 설명해주었지. 그 말을 듣자마자 유칭은 입을 크게 벌리고 울면서 고래고래 소리를 쳤어.

"나 학교 안 가, 난 누나가 필요해."

나는 본 체 만 체했지. 울고 싶다면 실컷 울게 내버려두자고 생각했어. 그 애가 또다시 소리를 지를 줄 누가 알았겠나.

"나 학교 안 가."

나는 심사가 뒤틀려서 급기야 소리를 치고 말았네.

"너 쓸데없이 울 거야?"

유칭은 기겁을 해서 몸을 뒤로 움츠렸지. 잠시 후 내가 고개를 숙인 채 다시 밥을 먹는 걸 보고는 의자에서 일어나 구석 쪽으로 가더라구. 그러더니 갑자기 꽥 소리를 지르는 거야.

"나한테는 누나가 필요하다니까요."

난 이번에는 정말 한 대 때려줘야겠다고 생각했어. 그래서 문 뒤에서 빗자루를 들고 나와 녀석에게 말했다네.

"돌아서."

유칭은 자전을 보며 얌전히 돌아서서는 두 손을 벽에 대더군. 내가 말했지.

"바지 벗어."

녀석은 고개를 돌려 자전을 잠시 쳐다보다가 바지를 내린 다음 또한 번 쳐다보더군. 제 엄마가 나를 말리지 않는 걸 보고 당황한 것 같았어. 내가 빗자루를 들어 올리자 녀석이 겁에 단단히 질려서 말했다네.

"아빠, 안 때리면 안 돼요?"

녀석이 그렇게 말하니까 내 마음도 누그러지더군. 사실 그 아이가 무슨 잘못이 있겠나. 녀석은 펑샤가 키웠다고 해도 과언이 아니니 제 누이와 친하고, 그만큼 누이를 그리워하는 건 당연한 일이지. 나는 녀석의 머리를 툭툭 치며 말했다네.

"어서 가서 밥 먹어라."

두 달이 지나 유칭이 학교에 갈 날이 되었지. 평샤가 남의 집에 갈 때는 좋은 옷을 입혔는데, 유칭은 다 떨어진 옷을 입혀 학교에 보내자니 자전은 어미 된 입장에서 마음이 몹시 괴로웠던 모양이야. 유칭 앞에 쭈그리고 앉아 아이를 끌어당겨도 보고 툭툭 쳐보기도 하면서 나한테 말했어.

"좋은 옷이라곤 눈 씻고 찾아봐도 없네요."

그때 유칭이 또다시 그럴 줄은 몰랐네.

"나 학교 안 가."

벌써 두 달이나 지났으니, 녀석이 평샤의 일은 까맣게 잊었을 줄 알았지. 그런데 학교 가는 날 또 그렇게 고집을 부리는 거야. 이번에는 화를 내지 않고 좋은 말로 타일렀지. '누나는 너를 학교에 보내려고 다른 집에 간 거니까, 네가 열심히 공부해야 누나한테 미안하지 않은 거란다'라면서 말일세. 유칭은 또 고집이 발동해서는 나를 향해 머리를 쳐들고 말하더군.

"나 학교 안 간다구요!"

"너 또 엉덩이가 근질근질하구나."

말이 끝나기가 무섭게 아예 몸을 휙 돌리더니, 발에 힘을 잔뜩 주고 쿵쾅거리며 집으로 들어갔다네. 집에 들어가서는 또 소리를 지르더군.

"아빠가 나를 때려죽인다고 해도 학교 안 가요."

녀석이 정말 얻어터지려고 작정을 했구나 싶어 빗자루를 들고 쫓아가는데, 자전이 나를 붙들고는 낮은 목소리로 말했어.

"살살 해요. 겁만 주면 된다구요. 진짜 때리지는 마세요."

집 안으로 들어가 보니 유칭은 벌써 침대에 누워 바지를 허벅지까지 내리고는 양쪽 엉덩이를 드러내놓고 있더라구. 내가 와서 때리기를 기다리고 있었던 거지. 그 모습을 보니 오히려 손을 대지 못하겠더라구. 그래서 우선 말로 겁을 주었지.

"지금 학교에 간다고 해도 아직 늦지 않았다."

그러나 녀석은 목청을 높여 말했다네.

"난 누나가 필요해요."

내가 엉덩이를 한 대 때리자 녀석이 머리를 감싸며 말했어.

"안 아파요."

한 대 더 때렸는데도 녀석은 똑같이 대꾸하더군.

"안 아파요."

녀석은 정말 있는 대로 나를 자극했지. 화가 나서 미칠 것 같더구먼. 그래서 나는 있는 힘껏 녀석의 엉덩이를 패줬다네. 이번에는 녀석도 참기 힘들었던지 엉엉 소리 내어 울더군. 나는 모르는 척 더 두들겨 팼지. 이러니저러니 해도 아직 어린애라 조금 지나니까 아파 죽겠던지 나한테 애원을 했다네.

"아빠, 때리지 마세요. 학교 갈게요."

유칭은 착한 아이였네. 그날 학교에 갔다가 정오쯤 되어 돌아왔는데, 나를 보더니 부들부들 떠는 게 아니겠나. 새벽에 나한테 언어맞고는 겁을 먹었구나 싶어서 학교는 어땠느냐고 정답게 물어보았지. 녀석은 고개를 숙인 채 기어 들어가는 목소리로 좋았다고 대답하더군. 녀석이 밥을 먹을 때도 줄곧 나를 쳐다보는데, 계속 겁먹은 표정이라 마음이 영 불편하더라구. 아무래도 아침에 내가 너무 심했다 싶었지. 밥을 다 먹었을 때쯤 유칭이 나를 부르더군.

"아빠, 선생님이 엄마랑 아빠한테 말씀드리라고 했어요. 선생님이 저를 야단치셨는데요, 제가 의자에서 들썩거리기만 하고 공부는 잘 안 한대요."

그 말을 듣는 순간 또다시 화가 치밀어 오르더군. 누구 때문에 평샤를 다른 집에 보냈는데 공부를 제대로 안 한다니. 나는 그대로 밥그릇을 탁자에 내동댕이쳤다네. 녀석이 곧 울음을 터뜨리더니, 훌쩍거리면서 이러는 게 아닌가.

"아빠, 때리지 마세요. 엉덩이가 아파 앉아 있기가 힘들었어요."

얼른 녀석의 엉덩이를 까보니 시퍼렇게 멍이 들었더라구. 아침에 맞아서 그렇게 된 거지. 그 지경이 됐는데 어떻게 의자에 앉아 있을 수 있었겠나. 아들 녀석이 겁에 질려 떨고 있는 모습을 보니 코끝이 시큰해지고 눈시울이 붉어지더구먼.


다른 집에 간 지 겨우 몇 개월밖에 안 됐는데, 어느 날 평샤가 집으로 뛰어 들어왔다네. 한밤중이라 나와 자전은 침대에 누워 있었지. 그런데 밖에서 문을 두드리는 소리가 들려왔어. 처음에는 가볍게 한 번 두드리는 것 같더니 조금 있다가는 두 번씩 두드리더군. 이 밤중에 누군가 싶었지. 일어나 문을 열어보니 펑샤가 서 있었다네. 나는 그 애가 듣지 못한다는 사실도 까맣게 잊고 서둘러 말했지.

"펑샤구나. 어서 들어와라."

내가 소리를 지르자 자전이 침대에서 내려와 신발도 신지 않고 문 쪽으로 달려왔다네. 펑샤를 데리고 들어가자 자전은 아이를 덥석 끌 어안고는 꺼이꺼이 울더라구. 나는 자전을 밀치며 그러지 말라고 했지.

펑샤의 머리와 옷은 이슬에 함빡 젖어서 축축하기 짝이 없었다네. 우리는 펑샤를 침대로 데려가 앉혔지. 펑샤는 한 손으로 내 옷소매 를 잡고, 다른 한 손으로는 자전의 옷을 끌어당기더군. 그러고는 오 들오들 떨면서 목이 다 멜 정도로 엉엉 우는 거야. 자전이 머리를 닦 아주려고 수건을 가지러 가려 했는데, 펑샤가 옷을 잡아당기며 놓아 주질 않았어. 자전은 차마 발을 떼지 못하고 손으로 아이 머리의 물 기를 닦아주었지. 한참이 지나서야 펑샤는 울음을 그치고 우리를 꼭 붙잡았던 손도 놓아주었다네. 나는 펑샤의 두 손을 가져와 구석구석 살펴보았지. 행여 그 집에서 펑샤를 소나 말처럼 부려먹지는 않았나 해서 말이야. 한참을 들여다봐도 그런 표시는 안 나더라구. 펑샤의 손에 있는 큼지막한 흉터는 우리 집에서도 있었던 거였고, 얼굴에도 별다른 상처가 없어서 마음이 조금 놓였지.

머리를 다 말려준 뒤에 자전은 펑샤의 옷을 벗겨주고는 유칭 옆에 서 한숨 자게 했다네. 펑샤는 자리에 누워 유칭이 자는 모습을 뚫어 지게 바라보다가 살며시 웃고는 비로소 눈을 감았지. 유칭이 몸을 뒤척이다가 손을 펑샤의 입에 올려놓았는데 그 모양새가 꼭 제 누이의 따귀를 때리는 것 같았다네. 펑샤의 잠든 모습은 작은 고양이 같았어. 손가락 하나 까딱하지 않고 아주 순하고 얌전하게 잠을 잤지.

유칭은 새벽에 눈을 떠서 제 누이를 발견하고는 눈을 막 비벼댔다네. 비비고 또 비벼도 제 누이가 그대로 있으니까 옷도 안 입은 채로 침대에서 뛰어내리더니 입을 쫙 벌리고 고래고래 소리를 질렀지.

"누나! 누나!"

녀석은 첫새벽부터 쉬지도 않고 히히거리더군. 자전이 얼른 밥 먹고 학교에 가라고 하니까 그제야 웃음을 그치더니 슬그머니 나를 쳐다보는 거야. 그러고는 낮은 목소리로 자전에게 묻더라구.

"오늘 학교에 안 가면 안 돼?"

말이 떨어지기가 무섭게 내가 단호하게 말했지.

"안 돼."

녀석은 감히 더 이상 말을 꺼내지 못했다네. 가방을 메고 문을 나설 때 보니, 쾅쾅 소리가 나도록 발을 구르고는 내가 또 화를 낼까 무서워 그대로 줄행랑을 놓더구먼. 유칭이 학교에 간 뒤, 나는 자전에게 깨끗한 옷으로 갈아입고 펑샤를 데려다 줄 준비를 하라고 했지. 뒤를 돌아보니 뜻밖에도 펑샤가 바구니와 낫을 들고 문 앞에 서서 나를 기다리고 있더라구. 펑샤의 눈길이 하도 간절해서 차마 돌려보낼 수가 없었네. 자전도 거의 애원하는 듯한 눈으로 나를 바라보더군. 하는 수 없이 자전에게 말했지.

"하루만 더 있게 합시다."

나는 저녁을 먹은 뒤에 펑샤를 돌려보냈어. 펑샤는 울지는 않고 가엾은 얼굴로 제 엄마를 한 번 쳐다보고, 또 제 동생을 한 번 쳐다보더니 내 옷소매를 잡고 따라나서더군. 유칭이 뒤에서 울고불고 난리를 쳤지만, 어차피 펑샤는 듣지 못하니까 나는 모르는 척 길을 나섰다네.

걸어가는 동안 내 기분은 정말 죽을 맛이었네. 그래서 일부러 펑샤를 쳐다보지 않고 내처 앞으로만 갔지. 그렇게 걷다 보니 어느덧 날이 저물었고, 찬바람이 얼굴을 쉭쉭 때리는가 싶더니 목덜미에까지 파고들었어. 펑샤가 두 손으로 내 옷소매를 꽉 잡았는데 역시나 아무 소리도 나지 않았지. 날이 컴컴하니까 펑샤가 돌에 발이 걸린 모양이야. 조금 걸어가더니 몸이 기우뚱하더군. 쭈그리고 앉아 두 발을 문질러줬더니 그 작은 두 손을 내 목에 얹었다네. 손이 정말 차가웠는데, 움직이지도 않고 가만히 있더라구. 거기서부터 펑샤를 등에 업고 갔지.

성안에 이르러 그 집이 가까이 보일 때쯤 가로등 밑에 펑샤를 내려놓고는 하염없이 바라보았네. 우리 펑샤는 얼마나 착한 아이였던지, 그때까지도 울지는 않고 눈을 크게 뜬 채 나를 바라보기만 하더라구. 내가 손을 내밀어 그 애 얼굴을 쓰다듬어주니까, 그 애도 손을 뻗어 내 얼굴을 매만지더군. 그 작은 손이 내 얼굴을 쓰다듬는데, 다시는 그 애를 돌려보낼 수 없겠다는 생각이 들었어. 그래서 펑샤를 도로 업고 길을 돌아 나왔지. 펑샤는 그 작은 팔로 내 목을 꼭 감아 안더니 얼마쯤 가서 갑자기 나를 꽉 껴안았다네. 그 애도 자기를 다시 집으로 데려간다는 걸 알았던 게지.

그렇게 집으로 돌아왔더니, 자전이 무슨 영문인지 몰라 멍하니 우리를 바라보더군. 나는 결연하게 말했지.

"우리 모두 굶어 죽는 한이 있어도 평샤를 돌려보내지 않겠소."

그 말에 자전은 배시시 웃어 보이더군. 웃는 얼굴 위로는 눈물이 주르르 흘러내렸지.


유칭이 학교에 다닌 지 두 해째가 되고 열 살이 됐을 무렵, 우리는 그런 대로 잘 지냈다네. 평샤는 여전히 우리와 밭에 나가 일을 했고, 이미 자기 한 몸은 책임질 수 있게 되었지. 그 당시 집에서 양을 두 마리 길렀는데, 유칭 혼자 풀을 베어다 먹여가며 키웠다네. 매일 아침 동이 틀 무렵 자전이 유칭을 깨우면 유칭은 낫을 넣은 광주리를 한 손에 들고, 다른 한 손으로는 눈을 비비며 비몽사몽간에 여기저기 부딪히며 풀을 베러 나갔지. 그 모습은 정말 안쓰럽기 그지없었네. 그 나이 아이들은 제일 힘든 게 아침에 일어나는 일 아닌가. 허나 다른 방법이 없었지. 유칭이 풀을 베어 오지 않으면 양 두 마리는 그냥 굶어 죽게 생겼으니.

풀 한 바구니를 베어 가지고 돌아올 때쯤이면 학교에 갈 시간이 다 되었지. 녀석은 급히 밥 한 공기를 입에 쑤셔 넣고는 와작와작 씹으며 성안으로 달려가곤 했다네. 그뿐인가. 점심때가 되면 집으로 달려와 또 풀을 베어 양들한테 먹인 다음에야 저도 밥을 먹을 수 있었지. 자연히 학교에는 또 늦을 수밖에. 유칭은 그렇게 고작 열 살 무

렵에 날마다 두 번씩 학교와 집을 오가며, 50리가 넘는 길을 뛰어다
녔다네.

그렇게 뛰어다니니 당연히 신발이 빨리 해질 수밖에. 성안의 부유
한 집안에서 자란 자전은 유칭이 학교에 다니는 아이인 이상 신발을
벗고 다니게 할 순 없다며 신발 한 켤레를 만들어주었다네. 하지만
난 학교에서는 공부만 열심히 하면 되지, 신발을 신든 안 신든 그게
무슨 상관이냐 싶었지.

그런데 유칭이 새 신발을 신은 지 두 달이나 됐을까? 자전이 또 신
발 밑창을 만들고 있는 거야. 누구 신발이냐고 물었더니 유칭에게
줄 거라더군. 자전은 밭에서 일하는 것만으로도 힘이 들어 말할 기
운도 없는데, 유칭이 제 엄마를 아주 지쳐 죽게 만드는구나 싶었다
네. 그래서 두 달 동안 신었던 신발을 가져와 보니, 그건 신발이 아니
더구먼. 밑창이 다 닳아빠진 건 말할 것도 없고, 한 짝은 양 볼까지
도 다 떨어져나갔더라구. 유칭이 풀을 한 바구니 가득 채워 돌아왔
을 때, 나는 신발을 내던지고 아이의 귀를 잡아당기며 똑똑히 보라
고 호통을 쳤지.

"너 이걸 신고 다닌 거야, 갉아먹은 거야?"

녀석은 귀를 문지르며 못내 불만스러운 듯 뭐라고 입을 씰룩거렸
지. 울고 싶은데 감히 울지 못하겠는 모양이더구먼. 나는 거의 경고
처럼 말했다네.

"또 이 따위로 신기만 해봐, 다리몽둥이를 분질러버릴 테다."

사실 내가 그렇게 말하는 건 도리가 아니었지. 우리 집 양 두 마리

는 전부 유칭이 먹여 살렸으니 말일세. 집에서 그렇게 중요한 일을 하느라, 등교시간에 늦어서 만날 그렇게 뛰어야 했던 것이잖나. 또 점심때가 되면 한시라도 빨리 집에 돌아와 풀을 베어야 했으니 역시나 뛸 수밖에 없었을 테고. 게다가 양의 똥을 밭에 뿌린 거며, 해마다 양털을 잘라 판 돈까지 치면 녀석한테 신발을 몇 켤레는 만들어주고도 남지. 내가 그렇게 쏘아댄 뒤로 유칭은 등곳길에는 맨발로 뛰고, 학교에 다 가서야 신발을 신었다네. 어느 날엔가는 눈이 펄펄 내리는데도 녀석이 맨발로 그 차가운 눈밭을 팔딱거리며 뛰어가더라구. 애비 마음이 얼마나 찢어졌겠나. 그래서 녀석을 불러 세웠지.

"너 손에 든 게 뭐냐?"

녀석은 눈 위에 서서 손에 든 신발을 멍하니 바라만 보고 있더군. 정신이 없었던 모양이야. 내가 다시 말했지.

"그건 신발이지 장갑이 아니잖아. 어서 신어라."

유칭은 그때서야 신발을 신고는 고개를 한껏 움츠린 채 내가 또 무슨 말을 하려나 하고 기다리더군. 나는 손을 내저으며 가라고 했지. 그러자 녀석은 뒤로 돌아 성안으로 뛰어갔는데, 얼마 안 가서 신발을 다시 벗더라구. 정말 못 말리는 애라니까.


1958년에 인민공사가 만들어졌지. 우리 땅 다섯 묘도 전부 인민공사 명의로 재분배되고, 집 앞에 손바닥만 한 자유 경작지만 남았다네. 촌장도 더 이상 촌장이라 부르지 않고 대장이라고 불러야 했지. 대장이 매일 새벽 마을 입구의 느릅나무 아래 서서 휘파람을 불면, 남녀 구분 없이 모두 식솔들을 이끌고 나와 마을 입구에 모였다네. 마치 군인이라도 된 것처럼, 대장이 그날의 일을 배정해주면 모두 그 일을 하러 흩어졌어. 마을 사람들은 그런 식으로 일하는 걸 새롭다고 생각했지. 대열을 이루어 밭일을 했는데, 남들이 일하는 모습을 보며 서로 키득키득 웃곤 했다네. 나와 자전, 평샤가 열 맞춰 걸으면 그래도 가지런해 보이는 편이었지. 어떤 집은 나이 든 사람이랑 어린 애들이랑 마구 뒤섞여 있는 데다가 중간에 할머니 한 분까지 작은 발을 뒤뚱거리며 서 있어서, 그 대오가 여간 꼴사나운 게 아니었거든. 대장도 그 꼴을 보다 못해 한마디 던졌지.

"당신네 가족은 가로로 보나 세로로 보나 흉하긴 마찬가지군."

우리 땅 다섯 묘가 인민공사로 들어갔으니, 자전은 당연히 속상해했지. 지난 10여 년간 우리 일가족은 그 다섯 묘 땅으로 먹고살았는데, 그게 눈 깜짝할 사이에 모두의 것이 되었으니 말일세. 자전이 그러더군.

"나중에 다시 땅을 나눠준다면, 그때도 나는 그 다섯 묘를 달라고 할 거예요."

누가 알았겠나. 며칠 되지도 않아서 집에 있는 솥까지도 인민공사가 다 가져갈 줄을. 들어보니 강철을 만들기 위해서라더군. 그날 대장은 몇 사람을 데리고 집집마다 다니며 솥을 부쉈는데, 우리 집에 와서는 히히거리며 이렇게 말했다네.

"푸구이, 자네가 알아서 가지고 나오겠나, 아니면 우리가 들어가서 부술까?"

나는 다른 집 솥도 다 부수는데 우리 집이라고 어찌 피할까 싶어 곧바로 대답했지.

"제가 가져오지요. 제가 가져온다구요."

솥을 들고 나와 땅바닥에 놓았더니, 젊은이 둘이 도끼를 휘둘러 단박에 깨부수더구먼. 몇 번 내려치니까 단단하기 그지없던 솥이 완전히 짓이겨졌다네. 한쪽에 서서 바라보던 자전이 마음이 아팠던지 눈물을 흘리며 대장에게 말하더군.

"솥을 부숴버리면 이제 어떻게 밥을 해 먹어요?"

"식당에서 먹지."

대장은 손을 내저으며 단호하게 말했어.

"마을에 식당을 지었으니, 솥을 부순 사람들은 집에서 밥을 할 필요가 없소. 그렇게 힘을 아껴 공산주의를 향해 달려가는 거라오. 배가 고프면 다리를 끌고 가 식당 문 안에만 들여놓으면 생선이며 고기며 배가 터지도록 먹을 수 있을 거요."

마을에 식당이 생기자 집안의 쌀이며 소금, 장작 등을 전부 마을에서 몰수해 갔다네. 제일 아까웠던 건 두 마리 양이었지. 유칭이 그 놈들을 얼마나 튼실하게 키웠는데 그마저 공출해 가다니. 그날 오전 우리 식구가 쌀과 소금을 지고 식당으로 갈 때, 유칭은 고개를 푹 숙인 채 양 두 마리를 곡식을 말리는 양지바른 곳으로 끌고 갔다네. 속으로는 털끝만큼도 내키지 않았겠지. 그 양들은 그 애 혼자 먹여 키운 게 아닌가. 녀석이 매일같이 뛰어서 학교에 가고, 또 뛰어서 돌아오고 했던 건 다 그 두 마리 양 때문이었는데…….

녀석이 곡식 말리는 곳에 양을 끌고 가보니, 마을의 다른 집에서도 그리로 소와 양을 끌고 와 사육원 왕시에게 건네줬다더군. 다른 사람들은 아쉽다고 하면서도 금방 떠나갔지만, 유칭은 그 자리에 서서 입술을 물어뜯으며 꼼짝도 않다가 끝내 불쌍한 목소리로 왕시에게 물었지.

"저 매일 와서 양들을 안아봐도 되나요?"

마을 식당이 문을 연 뒤 식사 시간의 풍경은 정말 볼 만했지. 집집마다 두 사람씩 가서 밥과 반찬을 타 왔는데, 길게 늘어선 모습이 예전에 포로로 잡혔을 때 만터우를 타려고 줄을 섰을 때랑 다를 게 없더구먼. 집집마다 여자들을 보낸 탓에 재잘재잘 떠드는 소리가 꼭 곡식을 말릴 때 참새들이 떼 지어 날아와 짹짹거리는 것 같았다네.

대장이 한 말은 과연 틀림이 없었다네. 식당이 생기니까 확실히 일이 줄더군. 배가 고플 때는 줄만 서면 먹을 거랑 마실 게 생겼지. 밥과 반찬은 양껏 먹을 수 있었고, 고기도 매일 먹을 수 있었지. 처음 며칠은 대장이 밥그릇을 들고 웃는 얼굴로 집집마다 찾아다니며 묻더군.

"일이 줄었지? 인민공사가 좋은가, 안 좋은가?"

모두들 기뻐하며 좋다고 하자 대장이 또 말했다네.

"요즘 지내기가 건달처럼 놀고먹는 것보다도 더 편하지 않나?"

자전도 기뻐하며 평샤와 밥과 반찬을 타 올 때마다 이렇게 말하곤 했지.

"또 고기를 먹네."

자전은 밥과 반찬을 식탁에 놓고는 나가서 유칭을 불렀지. "유칭! 유칭!" 하며 한바탕 불러대야 녀석은 풀을 잔뜩 담은 바구니를 들고 밭둑에서 달려왔다네. 녀석은 그때껏 두 마리 양한테 풀을 가져다주고 있었던 거야. 마을의 세 마리 소와 20여 마리 양이 전부 한 우리에 갇혔는데, 이 가축들은 인민공사로 들어가자마자 낭패를 당했지. 굶기를 밥 먹듯 했으니……. 그렇다 보니 유칭이 우리에 들어서기가 무섭게 곧장 주위를 빙 둘러싸곤 했지. 유칭은 거기에 대고 자기 양들을 불렀다네.

"워워, 너희들 어디 있니?"

그러면 그 두 마리 양이 무리에서 빠져나왔지. 그제야 유칭은 가져간 풀을 바닥에 내려놓고, 온 힘을 다해 다른 양들을 밀쳐냈다네. 그렇게 자기 양들이 다 먹을 때까지 지켜주고 나서야 헉헉거리며 땀투성이가 된 채로 집에 돌아왔지. 그러고 오면 학교에 늦기 일보 직전이라 녀석은 밥을 물 마시듯 입 속에 부어 넣은 다음 가방을 집어들고 뛰어나갔다네.

녀석이 여전히 하루도 빠짐없이 그렇게 뛰어다니니까, 속에서 또 부아가 치밀어 올랐지만 입 밖으로 드러내지는 못했어. 말했다가는 다른 사람들이 나를 두고 뒤떨어진 사람이라 할까 봐 겁이 났거든. 하지만 한번은 정말로 참을 수가 없어서 한마디 했다네.

"똥은 다른 사람이 쌌는데, 왜 네가 엉덩이를 닦고 난리냐?"

유칭은 무슨 뜻인지 모르겠는지 나를 한참 쳐다보더니 풋 하고 웃더라구. 화가 나서 따귀를 한 대 갈길 뻔했지만 꾹 참고 다시 말했지.

"그 양들은 인민공사 것이 되었으니, 이제 너랑은 상관없는 일이라구!"

유칭은 하루에 세 번씩 양들에게 풀을 가져다줬고, 해질녘이면 한번 더 찾아가 안아주고 와야 직성이 풀렸지. 유칭이 하도 자기 양을 아끼니까, 가축을 관리하는 왕시가 이렇게까지 해줬다네.

"유칭, 오늘 저녁에는 양들을 집에 데려가거라. 내일 아침 일찍 데려오면 된단다."

그러나 유칭은 내가 허락하지 않을 걸 알고 고개를 저으며 말했다네.

"아빠가 야단치실 거예요. 이렇게 안아보기만 해도 좋아요."

시간이 흐르자 우리 안의 가축도 점점 줄어들었지. 며칠에 한 마리씩 도살을 당했거든. 나중에는 유칭 혼자만 풀을 주러 가니까 왕시가 나를 볼 때마다 그러더군.

"유칭만 매일 양들을 걱정해줘요. 다른 사람들은 고기가 먹고 싶을 때나 양들을 생각하는데."

마을 식당이 문을 연 지 이틀째 되는 날, 대장은 두 젊은이를 성안으로 보내 강철을 녹일 큰 솥을 사 오라고 했다네. 그러고는 자기가 부숴버린 솥과 철 따위를 모두 곡식 말리는 곳으로 옮겨와 말했지.

"빨리 저것들을 녹입시다. 저렇게 두고 놀릴 수는 없소."

두 젊은이가 새끼줄과 멜대를 가지고 성안으로 가자, 대장은 성안에서 모셔온 풍수 전문가를 데리고 마을을 한 바퀴 돌았다네. 이유인즉슨 풍수가 좋은 땅을 찾아 강철을 녹여야 한다는 거였지. 두루마기를 입은 풍수 전문가가 엷은 미소를 띤 채 마을 곳곳을 돌아다니다 어느 집 앞에 서면, 그 집안 분위기는 대번에 찬물을 끼얹은 것처럼 변했지. 등이 굽은 그 선생이 고개를 한 번 끄덕이기만 하면 그 집은 그날로 결딴이 나는 거였으니 말일세.

마침내 대장이 풍수 선생과 함께 우리 집 문 앞에 이르렀다네. 나는 그때 문 앞에 서 있었는데 가슴이 쿵쾅쿵쾅 두방망이질을 해댔지. 잠시 후 대장이 말하더군.

"푸구이, 이분은 왕 선생이시라네. 자네 집을 보러 오셨지."

"네, 좋습니다."

나는 연신 고개를 끄덕였지. 풍수 선생은 뒷짐을 진 채 앞뒤좌우를 쓱 살피더니 이렇게 중얼거렸다네.

"좋은 곳이야, 명당일세."

그 말을 듣자 눈앞이 캄캄해지는 게 이번에는 정말 끝장이다 싶더군. 천만다행으로 그때 자전이 밖으로 나왔는데, 자기가 아는 왕 선생이 와 있는 걸 보고는 "왕 선생님" 하고 불렀다네. 왕 선생도 그녀를 알아보더군.

"오, 자전이구나."

자전이 웃으며 말했지.

"안에 들어가서 차나 한잔 하세요."

그러자 왕 선생은 손을 내저으며 말했다네.

"다음에 마시지, 다음에 마시자구."

자전이 상냥하게 말했지.

"아버님 말씀이 선생님 요즘 엄청 바쁘시다면서요?"

"바쁘지, 바쁘고말고."

왕 선생이 고개를 끄덕이며 대답했어.

"풍수를 보러 오는 사람이 줄을 섰단다."

왕 선생은 그렇게 말하며 나를 쳐다보고는 자전에게 물었다네.

"이 사람이 바로?"

"푸구이예요."

왕 선생은 눈이 실처럼 가늘어지도록 미소를 지으며 고개를 끄덕이더군.

"알지, 내 알고말고."

왕 선생이 그러는 걸 보니, 옛날에 내가 도박으로 가산을 날린 일을 생각하는구나 싶었지. 내가 허허 하고 웃자, 왕 선생은 우리에게 두 손을 맞잡아 읍을 하며 말했다네.

"다음에 또 얘기하지."

그러고는 몸을 돌려 대장에게 말하더군.

"다른 곳에 가봅시다."

대장과 풍수 선생이 떠난 뒤에야 나는 안심하고 숨을 내쉬었지. 그렇게 해서 우리 초가집은 아무 탈이 없게 됐지만, 대신 쑨 선생 집이 큰 낭패를 당했어. 풍수 선생이 그 집을 택했거든. 대장이 집을 비우라고 하자 쑨 선생은 엉엉 울음을 터뜨렸지. 그가 집 모퉁이에 쭈그리고 앉아 이사를 가지 않겠다고 하자 대장이 이렇게 말했다네.

"뭘 울고 그러나? 인민공사가 새 집을 지어줄 텐데."

그러나 쑨 선생은 두 손으로 머리를 감싼 채 계속 울기만 하고 아무 말도 하지 않았어. 저녁 무렵이 되자 대장은 다른 방법이 없겠다는 생각에, 마을의 몇몇 젊은이를 불러 쑨 선생을 끌어내고 안에 있는 물건도 죄다 밖으로 꺼내라고 했지. 쑨 선생은 그렇게 끌려 나와서는 두 손으로 나무를 와락 끌어안았는데, 아무리 떼어내려 해도 손을 놓지 않았다네. 그를 잡아끌던 두 젊은이가 대장을 쳐다보며 말했지.

"대장님, 꼼짝도 안 해요."

대장이 고개를 돌려 살펴보더니 단호하게 말했다네.

"됐어. 너희 둘 이리 와서 불 붙여."

두 젊은이는 성냥을 들고 의자 위로 올라가 지붕을 덮고 있는 띠에 불을 붙였지. 하지만 원래도 곰팡이가 낀 데다 어제 비까지 한바탕 내린 탓에, 아무리 애를 써도 불이 붙지 않았다네. 대장이 말했지.

"젠장, 인민공사의 불이 다 쓰러져가는 집 하나를 제대로 못 태우다니 믿을 수가 없군."

대장이 소매를 걷어붙이고 나서려 하자 누군가 말했다네.

"기름을 부으면 불을 붙이자마자 탈 거요."

대장이 잠시 생각해보더니 그러더군.

"맞아! 젠장, 왜 그 생각을 못 했지? 빨리 식당에 가서 기름을 가져오게나."

나는 나 같은 놈이나 집안을 말아먹는다고 생각했지, 우리 대장도 그런 놈일 줄은 몰랐네. 그때 나는 100걸음도 떨어지지 않은 곳에서 그 인간들이 멀쩡한 기름을 지붕에 들이붓는 걸 봤어. 그 기름은 모두 우리 입에서 짜낸 건데, 그렇게 불태워 없애다니. 그렇게 우리가 먹을 기름을 지붕에 끼얹자 불씨가 휘휘 소리를 내며 위로 솟구치고, 검은 연기가 지붕을 휘돌았지. 쑨 선생은 그때까지도 나무를 껴안은 채 자기 보금자리가 그렇게 사라져가는 걸 지켜봤다네. 정말 안쓰러웠지. 쑨 선생은 집이 다 타서 재가 되고 사방의 흙벽도 시커멓게 탄 뒤에야 눈물을 훔치며 그 자리를 떠났다네. 사람들은 그가 이렇게 말하는 걸 들었지.

"솥은 부서지고, 집은 타버리고, 그러고 보니 나도 죽어야겠군."

그날 저녁 나와 자전은 둘 다 편히 잠들지 못했다네. 자전이 성안의 풍수 선생을 알지 못했다면, 우리 식구가 어딘가로 가야 했을지도 모르는 일 아닌가. 생각해보니 그것도 다 운명이더구먼. 다만, 그 쓰디쓴 운명을 쑨 선생이 당한 것뿐이지. 자전은 우리가 쑨 선생한테 재앙을 밀어낸 거라고 여겼다네. 나도 그랬고 말이야. 하지만 입으로는 그렇게 말하지 않았다네.

"재앙이 그를 찾아간 거지, 우리가 그 사람한테 밀어낸 거라 할 수는 없소."

어쨌거나 강철을 녹일 곳은 마련된 셈이고, 성안으로 솥을 사러 간 젊은이들도 돌아왔지. 그들은 드럼통을 사 왔는데, 마을 사람들 대부분이 드럼통을 본 적이 없어서 아주 신기해하며 무슨 물건인지 묻더군. 나는 전장에서 본 적이 있던 터라 그들에게 잘 설명해주었지.

"이건 드럼통이라는 건데, 자동차가 밥을 먹을 때 쓰는 그릇이지."

대장이 자동차의 밥그릇을 걷어차며 말했다네.

"너무 작아."

드럼통을 사 온 사람이 답했지.

"더 큰 건 없어요. 한 솥 한 솥 녹여낼 수밖에 없어요."

대장은 귀가 얇은 사람이었지. 누가 무슨 말을 하든 말이 되는 것 같으면 그대로 믿었다네.

"그 말도 맞아. 한 술에 배부를 수야 없지. 한 솥씩 녹여보자구."

유칭은 많은 사람이 드럼통을 둘러싸고 있는 걸 보고는 풀이 가득 담긴 바구니를 들고 양 우리로 가지 않고 먼저 우리가 있는 쪽으로 왔다네. 잠시 후 녀석의 머리가 내 허리께를 비집고 들어왔지. 누군가 싶어 고개를 숙여보니 글쎄 아들 녀석이 아니겠나. 녀석은 느닷없이 대장에게 소리를 질렀다네.

"철을 녹이는 통에 물을 부어야 해요."

그 소리에 모든 사람이 웃자 대장이 말했다네.

"물을 부으라고? 이 녀석, 고기를 삶는 줄 아는구나."

유칭은 그 말을 듣고도 히히거리며 대꾸하더군.

"그렇게 안 하면 강철이 녹기도 전에 통 바닥이 먼저 녹아 없어질 걸요."

그 말에 대장은 눈썹을 위로 치켜 올리더니 나한테 이렇게 말하는 거야.

"푸구이, 이 녀석 말이 맞네. 자네 집안에서 과학자가 나왔구먼."

대장이 유칭을 추켜세우니 나는 더할 나위 없이 기분이 좋았지. 사실 유칭은 시시한 생각을 하나 해낸 것에 불과한데 말일세. 쑨 선생이 살던 집에 드럼통을 들여놓고, 깨부순 솥과 철판 따위를 그 안에 던져 넣었지. 그러고는 정말로 물을 부었다네. 그 다음으로 통 위에 나무 덮개를 덮고는 강철을 녹이기 시작했어. 통 속의 물이 끓자 나무 덮개가 덜그럭덜그럭 소리를 내며 들썩였고, 수증기가 모락모락 밖으로 솟아올랐지. 강철을 녹이는 거나 고기를 삶는 거나 정말 다를 바가 없더구먼.

대장은 하루에도 몇 번씩 드럼통을 보러 갔지. 그가 나무 덮개를 열 때마다 물을 왕창 뿌릴 때처럼 안에서 수증기가 뿜어져 나왔다네. 그 바람에 그는 놀라서 펄쩍 펄쩍 뛰며 고함을 치곤 했어.

"제기랄, 나를 삶아 죽이겠군."

수증기가 조금 잦아들면 그는 멜대를 통 속으로 집어넣어 여기저기 두들겨보고는 욕을 해댔어.

"제기랄, 아직도 딱딱하네."

마을에서 강철을 녹인다고 야단법석일 때, 자전이 병이 났다네. 기력이 빠지는 병이었는데, 처음엔 나이가 많아서 그럴 거라 생각했지. 그날 마을에서는 양의 똥을 밭으로 지고 가 거름으로 썼는데, 그때 밭에는 대나무 장대가 가득 꽂혀 있었다네. 원래 대나무 장대 위에는 종이로 만든 작고 붉은 깃발이 달려 있었지만, 몇 번 비가 내리고 나니 깃발은 다 없어지고 붉은 종잇조각만 겨우 장대에 달라붙어 있었지. 자전은 양의 똥을 지고 가다가 다리가 풀려 그만 땅바닥에 주저앉고 말았다네. 그걸 본 마을 사람들이 모두 웃으며 한마디씩 했어.

"푸구이가 밤새 혹사시켰군."

그 소리에 자전도 웃으며 일어나 다시 짐을 지려 했는데, 두 다리가 또다시 부들부들 떨리더구먼. 어찌나 심하게 떨던지 치마가 부는 바람에 사정없이 흔들리는 것 같았다네. 나는 그녀가 너무 피곤해서 그런 줄 알았어.

"좀 쉬어."

내 말이 떨어지기가 무섭게 자전은 다시 바닥에 주저앉았고, 짐속에 있던 양의 똥이 쏟아져 나와 그녀의 다리를 뒤덮었다네. 자전은 대번에 얼굴이 붉어져 나한테 말했지.

"나도 어쩐 일인지 모르겠어요."

나는 한숨 자고 나면 다음날 기력을 찾을 줄 알았어. 그러나 웬걸, 자전은 그 뒤로 며칠이 지나도록 짐은 당연히 못 지고 밭에서 가벼운 일밖에 할 수 없었다네. 인민공사 시절이었기에 그나마 다행이지, 그렇지 않았으면 그 시절은 견디기 힘들었을 거야. 자전은 병 때문에 당연히 마음이 좋지 않았겠지. 그래서 그랬는지 밤마다 나한테 조용히 묻더라구.

"푸구이, 내가 식구들한테 큰 짐이죠?"

"그렇게 생각할 거 없소. 나이가 들면 누구나 다 그런 법이니."

그때까지 난 자전의 병을 그리 심각하게 생각하지 않았다네. 그저 자전이 나한테 시집온 이후로 단 하루도 편하게 보낸 날이 없는데,

이제 나이가 들었으니 좀 쉬게 해야겠다고 생각했을 뿐이지. 한 달쯤 후에 자전의 병이 더 중해지리라고 누가 생각이나 했겠나. 우리 식구가 드럼통에 강철 녹이는 걸 지키고 있던 날 자전이 결국 쓰러지고 말았다네. 그제야 나는 깜짝 놀라 자전을 성안의 병원에 데려가야겠다고 생각했지.

강철을 녹이기 시작한 지 이미 두 달이 넘었건만, 강철은 여전히 단단한 상태 그대로였다네. 그러자 대장은 더 이상 마을의 건장한 노동력을 밤낮없이 드럼통 지키는 일에만 동원할 수는 없겠다고 판단한 듯 이렇게 말하더군.

"앞으로는 집집마다 돌아가며 지키기로 합시다."

우리 집 차례가 됐을 때 대장이 나한테 그랬지.

"푸구이, 내일은 국경일일세. 불을 좀더 활활 지펴서 어떻게든 강철을 녹여주게나."

그날 나는 자전과 평샤에게 식당에 좀 일찍 가서 밥과 반찬을 타오라고 일렀네. 얼른 먹고 가서 다른 집과 교대해줄 생각이었거든. 늦게 갔다고 다른 집이 괜한 말을 꺼낼까 걱정이 돼서 그랬지. 그런데 자전과 평샤가 밥과 반찬을 가져와 초조하게 기다리는데도 유칭이 계속 돌아오지 않았다네. 자전은 문 앞에서 이마에 땀이 날 정도로 소리 높여 유칭을 불렀지. 나는 녀석이 보나마나 양 우리에 풀을 넣어주러 갔을 거라 생각하며 자전에게 말했네.

"먼저들 먹구려."

그러고는 문을 나서 양 우리 쪽으로 걸어가는데, 애가 너무 철이 없어 큰일이란 생각이 들었지. 집에서 엄마 하는 일이나 도울 것이지 온종일 양 먹일 풀이나 베러 다니며 남 좋은 일만 하고 있으니. 양 우리 앞으로 가보니 유칭이 풀을 바닥에 쏟아내고 있었다네. 우리 안에는 양이 딱 여섯 마리 있었는데 풀을 먹겠다고 죄다 달려들더구먼. 유칭이 바구니를 든 채 왕시에게 물었지.

"그들이 내 양을 잡을까요?"

"아니야, 양을 다 먹어버리면 어디서 거름을 구하겠어? 거름이 없으면 작물이 제대로 못 자랄 텐데."

내가 다가오는 걸 보더니 왕시가 유칭에게 말했다네.

"아빠 오셨다. 빨리 돌아가."

나는 몸을 돌리는 유칭의 머리를 한 대 쥐어박았지. 하지만 방금 녀석이 왕시한테 물어볼 때의 불쌍한 어조가 마음에 걸려 화를 낼 수가 없더군. 집으로 돌아오는 길에 녀석은 내가 화를 안 내는 걸 보고는 신이 나서 물었지.

"그들이 내 양은 안 잡아갈 거래요."

"잡는 게 나아."

그날 저녁 우리 식구는 강철 녹이는 드럼통을 지키러 갔지. 나는 통 안에 물 붓는 일을 맡았고, 펑샤는 부채로 불을 부쳤다네. 또 자전과 유칭은 나뭇가지를 주워 와 땔감으로 집어넣는 일을 했지. 밤이 깊어 마을 사람들은 모두 잠들었지만 나는 물을 세 번이나 쏟아 부었지. 나뭇가지 하나를 통 속에 넣고 휘저어봤는데 여전히 딱딱하더라구. 그때 자전은 얼마나 힘이 들었던지 온 얼굴이 땀범벅인 데다가, 허리를 굽혀 땔감을 내려놓을 때는 땅바닥에 무릎을 꿇다시피 했어. 나무 덮개를 덮으며 그녀에게 말했지.

"당신 병이 난 것 같군."

"병은요. 몸이 약해져서 그래요."

그때 유칭은 이미 나무에 기대어 잠이 들었고, 펑샤는 팔이 아픈지 손을 바꿔가며 부채를 부치고 있었다네. 다가가 살짝 밀치자 펑샤는 내가 대신하겠다는 줄 알고 고개를 가로젓더군. 유칭을 가리키며 동생을 안고 집으로 돌아가라고 하니까, 그제야 고개를 끄덕이며 일어섰다네. 문득 양 우리 쪽에서 "매" 하는 소리가 들려왔는데, 자고 있던 유칭이 그 소리에 킥킥거리며 웃더라구. 펑샤가 녀석을 안으려고 하니까 녀석이 갑자기 눈을 번쩍 뜨면서 그러는 거야.

"내 양들이 울고 있어요."

녀석이 자고 있는 줄 알았는데, 눈을 번쩍 뜨고 그놈의 양이 어쩌고 하니까 울화통이 치밀더라구. 그래서 녀석한테 면박을 주었지.

"그건 인민공사의 양이지 네 양이 아니야."

그러자 녀석이 화들짝 놀라며 잠이 다 달아난 듯 나를 뚫어져라 쳐다보는 거야. 자전이 옆에서 툭툭 치면서 그러더군.

"애 겁주지 마세요."

그러고는 쭈그리고 앉아 유칭을 조용히 타일렀다네.

"유칭, 그만 자라. 어서 자."

그 말에 녀석은 자전을 한번 보고는 고개를 끄덕이고 눈을 감더니 금방 쌔근거리며 잠이 들었다네. 나는 유청을 안아 평샤의 등에 올려주면서 수화로 집에 가서 자라고, 다시 오지 말라고 일렀지.

평샤가 유청을 업고 간 뒤 나와 자전은 불 앞에 앉았다네. 날이 몹시 추웠지만 그래도 불 앞이라 따뜻하니 몸이 녹더군. 자전은 지칠 대로 지쳐 기력이 하나도 없어 보였지. 팔을 들어 올리기도 힘들어하기에 나한테 기대라고 했어.

"잠깐 눈 좀 붙여."

자전이 내 어깨에 머리를 기대자 나도 잠이 오더구먼. 고개가 자꾸 아래로 떨어졌지. 애써 곧추세워도 나도 모르는 새 또 아래로 떨어지더군. 마지막으로 땔감을 한 번 더 집어넣은 다음 고개가 또 떨어졌는데 다시 들어 올리지 못했다네.

얼마나 잤을까. 꽝 하는 소리에 놀라 바닥에서 대번에 일어나 앉았지. 어느새 날이 훤히 밝았더라구. 그런데 드럼통은 바닥에 쓰러져 있고, 불덩이는 물처럼 흘러 한 덩어리로 타고 있는 게 아니겠나. 그리고 나는 자전의 옷을 덮고 있었지. 얼른 일어나 드럼통 주변을 두 번이나 돌아봤지만 자전은 온 데 간 데 없었다네. 나는 기겁을 해서 자전을 소리쳐 불렀지.

"자전! 자전!"

그때 자전이 연못 근처에서 힘없는 목소리로 대답하는 게 들리더구먼. 얼른 뛰어가 보니 자전이 땅바닥에 주저앉아 일어나려고 안간힘을 쓰고 있었어. 부축해서 일으키는데 옷이 흠뻑 젖어 있더라구.

어찌된 일인가 했더니, 내가 곯아떨어진 뒤에 내내 쉬지 않고 장작을 지폈던 게야. 그러다 통 속의 물이 다 졸아버리자 나무통을 들고 연못에 물을 길러 갔던 거지. 그런데 워낙에 기운이 없다 보니 빈 통을 드는 일도 힘에 부쳤겠지. 그런 사람이 물을 한 통 가득 길어 오는 게 가당키나 한 일인가. 통을 들고 대여섯 발짝 걷다가 물을 쏟고 말았지. 걸음을 떼다가 그만 땅바닥에 엎어졌던 거라네. 그래서 바닥에 앉아 잠시 쉬었다가 다시 물을 길러 가는데, 이번에는 한 발짝 떼고 한 번 쉬고 하면서 갔다더라구. 하지만 연못에 이르자마자 또 미끄러지고 말았다네. 그렇게 해서 물 두 통을 완전히 뒤집어쓴 거야. 그러고 나니 일어날 기운도 없어서 내가 꽝 소리에 깨어날 때까지 마냥 주저앉아 기다리고 있었던 거라네.

다행히 자전의 몸이 상하지 않아 한시름 놓았지. 자전을 부축해 데려온 다음 드럼통을 살펴보니, 여전히 불씨가 남아서 타고 있는 게 아니겠나. 통 밑바닥이 아주 녹아서 문드러졌더라구. 이번에는 정말 망했다 싶더군. 자전도 그런 상황을 보더니 넋이 나가서 애꿎은 자신만 탓했지.

"다 내 탓이에요. 내 탓."

"아니야, 다 내 잘못이오. 내가 자지 말았어야 했는데."

어찌 됐거나 빨리 대장한테 보고해야겠다는 생각에 자전한테 나무에 기대어 앉아 있으라 했지. 그러고는 옛날에는 우리 집이었고, 그 다음에는 룽얼의 집이었다가 이제는 대장이 살고 있는 집으로 달려갔어. 문 앞에 가서 대장을 소리쳐 불렀다네.

"대장님! 대장님!"

대장이 안에서 답했지.

"누구야?"

"저예요, 푸구이. 통 바닥이 다 녹아버렸어요."

"강철이 다 녹았다고?"

"아뇨."

그러자 대장이 욕을 퍼붓더라구.

"헛방귀 뀌고 있네."

감히 대장을 다시 부를 엄두도 내지 못하고 거기 그냥 서 있는데, 뭘 어떻게 해야 할지 모르겠더군. 그때는 이미 날이 훤히 밝은 뒤였지. 이래저래 생각해보니 아무래도 우선 자전을 성안의 병원으로 보내야겠더구먼. 보아하니 병이 심상치 않은 것 같아 통 밑바닥이 녹아 문드러진 일은 병원에서 돌아온 뒤에 다시 대장을 찾아가 해결하리라 마음먹었지. 일단 집으로 가서 평샤를 깨워 함께 가자고 했다네. 자전은 꼼짝을 못하는 데다가 나는 나이가 많아 그녀를 업고 20리도 넘는 길을 가기란 불가능했어. 그러니 평샤와 교대로 업고 가는 수밖에.

내가 먼저 자전을 업고 평샤는 옆에서 따라오는데, 자전이 등에 업힌 채로 그러더군.

"병난 게 아니에요. 푸구이, 병난 게 아니라니까요."

나는 자전이 치료받는 돈이 아까워서 그런다는 걸 알았지.

"병이 있는지 없는지는 병원에 가보면 알겠지."

자전은 병원에 가기 싫다며 가는 내내 구시렁거렸다네. 조금 걷다

보니 힘이 빠져 평샤와 교대를 했지. 평샤는 나보다 힘이 좋아서 제
엄마를 업고도 통통거리며 뛰어가더구먼. 자전은 평샤의 등으로 옮
겨간 다음부터는 더 이상 잔소리를 하지 않았어. 오히려 마음이 좀
풀어졌는지 갑자기 웃으며 이렇게 말했다네.

"평샤가 이제 다 컸네요."

자전은 눈시울을 붉히며 또 한마디 했지.

"평샤가 그런 병에 걸리지 않았으면 좋았을걸."

"그 옛날 일을 왜 또 꺼내고 그래?"

성안의 의사가 하는 말이 자전이 구루병에 걸렸다더군. 그런데 그
병은 아무도 못 고친다는 거야. 우리더러 집으로 돌아가 될 수 있으
면 잘 먹이라 하더구먼. 또 병이 갈수록 더 심해질 거고, 아마 그냥
그렇게 끝날 거라 했다네. 돌아오는 길에는 평샤가 자전을 업고 나
는 그 옆에서 걷는데, 뭘 어떻게 해야 할지 몰라 미치겠더군. 자전이
아무도 못 고치는 병에 걸렸다니. 생각하면 할수록 겁이 났어. 내 인
생이 순식간에 이 지경에 이르다니…… 피골이 상접한 자전의 얼굴
을 바라보고 있으니, 그녀가 나한테 시집온 뒤로 단 하루도 맘 편히
지내지 못했다는 생각이 들었다네.

그런데 자전은 오히려 즐거워하며 평샤의 등에서 중얼거렸지.

"치료할 수 없다니 다행이에요. 무슨 돈이 있다고 치료를 해요?"

마을 어귀에 이르자, 자전은 좀 나아진 것 같으니 내려서 혼자 걸
어가겠다고 하더군.

"유칭을 놀라게 하지 마세요."

유칭이 자신의 그런 모습을 보고 겁을 낼까 봐 걱정스러웠던 게지. 어미 마음이라는 게 그 정도로 세심하다네. 자전은 곧 평샤의 등에서 내려왔지. 우리가 부축해주려 했더니, 자기 혼자 갈 수 있다며 이렇게 말했다네.

"사실 아무 병도 없어요."

바로 그때였어. 마을에서 징과 북소리가 요란하게 들려오는가 싶더니, 대장이 한 무리의 사람들을 이끌고 마을 어귀로 걸어 나오고 있더라구. 그는 우리를 보자마자 신이 난 듯 손을 흔들며 소리를 쳤다네.

"푸구이, 자네 집안이 큰 공을 세웠네."

갑자기 무슨 뚱딴지같은 소린가, 그리고 대체 우리가 무슨 공을 세웠다는 건가 싶어 그들이 다가오기를 기다렸지. 자세히 보니 마을의 젊은이 둘이 뒤죽박죽 엉켜 있는 고철 덩어리를 들고 오는데, 위쪽은 반만 남은 솥 모양에 들쭉날쭉 철 조각이 솟아올라 있었고 그 위로는 붉은 천이 덮여 있더라구. 대장이 그 고철 덩어리를 가리키며 말했다네.

"자네 식구가 강철을 만들어냈다네. 마침 국경일을 맞은 좋은 시기에 말일세. 우리는 현에 이 기쁜 소식을 알리러 가는 길이라네."

그 말을 듣는 순간 어안이 벙벙했지. 드럼통 밑바닥이 녹아 문드러진 걸 대장한테 어떻게 설명하나 걱정이 태산이었는데, 강철이 녹았을 줄 누가 생각이나 했겠나. 대장이 내 어깨를 툭툭 치며 말했다네.

"이 강철로는 포탄을 세 알 만들 수 있다네. 그걸 전부 타이완에 쏘는 거지. 한 발은 장제스의 침대에, 또 한 발은 장제스의 밥상에, 나머지 한 발은 장제스 집의 양 우리에 쏘는 거라구."

대장이 손을 흔들자 10여 명의 사람들이 미친 듯이 징을 치고 북을 울려댔지. 그들이 지나간 뒤, 대장은 요란하게 울려대는 풍물 소리 가운데서 고개를 돌려 고함을 쳤다네.

"푸구이, 오늘은 식당에서 빠오즈(고기, 야채, 단팥 등의 소가 든 찐빵)가 나오는데 모든 빠오즈에 양고기를 넣었다네. 전부 고기라구."

그들이 멀어져간 뒤에 자전에게 물었지.

"정말로 강철이 만들어졌을까?"

자전은 고개를 가로저었어. 그녀도 도대체 어떻게 된 일인지 알 수가 없었겠지. 생각해보니 드럼통 밑바닥이 녹아 문드러질 때 강철이 만들어졌나 싶더군. 아니면, 유칭이 말한 대로 드럼통 안에 물을 부었을 때 강철이 일찌감치 만들어진 것 같기도 했고 말이야. 그런 생각을 하며 집에 돌아왔는데, 유칭이 집 앞에서 어깨를 들썩이며 울고 있더라구.

"그들이 내 양을 죽였어요, 두 마리 모두 죽였다구요."

유칭은 여러 날 동안 내내 슬퍼했다네. 녀석은 이제 매일 새벽같이 일어나 허겁지겁 학교에 갈 필요가 없어졌지. 그렇게 되니까 뭘 해야 할지 몰라 집 앞을 왔다 갔다 하더라구. 평소 같으면 그 시간에 바구니를 들고 풀을 베러 가곤 했으니까. 자전이 아침을 먹으라고 부르면, 한 번만 불러도 얼른 들어와 밥상에 앉았지. 밥을 다 먹은 다음에는 가방을 메고 양 우리로 가서 안을 한번 들여다보고는 풀이 죽은 채 학교로 가곤 했어.

양은 먹어 치웠지만, 소 세 마리는 밭을 가는 데 필요했으니 함부로 잡아먹을 수 없었다네. 그걸로 양식은 거의 바닥난 상태였지. 대장은 인민공사에 가서 먹을 걸 좀 가져와야겠다며 매번 10여 명의 젊은이를 데려갔다네. 10여 개의 멜대가 함께 가는 모습을 보니 금산이라도 지고 올 것 같더구먼. 하지만 돌아올 때 보면, 10여 명의 젊은이가 10여 개의 멜대를 그대로 메고 왔다네. 쌀 한 톨도 가져오지 못했다구. 마지막으로 인민공사에 다녀온 날 대장이 그러더군.

"내일부터 식당을 없애버리겠소. 모두 얼른 성안에 가서 솥을 사오시오. 예전처럼 각자 자기 집에서 밥을 해 먹는 거요."

우리는 대장의 말 한마디에 솥을 다 때려 부쉈고, 솥을 살 때도 마찬가지였지. 식당에서는 남은 양식을 머릿수에 따라 각 집에 나눠줬는데, 우리 집은 겨우 사흘치를 받았다네. 다행히 한 달만 있으면 벼를 거둘 때가 되니, 어떻게 해보면 한 달 정도는 버틸 수 있겠다 싶었지.

그때쯤 마을 사람들이 밭에서 하는 일이 임금으로 환산되기 시작했다네. 나는 건장한 노동력이라 할 만했으니 10공분(工分, 대약진 운동 당시 인민공사에서는 노동 성과에 따라 임금을 차등 지불했다. 공분은 임금의 등급을 표시하는 단위로 최대가 10공분이었다)을 받았지. 자전도 병이 나지 않았으면 8공분을 받았을 텐데, 병 때문에 가벼운 일밖에 할 수 없어 겨우 4공분을 받았다네. 다행히 평샤는 여자 치고는 힘이 좋은 편이라 매일 7공분을 받아왔지.

자전은 내심 괴로워했다네. 자기가 받는 일당이 반으로 줄었다는 생각을 내내 떨쳐버리지 못했거든. 자기는 더 힘든 일도 할 수 있다는 거야. 그래서 몇 번이나 대장을 찾아가 병에 걸린 건 자기도 알고 있지만 그래도 아직은 힘든 일을 할 수 있다고 말했다네.

"시켜보고 진짜로 못 하면, 그때 가서 다시 4공분을 주시면 되잖아요."

대장은 생각해보니 그 또한 맞는 말이라 그러라고 했다네.

"그러면 가서 벼 베는 일을 해보게나."

자전은 곧장 낫을 들고 논으로 갔지. 막 시작했을 때는 정말 빨리 베는 것 같더라구. 나도 내심 의사가 잘못 진단한 게 아닌가 의심했을 정도라네. 하지만 한 배미를 베고 난 다음부터 몸이 조금씩 휘청거리더니 두 배미째 벨 때는 속도가 눈에 띄게 느려지는 거야. 그래서 다가가 물었지.

"당신 괜찮아?"

그때 자전의 얼굴엔 땀이 비 오듯 쏟아지고 있었는데도 허리를 곧게 펴더니 오히려 나를 원망하더라구.

"당신은 당신 일이나 해요. 여기 와서 뭐 하는 거예요?"

내가 그렇게 다가가는 바람에 다른 사람들이 자기를 주목할까 봐 걱정스러웠던 게지.

"당신이나 조심하세요."

그러고는 초조한 듯 말하더군.

"얼른 저리 가요."

나는 도리질을 치며 그 자리를 떠날 수밖에 없었어. 그런데 내 자리로 돌아온 지 몇 분 만에 그쪽에서 풀썩 하는 소리가 들리더군. 뭔가 잘못 됐다 싶어 고개를 들고 봤더니, 아뿔싸, 자전이 바닥에 쓰러져 있는 게 아닌가. 그 앞으로 가보니 자전은 입으로는 일어난다고 하면서도 두 다리를 계속 후들후들 떨고 있었다네. 게다가 쓰러지면서 낫에 이마가 찢겨 피가 철철 흘렀고 말이야. 자전이 쓴웃음을 지으며 나를 쳐다보는데 아무 말도 할 수가 없더구먼. 그대로 그녀를 들쳐 업고 집으로 향했지. 자전도 더 이상 뿌리치지 않았다네. 얼마쯤 가다가 자전이 울면서 그러더군.

"푸구이, 나 내 몫은 할 수 있을까요?"

"그럼."

그 후 자전은 또다시 속을 끓였지. 잃어버린 4공분을 못내 안타까워했거든. 그래도 곧 자기 몫은 할 수 있다는 생각에 어느 정도는 자신을 위로할 수 있었다네.

자전이 병에 걸리자 평샤가 더욱 힘들어졌지. 밭일도 하던 대로 하고, 거기다 집안일까지 해야 했으니 말일세. 다행히 한창 나이라 늦게까지 피곤하게 일을 해도, 한잠 자고 나면 기력도 돌아오고 정신도 맑아졌다네. 유칭도 자유 경작지에서 일을 돕기 시작했지. 어느 날 저녁 일을 마치고 집에 돌아왔는데, 자유 경작지에서 호미질을 하고 있던 유칭이 나를 부르더라구. 그래서 그리로 갔더니 녀석이 호미자루를 만지작거리며 고개를 숙인 채 말하더군.

"저 글자 많이 배웠어요."

"잘했다."

녀석은 고개를 들어 나를 한 번 쳐다보더니 또 한마디 했어.

"그 정도면 평생 쓰기에 충분해요."

나는 그 녀석 허풍 한번 대단하다고 생각하며, 그게 무슨 뜻인지 생각지도 않고 입에서 나오는 대로 말을 했다네.

"더 열심히 공부해야지."

그랬더니 녀석은 그제야 속마음을 털어놓더구먼.

"공부하기 싫어졌어요."

그 말이 떨어지기가 무섭게 나는 진지한 얼굴로 단호하게 말했다네.

"안 돼."

사실 유칭을 퇴학시키는 문제에 대해서는 나도 생각 안 해본 게 아니라네. 하지만 자전 때문에 그런 생각을 떨쳐버렸지. 유칭이 학교를 그만두면 자전이 자기가 아파서 유칭의 앞길을 가로막았다고 생각할 테니까. 그래서 유칭에게 말했지.

"너 공부 열심히 안 하면, 이 아비가 가만두지 않을 거다."

말을 해놓고 보니 좀 후회가 되더구먼. 그 아이는 집안 사정 때문에 공부를 안 하겠다는 거였으니 말일세. 겨우 열두 살밖에 안 된 아이가 그렇게 철이 든 걸 보니 기쁘기도 하고 괴롭기도 했지. 그래서 이후로는 녀석한테 함부로 욕지거리를 하지 말아야겠다고 생각했다네. 그리고 그날 성안에서 땔감을 팔아 번 돈 가운데 5편(1위안의 100분의 1)을 써서 유칭한테 사탕 다섯 알을 사줬어. 아비라는 사람이 자식한테 뭔가를 사준 건 그때가 처음이었지. 그렇게 생각하니 앞으로 유칭을 더 많이 사랑해줘야겠다 싶었다네.

　어느 날 나는 빈 보따리를 들고 학교로 갔다네. 학교에는 교실이 두 개밖에 없었는데 아이들이 그 안에서 종알종알 책을 읽고 있었지. 교실 가까이로 가서 유칭을 찾아보니 녀석은 제일 가장자리에 앉아 있더군. 여선생 하나가 칠판 앞에 서서 뭔가를 설명하고 있고 말이야. 창문에 서서 유칭을 쳐다보는데, 보자마자 울화통이 치밀었다네. 글쎄, 녀석이 공부는 안 하고 앞에 앉은 아이 머리에 뭔가를 던지고 있더라구. 저 하나 공부시키겠다고 펑샤를 다른 집에 보내고, 자전이 그렇게 아파도 퇴학을 안 시켰는데 교실에서 히죽거리며 놀고 있다니. 난 화가 있는 대로 치밀어 눈앞에 보이는 게 없었어. 당장 보따리를 내던지고 교실로 뛰어 들어가 유칭의 얼굴을 한 대 갈겼지. 유칭은 그제야 나를 발견하고는 놀라서 얼굴이 하얗게 질렸다네.

　"너 정말 그렇게 열통 터지게 굴래?"

　그렇게 냅다 소리를 질렀더니 유칭이 몸을 부들부들 떨더군. 나는 녀석의 뺨을 또 한 대 갈겼지. 그랬더니 몸을 잔뜩 웅크리는 게 완전히 얼이 빠진 것 같았다네. 그때 여선생이 화가 머리끝까지 나서는 이렇게 묻더구먼.

　"당신 뭐 하는 사람이에요? 여긴 학교지 집이 아니라구요."

　"나는 저 녀석 아비 되는 사람이오."

잔뜩 화가 나 있는 상태라 목소리가 엄청나게 컸지. 그래서 그런지 여선생도 더 화를 내며 찢어지는 목소리로 대거리를 하더군.

"나가요. 당신이 무슨 아버지야? 내가 보기엔 파시스트나 국민당 같다구요."

파시스트가 뭔지는 몰랐지만 국민당은 알고 있었으니 여선생이 나를 욕하고 있다는 걸 알았지. 어쩐지 유칭이 공부를 안 한다 했더니, 욕이나 해대는 선생을 만나서 그런 거였어. 그래서 나도 한마디 했다네.

"당신이야말로 국민당이지. 내 국민당을 본 적이 있는데 당신처럼 그렇게 욕을 하더라구."

여선생은 입을 쫙 벌리더니 아무 말도 못 하고 울음을 터뜨렸다네. 그러자 옆 교실에 있던 선생이 와서 나를 끌어내더니, 선생들 몇몇이 교실 바깥에서 나를 에워싸더군. 그러고는 여러 개의 입이 동시에 뭐라 뭐라 하는데 한마디도 알아들을 수가 없었어. 나중에 여선생 하나가 더 왔는데, 먼저 와 있던 선생들이 그 여자를 교장이라고 부르는 소리를 들었지. 교장은 나한테 왜 유칭을 때렸느냐고 묻더군. 나는 펑샤를 남의 집에 보낸 일이며, 자전이 병이 났는데도 유칭을 퇴학시키지 않은 일이며 우리 집안에 있었던 일을 죄다 얘기했다네. 교장이 다 듣고 나서는 다른 선생들에게 말했어.

"저 사람을 돌려보내세요."

보따리를 들고 돌아갈 때 보니, 모든 교실의 창문에 작은 머리들이 다닥다닥 붙어서 내가 한바탕 소란 떠는 걸 구경하고 있더구먼.

이번에는 내가 아들을 곤란하게 만든 셈이지. 유칭도 내가 자기를 때린 것보다는 그렇게 많은 선생과 친구들 앞에서 망신을 당했다는 게 더 속상했을 걸세. 나는 집에 돌아와 화도 다 삭이지 못한 채 그 일을 자전에게 말했지. 자전은 이야기를 다 듣더니 나를 원망하더구먼.

"당신이 그렇게 하면 앞으로 우리 유칭이 학교에서 어떻게 얼굴을 들고 다녀요?"

듣고 보니 정말 내가 너무 지나쳤다는 생각이 들더군. 내 얼굴에 먹칠을 한 것은 물론이고, 아들이 얼굴을 들고 다닐 수 없게 만들었으니 말일세. 그날 점심에 유칭이 학교에서 돌아왔을 때, "유칭!" 하고 한번 불러봤는데 녀석은 거들떠보지도 않고 책가방만 던져놓은 채 밖으로 나가더라구. 그래도 자전이 부르니까 멈춰 서더군. 자전이 가까이 오라고 하자 유칭은 엄마 곁으로 가더니만 목을 길게 뽑으며 정말 서럽게 울었다네.

그 뒤로 한 달 넘게 유칭은 한사코 나를 무시했다네. 내가 뭘 하라고 하면 시키는 대로 다 했지만, 절대로 나와 얘기를 하지는 않았어. 그렇다고 아이가 딱히 잘못을 저지른 것도 아니니 화를 낼 명분도 없었지.

아무리 생각해도 내가 너무 지나쳤던 것 같아. 아들 녀석 마음을 갈기갈기 찢어놓았으니 말일세. 다행히 유칭은 아직 어려서 얼마만큼 시간이 지나자 예전처럼 목을 뻣뻣하게 세우고 다니지는 않았다네. 여전히 내가 무슨 얘기를 해도 대꾸를 안 했지만, 표정을 보니 심하게 앙심을 품은 것 같지는 않더라구. 가끔씩은 나를 훔쳐보기도 했고 말이야. 나는 녀석을 잘 알지. 그처럼 오랫동안 나와 말을 하지 않았으니 불쑥 입을 열기가 쑥스러웠던 거라네. 나? 나도 뭐 급할 건 없었지. 내 아들놈인데 언젠가는 입을 열고 나를 부를 게 아니겠나.

마을의 모든 집이 생활 기반을 다 잃은 상태였으니, 식당이 없어진 뒤로는 갈수록 지내기가 어려웠다네. 나는 저축해놓은 돈을 다 털어 새끼 양을 사야겠다고 마음먹었지. 양만큼 사람에게 이로운 동물은 없거든. 밭에 거름도 줄 수 있고, 봄에는 양털을 팔아 돈을 벌 수도 있으니까. 무엇보다도 유칭을 위해서도 좋은 일이 아니겠나. 녀석에게 새끼 양을 사다 주면 얼마나 기뻐할지 눈에 선하더군.

자전에게 그 얘기를 하자 역시 기뻐하며 빨리 가서 사 오라고 하더군. 그날 오후 돈을 품에 넣고 성안으로 가서, 성 서쪽의 광복교 부근에서 새끼 양 한 마리를 샀다네. 돌아오는 길에 유칭의 학교 앞을 지나면서, 들어가 유칭을 기쁘게 해줄까 하다가 가지 않기로 마음을 고쳐먹었지. 먼젓번에도 학교에서 소동을 피워 얼굴을 못 들고 다니게 했는데, 또다시 찾아가면 틀림없이 유칭이 불쾌해할 것 같았다네.

그래서 그냥 새끼 양을 끌고 성을 나와 우리 집이 보일락 말락 하는 곳쯤에 이르렀는데, 뒤에서 누군가 씩씩거리며 뛰어오는 거야. 미처 고개를 돌리기도 전에 유칭이 뒤에서 소리를 치더군.

"아빠! 아빠!"

나는 걸음을 멈추고 유칭이 온 얼굴이 새빨개져 뛰어오는 모습을 보았지. 녀석은 내가 양을 끌고 오는 걸 보고는 나와 오랫동안 말을 하지 않았다는 것도 까맣게 잊어버렸는지, 코앞에까지 뛰어와 숨을 헐떡거리며 말했다네.

"아빠, 이 양 저 주시는 거예요?"

나는 웃으며 고개를 끄덕이고는 녀석에게 줄을 건네주었지.

"옜다."

유칭은 줄을 받아든 다음 양을 품에 안고 몇 걸음 가다가 다시 내려놓았다네. 그러고는 뒷다리를 꽉 잡은 채 쪼그려 앉아 한참을 살펴보더군.

"아빠, 암놈이에요."

나는 하하 웃으며 손을 뻗어 그 애의 어깨를 꽉 잡았지. 유칭의 어깨는 가냘픈 데다 작기까지 했다네. 그래서였는지 어깨를 잡자마자 왠지 모르게 가슴이 아파오더구먼. 함께 집으로 가는 길에 녀석에게 말했지.

"유칭, 너도 어느새 많이 컸구나. 내 다시는 너를 때리지 않으마. 혹시 때리게 되더라도 절대로 다른 사람이 보는 앞에서는 때리지 않을 거다."

말을 마치고 고개를 숙여 유칭을 쳐다봤지. 그 녀석, 머리를 비스듬히 기울이고 있더군. 그런 말을 들으니 도리어 쑥스러웠던 게지.

집에 양이 생기니, 유칭은 또다시 매일 뛰어서 학교에 가야 했다네. 녀석은 양에게 풀을 베어다 주는 일 이외에 자유 경작지의 일도 거들어야 했지. 그렇게 온종일 뛰어다녔지만, 그렇다고 달리기로 이름을 날리게 될 줄은 꿈에도 생각지 못했어. 학교에서 운동회가 열리던 날, 나는 성안으로 채소를 팔러 갔지. 다 팔고 집으로 돌아오려 하는데 길가에 사람들이 엄청나게 많이 서 있더라구. 무슨 일인가 물어보니 학생들이 달리기 시합을 하는데 성안을 열 바퀴나 돈다고 하더군.

그 무렵 성안에는 중학교가 생겼다네. 그해에 유칭은 초등학교 4학년이었고. 성안에서 처음으로 열린 운동회라 중학교와 초등학교 아이들이 다 같이 뛰었지. 나는 빈 보따리를 길가에 놓고 혹시나 유칭이 거기서 뛰지는 않는지 지켜보기로 했다네. 잠시 후 유칭 또래의 아이들 한 무리가 머리를 좌우로 흔들며 뛰어가는 모습이 보이더군. 그 가운데 두 명이 고개를 숙인 채 이리 비틀 저리 비틀 하는데 꼴을 보니 제대로 못 뛰는 것 같았지.

그 애들이 뛰어간 뒤에야 유칭을 발견했다네. 녀석은 신발은 손에 든 채 맨발로 헉헉거리며 뛰어왔는데, 글쎄 혼자 뛰고 있는 게 아닌가. 그렇게 맨 꼴찌에서 뛰는 모습을 보니 정말 못났다는 생각이 들더군. 내 체면이 말이 아니었지. 그런데 옆에 있던 사람들이 하나같이 녀석을 응원하는 통에 어안이 벙벙했다네. 어리둥절해 하며 보고 있는데 중학생 몇이 달려가더라구. 그걸 보니 더 혼란스러웠지. 이거 도대체 어떻게 된 시합인가 싶어 옆에 있는 사람에게 물어보았다네.

"어째서 큰 아이가 작은 아이보다 못 뛰는 거요?"

"방금 지나간 아이가 다른 아이들을 몇 바퀴씩이나 앞질러 간 거

165

라구요."

　방금 지나간 아이라면, 우리 유칭을 말하는 게 아닌가. 그때의 기쁨을 어찌 말로 다하겠나. 자기보다 네댓 살이나 더 먹은 아이들을 몇 바퀴나 앞지르다니. 나는 맨발인 채 신발을 손에 들고, 얼굴은 새빨개져서는 제일 먼저 열 바퀴를 다 돈 아들 녀석을 내 두 눈으로 똑똑히 봤다네. 녀석은 다 뛰고 난 뒤에도 헐떡거리기는커녕 아무 일도 없었다는 듯 한쪽 발을 들어 바지에 문지른 뒤 신발을 신고, 이어서 다른 한쪽 발을 들어 올리더군. 그러고는 뒷짐을 지고 의기양양하게 그 자리에 서서 자기보다 훨씬 큰 아이들이 뒤따라 뛰어오는 걸 지켜보았지.

　나는 신이 나서 유칭을 소리쳐 불렀다네.

　"유칭!"

　빈 보따리를 들고 지나가면서 일부러 동작을 크게 했지. 사람들한테 내가 그 애 아버지라는 걸 알리고 싶었거든. 그런데 유칭은 나를 보자마자 거북스러운 듯 뒷짐 지고 있던 손을 얼른 앞으로 가져오더군. 나는 녀석의 머리를 툭툭 치며 큰소리로 말했지.

　"기특한 녀석, 네가 아빠 체면을 세워주었구나."

　내가 큰소리로 떠들어대자 유칭은 다급하게 주위를 둘러봤다네. 제 친구들이 나를 보는 게 싫었던 모양이야. 그때 어떤 뚱뚱한 사람이 그 애를 불러 세웠지.

　"쉬유칭."

　유칭은 몸을 돌려 쌩 하니 그쪽으로 가버렸다네. 그 정도로 나한테 친밀함을 느끼지 못했던 게지. 녀석은 몇 걸음 가더니 고개를 돌리고 한마디 하더군.

"선생님이 부르세요."

내가 집에 가서 혼찌검을 낼까 봐 겁이 나 그런다는 걸 알았지. 그래서 손을 흔들어줬다네.

"가봐. 어서 가."

그 뚱뚱한 사람은 손이 어찌나 크던지, 그 손으로 유칭의 머리를 누르니까 녀석의 머리가 안 보이더라구. 마치 아들 녀석의 어깨 위에 손바닥이 하나 자라난 것 같았다네. 그 둘은 다정하게 구멍가게 앞으로 갔어. 그 뚱뚱한 사람이 유칭한테 사탕을 사줬는데, 유칭은 그걸 두 손으로 받아 주머니에 넣더니 한 손은 다시 뺄 생각을 안 하더군. 돌아올 때 보니 그 애 얼굴이 벌건 게 아주 신이 난 것 같았네.

그날 저녁 유칭한테 그 뚱보가 누구냐고 물었지.

"체육 선생님이에요."

내가 한마디 했지.

"그 사람이 꼭 네 아빠 같더라."

녀석은 그 뚱보가 사준 사탕을 전부 침대 위에 쏟아놓고는 우선 세 무더기로 나눠보더니, 한참 쳐다보다가 두 무더기에서 각각 두 알씩 꺼내 자기 몫으로 떼어놓은 다른 한 무더기에 집어넣더군. 그러고는 또 잠시 쳐다보더니 자기 무더기에서 다시 두 알을 꺼내 다른 두 무더기에 집어넣더라구. 나는 녀석이 한 무더기는 평샤한테 주고, 또 한 무더기는 제 엄마한테 주고, 나머지 한 무더기는 자기가 가지려 한다는 걸 알았지. 내 몫만 없었던 거야. 그런데 녀석이 세 무더기로 갈라놓았던 사탕을 다시 한데 합쳤다가 네 무더기로 나누는 게 아니겠나. 그런데 녀석은 계속 이렇게 나눴다 저렇게 나눴다 하다가, 결국에는 다시 세 무더기로 나눴다네.

며칠 후에 유칭은 체육 선생을 집으로 데려왔어. 그 뚱보는 유칭에 대해 입에 침이 마르도록 칭찬하면서, 크면 육상선수를 시켜서 외국 사람들과 달리기 시합을 하게 하라더군. 그때 유칭은 문간에 앉아 있었는데, 얼굴이 온통 땀으로 뒤범벅이 될 정도로 흥분한 상태였다네. 체육 선생한테 대놓고 뭐라 하지는 못하고, 그가 돌아간 뒤에 유칭을 불렀지. 녀석은 자기를 칭찬하려는 줄 알고 눈을 반짝거리며 날 쳐다보더군. 내가 말했지.

"네가 나나 네 엄마, 누나의 체면을 세워준 건 정말 기쁘게 생각한다. 하지만 아빠는 달리기로 밥벌이를 할 수 있다는 얘긴 들어본 적이 없구나. 학교에는 열심히 공부하라고 보내는 거지 뜀박질이나 하라고 보내는 게 아냐. 뜀박질도 배울 필요가 있나? 닭대가리도 뛸 줄은 안다구!"

그 말에 녀석은 곧바로 고개를 푹 수그리더니, 담 모퉁이에 가서 바구니와 낫을 집어 들더군.

"내 말 명심해라."

녀석은 문간으로 가서 나를 등진 채 고개를 끄덕이고는 밖으로 나갔다네.

그해 벼가 채 익기 전, 그러니까 파릇파릇한 벼 이삭이 막 자라나던 무렵에 끝도 없이 비가 내리기 시작했어. 거의 한 달 동안 비가 내렸는데, 중간에 갠 날도 있었지만 이틀도 못 가서 다시 구름이 끼고 비가 내렸다네. 우리는 논에 물이 차오르는 걸 바라만 보고 있었지. 물이 차오를수록 벼는 점점 고개를 숙이더군. 그러다 결국 논을 빽빽하게 채우고 있던 벼가 죄다 물속에 잠겨버렸다네. 마을 어른들이 모두 울면서 말했지.

"앞으로 어떻게 살아가나?"

아무래도 젊은이들은 좀더 낙관적인지라 나라에서 우리를 구제해줄 거라 믿었다네.

"뭘 걱정이에요. 하늘이 무너져도 솟아날 구멍은 있는 법이잖아요. 대장님이 양식을 구하러 현에 가셨다구요."

대장은 인민공사에 세 번, 현에 한 번 찾아갔지만 아무것도 얻어오지 못했다네. 그저 몇 마디 말이나 듣고 왔을 뿐이지.

"모두 안심하시오. 현장님 말씀이 자기가 굶어 죽지 않으면 우리도 굶어 죽지 않을 거라 했소."

한 달 내내 내리던 비가 그친 뒤, 며칠 연속 무더운 날씨가 이어져 논의 벼가 다 흐물흐물해지고 말았지. 저녁 무렵 바람이 불면 그 악취가 진동을 했는데, 꼭 죽은 사람한테서 나는 냄새 같더라구. 처음에 사람들은 그래도 볏짚이 어딘가 쓸모가 있을 거라 기대했다네. 하지만 이렇게 되니 거둘 벼도 없고, 볏짚도 완전히 문드러져버렸지. 정말 아무것도 없었다네. 대장은 현에서 양식을 보내줄 거라 했지만 양식이 오는 걸 본 사람은 아무도 없었어. 입에서 나오는 말이라고 다 믿을 수는 없게 된 거지. 믿지 않는 것이기도 했고, 감히 믿지 못하는 것이기도 했다네. 그렇게 하지 않으면 그 나날들을 어떻게 살아갈지 누구도 자신할 수 없었거든.

모두 쌀알을 세어서 불에 올렸지. 비축해둔 양식이 많지 않아 어느 집도 감히 밥을 하지는 못했어. 모두 죽을 끓여 마셨는데, 그 죽도 갈수록 묽어졌다네. 그렇게 두세 달을 버티고 나니 더 이상 먹을 게 없었어. 나와 자전은 양을 성안으로 끌고 가서 판 뒤, 그 돈으로 쌀을 사 오기로 했다네. 우리는 그 양을 팔면 쌀 110근 정도는 살 수 있기를 간절히 바랐지. 그 정도면 벼를 수확할 때까지 버틸 수 있을 것 같았거든.

우리 식구는 한두 달 동안 배불리 먹어본 적이 없었지만, 양은 여전히 살이 토실토실 올라 있었다네. 매일같이 양 우리에서 메 하는 소리가 크게 울려 퍼졌는데, 그건 다 유칭의 공이었지. 그 녀석은 자기는 배가 고파서 종일 어지럽다고 하면서도, 양한테 풀을 적게 가져다준 적은 단 한 번도 없었다네. 자기 양을 어찌나 아끼던지 자전이 그 애를 애지중지하는 거랑 꼭 닮았더군.

나와 자전은 상의를 한 뒤 그 일을 유칭에게 말했다네. 때마침 유칭이 풀 한 바구니를 양 우리에 넣어줘 양은 쉭쉭 소리를 내며 풀을 먹고 있었지. 쉭쉭 하는 게 꼭 빗소리 같더구먼. 유칭은 빈 광주리를 든 채 그 옆에 서서 히죽거리며 그 모습을 바라보고 있었다네.

녀석은 내가 다가가는지도 모르고 있다가, 내가 어깨에 손을 올리자 그제야 고개를 돌려 나를 바라보았어.

"양이 배가 고팠나 봐요."

"유칭, 아빠가 너한테 할 말이 있단다."

유칭이 그러냐면서 몸을 돌리기에 나는 말을 이었다네.

"집에 양식이 바닥나서 네 엄마와 이 양을 팔아 쌀을 사기로 했단다. 그렇게 하지 않으면 우리 식구 모두 굶어 죽을 거야."

유칭은 고개를 숙인 채 아무 말도 하지 않더군. 아직 어린 아이니까 양을 보내기가 서운했겠지. 나는 녀석의 어깨를 치며 이렇게 말했다네.

"우리 집 사정이 좀 나아지면 다시 양을 사주마."

고개를 끄덕이는 게 그동안 많이 컸다 싶더군. 옛날보다 철이 든 거지. 몇 년 전 같았으면 울고불고 난리를 쳤을 거야. 내가 양 우리에서 나오자 유칭이 내 옷을 잡아끌며 애처로운 목소리로 그러더군.

"아빠, 내 양 도살장 말고 다른 데 팔면 안 돼요?"

나는 속으로 생각했지. '요즘 같은 때 어떤 집에서 양을 기르겠어? 도살장에 안 팔면 대체 누구한테 팔란 소리야?' 하지만 유칭이 그러는 모습을 보니 고개를 끄덕이는 수밖에 없었다네.

다음날 아침 쌀을 담아 올 자루를 어깨에 메고, 우리에서 양을 꺼내 집을 나섰지. 마을 어귀를 막 나서는데 뒤에서 자전이 부르는 소리가 들렸어. 돌아보니 자전과 유칭이 걸어오고 있었다네. 자전이 말했지.

"유칭도 가고 싶대요."

"일요일이라 학교도 안 하는데 뭐 하러 간다는 거야?"

"유칭도 가게 해줘요."

녀석은 자기 양하고 잠시라도 더 같이 있고 싶어서 그러는 거였지. 내가 허락하지 않을까 봐 제 엄마를 데려온 거야. 나는 '가고 싶으면 가야지' 하는 생각으로 녀석에게 손짓을 했다네. 녀석은 냉큼 달려와 내 손에 있던 줄을 받아들고 고개를 숙인 채 나를 따라오더군.

녀석은 가는 내내 한마디도 하지 않았는데, 도리어 양이 메 하며 울음을 그치지 않더라구. 그 양이란 놈은 수시로 목을 길게 뽑아 유칭의 엉덩이를 들이받았다네. 양한테도 사람의 정이 통하는지, 그놈도 유칭이 매일 자기한테 풀을 먹여주는 사람이란 걸 알고 아주 친밀하게 굴었지. 양이 그럴수록 유칭은 더 견디기 어려웠던 모양이야. 입술을 꽉 깨물고 있는 게 거의 울 것 같은 표정이더군.

녀석은 고개를 푹 숙인 채 앞만 보고 걸어갔다네. 그 꼴을 보고 있으니 내 마음도 좋지 않더구먼. 그래서 뭔가 위로할 말을 찾았지.

"죽이는 것보다야 팔아버리는 게 훨씬 낫잖아. 양은 말이다, 짐승이잖니. 날 때부터 그게 그놈의 운명인 거지."

성안에 들어서 어느 모퉁이에 이르렀을 때, 유칭이 걸음을 멈추더니 양을 보며 말했다네.

"아빠, 나 여기서 기다릴래요."

양이 팔려가는 걸 보고 싶지 않았던 게지. 그래서 난 녀석의 손에서 줄을 넘겨받아 양을 끌고 혼자 걷기 시작했다네. 그런데 몇 걸음

172

떼기도 전에 뒤에서 유칭이 소리를 쳤어.

"아빠, 약속했어요."

"내가 무슨 약속을 했는데?"

유칭은 초조한 목소리로 말했어.

"도살장에 팔지 않겠다고 하셨잖아요."

나는 어제 내가 했던 말을 까맣게 잊고 있었다네. 녀석이 나를 따라오지 않겠다니 망정이지, 안 그랬으면 울고불고 한바탕 난리를 피웠겠지.

"알았다."

나는 양을 끌고 모퉁이를 돌아 성안의 푸줏간으로 갔다네. 예전에는 고기가 주렁주렁 매달려 있던 곳인데, 먹을 게 부족한 시절이다 보니 고기 부스러기도 안 보이더구먼. 안에 한 사람이 앉아 있기는 했지만 만사 귀찮다는 표정이었지. 양을 보여줘도 별로 기뻐하는 것 같지 않았어. 어쨌거나 둘이 함께 양을 저울에 올리는데, 그 사람이 손을 부들부들 떨면서 그러더군.

"제대로 먹지를 못해서 기력이 없소."

성안 사람들도 배불리 먹지 못했던 거야. 그 사람 말이 벌써 열흘 가까이 푸줏간에 고기를 못 걸었다더군. 그러더니 손가락으로 전방 20미터쯤에 있는 전봇대를 가리키며 말했다네.

"기다려보시오. 한 시간도 못 돼서 고기를 사겠다는 사람들이 저기까지 줄을 설 테니."

과연 그랬네. 내가 가게를 나오자마자 열 명쯤 되는 사람들이 그쪽에 줄을 서더군. 쌀가게 앞에도 줄을 섰고 말이야. 처음엔 우리 양을 팔면 쌀 110근 정도는 살 수 있을 줄 알았는데, 상황이 이렇다 보니 고작 40근을 짊어지고 집으로 돌아왔지. 돌아오는 길에 구멍가게에서 동전 두 닢을 꺼내 유칭에게 줄 알사탕 두 개를 샀다네. 녀석이 그 양을 키우느라 1년 내내 고생했으니 단 걸 좀 먹게 해줘야겠다는 생각이 들었거든.

다시 쌀 40근을 지고 걸어가는데, 유칭이 아까 그 자리에서 왔다 갔다 하며 돌멩이를 발로 차고 있더라구. 사탕 두 알을 주자, 녀석은 한 알은 주머니에 넣고 한 알은 종이를 벗겨 입에 넣었어. 그런 다음 사탕을 쌌던 종이를 가지런히 접어 손에 들고는 고개를 들어 나한테 묻더라구.

"아빠, 아빠도 드실래요?"

나는 고개를 가로저으며 말했지.

"됐다, 너나 먹어라."

그렇게 40근을 지고 집에 돌아오니, 자전은 쌀자루만 보고도 양이 얼마나 되는지 알아채더구면. 그녀는 탄식을 할 뿐 아무 말도 하지 않았다네. 자전이야말로 제일 난처한 사람이었지. 입이 네 개나 되는데 대체 뭘 먹고 살아야 하나 하는 걱정으로 잠도 제대로 못 자는 것 같았어. 세월이 아무리 힘겨워도 견디며 살아가야 하지 않겠나. 자전은 하루도 빠짐없이 바구니를 들고 들에 가서 푸성귀를 뜯어 왔다네. 본래도 병이 있는 데다가 허구한 날 배고픔을 참다보니, 의사 말대로 병이 갈수록 심해졌지. 하는 수 없이 지팡이를 짚고 걸어 다

넜지. 그렇게 해도 스무 발짝만 걸어가면 온몸에 땀이 비 오듯 했다네. 게다가 다른 집 사람들은 모두 쭈그리고 앉아서 푸성귀를 뜯는데, 자전은 땅바닥에 꿇어 앉아 뜯다 보니 일어날 때면 몸이 기우뚱했어. 그 모습을 보는 내 마음도 편치 않아 자전한테 말했지.

"당신은 밖에 나가지 마."

그러나 자전은 대답도 없이 지팡이를 짚고 밖으로 나갔다네. 얼른 따라가 팔뚝을 잡아끌었는데 그만 자전이 땅바닥에 넘어지고 말았어. 그녀는 그 자리에 그대로 주저앉아 소리 내 울었지.

"나 아직 죽지 않았다구요. 당신 날 죽은 사람 취급하는군요."

어찌 할 방법이 없었지. 여자란 사람들은, 한번 화가 나면 못 하는 일도 없고 못 하는 말도 없다네. 내가 일을 못 하게 하니까 자기를 내치는 거라 생각한 모양이야.

석 달도 못 돼서 쌀 40근도 바닥나고 말았다네. 자전이 날짜를 계산해 호박잎이나 나무껍질 따위를 섞어먹지 않았더라면 그나마 반 달도 못 먹었을 걸세. 그때 우리 마을은 어느 집이나 먹을 게 없었고, 푸성귀란 푸성귀는 다 캐 가서 씨도 안 남았지. 그래서 어떤 사람들은 나무뿌리를 캐 먹기 시작했다네. 마을에는 점점 사람이 줄어들었어. 다들 밥그릇을 들고 외지로 구걸하러 나갔거든. 대장도 몇 번이나 현에 다녀왔는데, 돌아올 때는 마을 어귀에도 못 미쳐 땅바닥에 주저앉아 가쁜 숨을 몰아쉬었지. 밭에서 먹을 걸 찾던 사람들이 그 모습을 보고 다가가 물었다네.

"대장, 현에서 언제 양식을 준답디까?"

대장은 머리를 비스듬히 하며 말했지.

"난 걸을 수가 없네."

외지에 가서 구걸하려는 사람들을 보고 대장이 만류하며 말했지.

"가지 말게. 성안 사람들도 먹을 게 없긴 마찬가지야."

푸성귀가 없다는 걸 뻔히 알면서도 자전은 온종일 지팡이를 짚고 푸성귀를 찾으러 다녔고, 유칭은 그 뒤를 졸졸 따라다녔다네. 녀석은 한창 자랄 나이에 제대로 먹지를 못해서 대꼬챙이처럼 빼빼 말라 있었지. 컸다고는 해도 유칭은 아직 어린애였어. 제 엄마가 병 때문에 제대로 걷지도 못하면서 여기저기 푸성귀를 찾아다니는데, 녀석은 그 뒤를 졸졸 따라다니며 시도 때도 없이 칭얼댔지.

"엄마, 배가 고파서 꼼짝도 못 하겠어."

자전이 어디 가서 먹을 걸 구해다 주겠나. 이런 말이나 해줄 수밖에.

"유칭, 가서 물이라도 마셔서 배를 채우렴."

유칭도 연못에 가서 꿀꺽꿀꺽 배가 터지도록 물을 마시는 걸로 허기를 달랠 수밖에 없었지.

펑샤는 호미를 들고 나랑 고구마를 캐러 다녔다네. 밭은 이미 수도 없이 뒤집어엎은 뒤라 더 나올 것도 없었는데, 그래도 마을 사람들은 죄다 다 호미를 들고 나가 땅을 팠지. 하루 종일 파헤쳐도 겨우 문드러진 고구마 덩굴 한 줄기밖에 못 건지는 날도 있었어. 펑샤도 먹은 게 없어서 얼굴이 꺼멓게 죽었지. 게다가 호미질 할 때 보니까 머리가 바닥으로 떨어질 것 같더구먼. 그 아이는 말은 할 줄 모르고 그저 일만 할 줄 알았지. 내가 가는 대로 쪼르르 따라다니면서 말이야. 이런 식으로는 안 되겠다 싶어 따로따로 고구마를 캐러 다녀야겠다고 마음먹었지. 함께 다니는 게 꼭 좋은 방법은 아니니까. 그래서 펑샤한테 수화로 다른 곳으로 가라고 했다네. 누가 알았겠는가. 나와 떨어지자마자 그 애가 사고를 칠 줄을.

펑샤는 마을의 왕쓰라는 사람과 같은 땅에서 고구마를 캐고 있었다네. 왕쓰는 사실 나쁜 사람은 아니야. 내가 징집되어 전쟁에 끌려갔을 때, 왕쓰와 그의 아버지는 종종 자전을 도와 힘든 일을 해주곤 했어. 하지만 사람이 배가 고프면 무슨 짓이라도 하게 되는 법이지. 분명히 펑샤가 캔 고구마인데, 펑샤가 말을 못 한다고 속이려들지 않았겠나. 펑샤가 옷깃으로 고구마에 묻은 흙을 털어내고 있을 때, 그 왕쓰라는 녀석이 고구마를 확 낚아채 갔다네. 평소 순하기 짝이 없는 펑샤지만 그때만큼은 달랐어. 당장에 달려들어 고구마를 뺏더라구. 왕쓰가 꽥꽥 소리를 지르자 옆에 있던 사람들이 그쪽을 돌아봤는데, 그들 눈에는 펑샤가 고구마를 뺏고 있는 걸로 보였겠지. 왕쓰가 나한테 대고 소리를 쳤다네.

"푸구이, 사람이 양심이 있어야지. 굶어 죽는 한이 있어도 남의 물건을 빼앗아선 안 되지."

나는 펑샤가 고구마를 쥐고 있는 왕쓰의 손가락을 기를 쓰고 펴려는 걸 보고 당장 뛰어가 그 애를 떼어냈지. 펑샤는 다급한 마음에 눈물을 뚝뚝 흘렸다네. 그러더니 수화로 왕쓰가 자기 고구마를 뺏어갔다고 알려주더군. 다른 사람들도 어떻게 된 상황인지 알아채고는 왕쓰에게 물었다네.

"자네가 펑샤 걸 뺏은 건가, 펑샤가 자네 걸 뺏은 건가?"

왕쓰는 억울하다는 표정으로 말했지.

"다들 봤잖아요. 펑샤가 내 걸 뺏고 있었잖아요."

"펑샤가 그런 애가 아니라는 건 마을 사람들도 다 알아. 왕쓰, 이 고구마가 정말 자네 거라면 가져가. 자네 게 아니라면 먹고 난 다음 배가 아플 테니까."

그러자 왕쓰는 손가락으로 펑샤를 가리키며 말했어.

"펑샤한테 직접 말해보라고 하세요. 이 고구마가 누구 건지."

펑샤가 말을 못 한다는 걸 알면서도 그 따위로 말을 하니, 온몸이 부들부들 떨릴 정도로 부아가 나더군. 펑샤가 한쪽 옆에서 입을 쫙쫙 벌리며 뭐라고 했지만, 소리는 들리지 않고 눈물이 줄줄 흘러내리는 것만 보였지. 나는 왕쓰한테 손을 휘저으며 말했다네.

"벼락 맞는 게 안 무섭거든 어서 가져가."

왕쓰는 양심에 어긋나는 일을 하고도 얼굴 하나 붉히지 않고, 목을 빳빳이 세운 채 대꾸하더군.

"내 건데 당연히 내가 가져가야죠."

왕쓰는 그렇게 말한 뒤 몸을 획 돌려 떠나갔다네. 그 순간 펑샤가 왕쓰한테 호미를 휘두를 줄 누가 알았겠나. 누군가 소리를 질러 왕쓰를 피하게 하지 않았다면 사람 목숨 하나 날아갈 뻔했지. 왕쓰는 펑샤가 자기를 찍어 누르려는 걸 보고는 손을 뻗어 펑샤를 한 대 쳤다네. 펑샤가 무슨 힘이 있겠나. 한 주먹에 그대로 땅바닥에 나동그라졌지. 그 소리가 마치 사람이 연못에 뛰어들 때 나는 소리 같아서, 그 한 대가 그대로 내 가슴에 쿵 하고 박히는 느낌이었다네. 당장에 달려들어 그 녀석 머리에 주먹을 한 방 날렸더니 머리가 흔들흔들 하더군. 내 손이 다 아플 정도였다니까. 왕쓰가 정신을 차리더니 호미를 들고 달려들기에, 나도 재빨리 피하고는 호미를 휘둘렀지.

마을 사람들이 뜯어말리지 않았다면 둘 중 하나는 결딴나고 말았을 거야. 나중에 대장이 와서 우리가 하는 말을 듣고는 욕을 퍼부었다네.

"돼먹지 못한 놈들, 네놈들이 죽으면 내가 윗사람들을 무슨 얼굴로 보겠어?"

그렇게 한바탕 퍼부어대고는 이렇게 말하더군.

"펑샤는 그럴 사람이 아니고 왕쓰가 뺏는 걸 본 사람도 없으니, 이렇게 하지, 반반씩 나누는 게 어떻겠나?"

대장은 그렇게 말하며 왕쓰에게 손을 내밀어 고구마를 내놓으라고 했지. 왕쓰는 두 손에 고구마를 든 채 못내 아쉬워했다네. 대장이 말했어.

"이리 주게."

왕쓰는 하는 수 없이 울상이 되어 고구마를 대장에게 주었지. 대장은 옆 사람에게 낫을 가져오라 하고는 고구마를 밭둑에 놓았다네. 싹둑 하는 소리와 함께 고구마가 둘로 갈라졌지. 그런데 대장의 손이 공평하지 못해 하나는 아주 크고, 다른 하나는 아주 작았어. 나는 불만스럽게 말했지.

"대장, 이거 어떻게 나눈 거요?"

"이거 쉽지가 않네."

대장은 또다시 싹둑 하고 큰 쪽에서 한 덩어리를 잘라내더니 자기 주머니에 쏙 넣더구먼. 그 덩어리는 대장 차지가 된 거지. 그러고는 나머지 두 쪽을 나와 왕쓰에게 주며 말했다네.

"별 차이 없지?"

사실 고구마 한 덩어리는 우리 식구 모두가 배를 채우기에는 턱없이 부족하지. 하지만 그때는 그렇게 생각하지 않았다네. 물에 빠진 사람이 지푸라기라도 잡는 심정이었어. 집에 양식이 떨어진 지도 한 달이나 되었고, 밭에서 찾아 먹을 수 있는 거라면 모조리 먹어 없앴으니 말일세. 그 시절에는 밥 한 그릇과 목숨을 바꾸라고 하면 나서는 사람이 있었을 거야.

왕쓰와 고구마를 놓고 싸운 다음날, 자전은 지팡이를 짚고 마을 어귀로 갔다네. 나는 밭에서 일하다가 자전이 가는 걸 보고 어디로 가느냐고 물었지.

"성안에 가서 아버지 좀 뵈려고요."

딸이 아버지를 뵈러 간다니 말리고 싶어도 말릴 수가 없었다네. 자전이 애를 쓰며 걸어가는 모습을 보고 내가 말했지.

"펑샤랑 같이 가면 그 아이가 당신을 돌봐줄 수 있을 텐데."

자전은 그 말에 뒤도 안 돌아보고 말하더군.

"펑샤는 갈 필요 없어요."

그 무렵에는 자전이 걸핏하면 성을 내던 터라 나는 더 이상 말하지 않고, 그녀가 느릿느릿 성안으로 걸어가는 걸 바라만 봤지. 자전은 너무 말라서 몸에 살이라고는 하나도 없는 것 같았어. 원래 꼭 맞던 옷이 어느새 헐렁해져서 바람에 이리저리 날렸다네.

나는 자전이 성안에 먹을 걸 구하러 간 줄은 몰랐어. 자전은 하루를 보내고도 저녁 무렵이 되어서야 돌아왔다네. 돌아올 때는 제대로 걷지도 못했지. 펑샤가 먼저 자전을 발견하고는 내 옷을 잡아당겼다네. 몸을 돌려보니 자전이 길에 서서 몸을 지팡이에 의지한 채 우리를 향해 손을 흔들고 있었지. 그녀가 팔을 들어 올리는데, 머리가 어깨에서 떨어져 내릴 것 같더구면.

나는 얼른 그쪽으로 뛰어갔지. 내가 가까이 다가가자 자전의 몸이 확 풀어지더니 땅바닥에 풀썩 주저앉더군. 자전은 두 손을 지팡이에 기댄 채 기어 들어가는 목소리로 날 불렀어.

"푸구이, 이리 와요, 이리."

부축해 일으키자 내 손을 자기 가슴으로 가져갔다네. 그러고는 숨을 헐떡거리며 말했지.

"만져봐요."

나는 자전의 가슴을 만져보고는 깜짝 놀라 얼이 빠진 듯 서 있었지. 작은 쌀자루가 만져졌거든.

"쌀이네."

자전은 울음을 터뜨렸다네.

"아버지가 주신 거예요."

그 시절에 쌀 한 자루면 산해진미라고 할 수 있었지. 온 집안 식구가 한두 달 동안 쌀 맛을 전혀 보지 못했으니, 그 기쁨이란 이루 다 말할 수 없을 정도였다네. 나는 펑샤한테 자전을 부축해서 빨리 집으로 돌아가라 하고는 유칭을 찾으러 갔지. 유칭은 그때 연못가에 누워 있었는데 배 터지게 물을 퍼 마신 참이었어.

"유칭! 유칭!"

녀석은 목을 옆으로 기울이면서 맥없는 목소리로 대답했지. 나도 목소리를 낮춰 말했다네.

"빨리 집에 가서 죽 먹자."

죽 먹자는 소리를 듣더니 어디서 힘이 났는지, 녀석이 벌떡 일어나 소리를 치더군.

"죽을 먹어요?"

나는 깜짝 놀라 황급히 말했지.

"좀 작게 말해."

자전이 옷 속에 쌀을 감춰 온 건 남들이 눈치채지 못하게 하기 위해서였다네. 모든 식구가 집으로 돌아온 뒤 나는 문을 닫고 빗장을 걸었지. 그제야 자전은 안심하고 가슴 속에서 작은 쌀자루를 꺼냈어. 그중의 반을 솥에 쏟아 넣고 물을 부은 다음 펑샤가 불을 때서 죽을 끓였다네. 그러고는 유칭에게 문 뒤에 서서 틈새로 마을 사람들이 오는지 안 오는지 살펴보라고 했지. 물이 끓으니 쌀 냄새가 온 집 안을 가득 채웠다네. 유칭은 참다못해 솥 앞으로 달려와 코를 킁킁거리며 냄새를 맡았지.

"냄새 좋다."

나는 녀석을 끌어내며 말했다네.

"문 뒤에 가서 망봐."

녀석은 잽싸게 밥 냄새를 두 번 들이마신 다음에야 문 뒤로 갔지. 그 모습을 지켜보던 자전이 웃으며 말했어.

"마침내 당신과 아이들한테 맛있는 밥 한 끼를 먹일 수 있게 됐네요."

그렇게 말하는 자전의 눈에서 또다시 눈물이 흘러내렸지.

"이 쌀은 우리 아버지 이 사이에서 빼온 거예요."

바로 그때 누군가 문 앞으로 걸어와 부르는 소리가 들렸어.

"푸구이."

우리는 기겁을 해서 숨도 제대로 못 쉬었지. 유칭은 그 자리에 서서 허리를 구부린 채 꼼짝도 하지 않았고 말이야. 오로지 펑샤만 히히 웃으며 아궁이에 장작을 넣고 있었다네. 그 소리를 듣지 못했으니까. 나는 펑샤의 어깨를 탁탁 치면서 살살 하라고 했지. 집 안에서 아무 소리도 나지 않자 밖에 있던 사람은 아주 기분 나쁘다는 투로 한마디 내뱉더군.

"굴뚝에선 휘휘 연기가 나는데 안에서 대답하는 사람이 없네."

조금 있으니 그 사람이 그냥 돌아가는 것 같았어. 유칭이 다시 문 뒤로 가서 바깥을 살펴보고는 소곤대듯 우리에게 알려줬다네.

"갔어요."

그제야 나와 자전은 휴 하고 한숨을 내쉬었지. 죽이 다 끓고, 드디어 우리 네 식구는 식탁에 둘러앉아 김이 모락모락 나는 쌀죽을 마셨다네. 내 평생 그렇게 향기로운 죽은 처음이었어. 그 맛을 생각하면 지금도 군침이 돌 정도라니까. 유칭은 너무 급히 마시는 바람에 제일 먼저 그릇을 비우고 입을 크게 벌린 채 할딱거리며 숨을 몰아쉬었지. 녀석은 입 안이 아직 여려서 그런지 물집이 몇 개씩이나 생겨 그 뒤로 며칠 동안 고생깨나 했다네. 우리가 죽을 다 마셨을 때쯤 대장 무리들이 찾아왔지.

마을 사람들 모두 한두 달 동안 쌀은 구경도 못한 터에, 우리 집이 문은 잠겨 있는데 굴뚝에서 훅훅 연기가 뿜어져 나오는 걸 보게 된 거라네. 방금 누군가 와서 문을 두드렸을 때 아무 대답이 없었으니 돌아가 그 얘기를 전했을 거 아니겠나. 그렇게 해서 한 무리의 사람들이 대장을 앞세워 찾아왔다네. 우리 집에 뭔가 맛있는 게 있을 거라 추측하면서 한 입이라도 얻어먹을까 하고 왔던 거지. 대장은 집 안으로 들어서자마자 코를 이리저리 킁킁대며 물었어.

"뭘 끓여 먹었기에 이렇게 냄새가 좋을까?"

나는 계면쩍게 웃으며 아무 말도 하지 않았다네. 내가 입을 떼지 않자 대장도 더 이상 묻지 않더군. 자전이 그들을 불러 앉으라고 했지만, 몇몇 점잖지 못한 사람들이 솥뚜껑을 열어보기도 하고 이부자리를 들춰보기도 했지. 다행히 남은 쌀은 자전이 다시 가슴 속에 깊이 감추었으니 그렇게 다 뒤집어도 겁날 건 없었어. 대장은 그 꼴을 계속 볼 수 없었던지 그들에게 이렇게 말하더군.

"당신들 뭐 하는 거야? 여긴 남의 집이라구. 나가! 나가란 말이야! 못된 자식들, 모두 나가!"

대장은 그들을 쫓아낸 뒤 자기가 직접 가서 문을 걸어 잠갔다네. 그러더니 먼저 친한 척하는 것도 없이 대뜸 얼굴을 들이대며 이러는 게 아니겠나.

"푸구이! 자전! 맛있는 게 있거든 나한테도 한 입만 주게나."

나는 자전을 쳐다보았고, 자전은 나를 쳐다보았지. 평소에 대장은 우리한테 잘해주기도 했고, 또 이렇게 코앞에서 애걸을 하는데 어떻게 들어주지 않을 수 있겠나. 자전은 가슴 속에서 그 작은 쌀자루를 꺼내 대장에게 쌀을 조금 집어 주며 말했다네.

"대장님, 이 정도밖에 못 드려요. 가져가서 끓여 드세요."

"충분하지. 충분하구말구."

대장은 자전에게 쌀을 자기 주머니에 넣으라 하고는 주머니를 단단히 쥐고 허허거리며 돌아갔다네. 대장이 나가자마자 자전은 눈물을 흘렸지. 그 쌀 한 줌이 아까웠던 거야. 자전이 우는 걸 보며 나는 연거푸 탄식이나 할 뿐이었다네.

벼를 거둘 때까지는 줄곧 그런 나날들을 견뎌내야 했어. 흉년이라고는 해도 어쨌든 양식이 생겼으니 형편이 갑자기 나아졌지. 하지만 자전의 병은 갈수록 심해졌다네. 나중에는 몇 발짝도 못 걸을 정도가 됐지. 그 끔찍했던 한 해가 자전을 그 지경으로 망가뜨렸던 거야. 그래도 자전은 체념하지 않았어. 밭일은 못해도 집안일은 하려고 들었지. 벽을 잡고 다니며 여기저기를 쓸고 닦았다네. 어느 날에는 넘어진 뒤 어떻게 일어나야 할지 몰라 평샤와 내가 일을 마치고 돌아올 때까지 바닥에 누워 있었는데, 얼굴이 전부 쓸리고 벗겨져 있더라구. 자전을 침대로 안고 가 눕히자, 평샤가 수건을 가져와 얼굴에 묻은 피를 닦아주었지. 나는 자전에게 이렇게 말했다네.

"당신 앞으로는 침대에 누워 있어."

자전은 고개를 숙인 채 가녀린 목소리로 말했어.

"내가 기어다니지도 못할 줄은 정말 몰랐어요."

자전은 확실히 단단한 여자라, 그때까지도 힘들다는 소리 한마디 하지 않았지. 그렇게 침대에 앉아서 생활하면서도 나한테 집에 있는 찢어진 옷을 전부 침대 옆에 가져다 놓으라고 했다네.

"할 일이 있으면 마음이 편해요."

그러고는 그 찢어진 옷들을 다 뜯고 꿰매어 평샤와 유칭에게 옷을 만들어줬다네. 두 아이한테 입혀보니 새것이나 다름없더군. 나중에야 나는 자전이 자기 옷까지 뜯어서 애들 옷을 만들었던 걸 알았지. 내가 불같이 화를 내자 그녀가 웃으며 말했다네.

"옷은 안 입으면 빨리 못 쓰게 돼요. 내가 그 옷들을 못 입게 됐다고 옷까지 못 쓰게 만들 수는 없잖아요."

자전은 나한테도 한 벌 만들어주겠다고 했지. 그런데 옷을 다 만들기도 전에 바늘 쥘 힘도 없게 될 줄은 꿈에도 몰랐다네. 그때 평샤와 유칭은 이미 잠이 들었고, 자전은 등잔불 밑에서 내 옷을 꿰매고 있었지. 피곤해서 얼굴이 온통 땀으로 흠뻑 젖었더라구. 내가 몇 번이나 그만 가서 자라고 등을 떠밀었지만, 자전은 숨을 헐떡이며 고개를 저었다네. 거의 다 됐다면서 말일세. 그러다 결국 바늘을 떨어뜨렸지. 자전은 손을 부들부들 떨면서 다시 바늘을 쥐려고 했는데, 몇 번이나 애를 써도 제대로 쥐지를 못하더구먼. 내가 바늘을 주워 건네주자 잘 쥐는가 싶더니 또 떨어뜨리고 말았다네. 자전은 눈물을 흘렸지. 병이 난 뒤로는 처음으로 우는 거였어. 자기가 더 이상 일을 할 수 없다는 걸 알게 된 거지.

"나는 폐인이에요. 이제 무슨 희망이 있겠어요?"

소매로 눈물을 닦아주는데, 얼굴이 어찌나 말랐던지 뼈란 뼈는 다 튀어나와 있더군. 나는 피곤해서 그런 거라며, 그렇게 일을 하면 병이 없는 사람도 못 견딜 거라 했지. 또 펑샤가 벌써 다 커서 벌어오는 돈도 옛날에 당신이 벌어오던 것보다 더 많은데, 돈 때문에 마음 졸일 필요가 뭐 있냐고 위로했지. 그랬더니 자전이 이렇게 말하더군.

"유칭은 아직 어려요."

그날 저녁 내내 자전은 눈물을 그치지 않고 몇 번씩이나 신신당부를 했다네.

"나 죽은 다음에 마대로 싸지 마세요. 마대는 옭매듭으로 되어 있어서 저세상에서 풀기 어려울 거예요. 그냥 깨끗한 천이면 돼요. 땅에 묻기 전에 내 몸 좀 씻겨 주고요."

그러고는 계속 말을 이어갔지.

"펑샤는 다 컸어요. 그 아이한테 혼처를 찾아줄 수 있다면 죽어도 여한이 없을 텐데. 유칭은 아직 어리고 철이 없어요. 자꾸 때리지 마세요. 그냥 겁만 줘도 된다구요."

자전이 뒷일을 부탁하는 걸 들으니 마음이 어찌나 쓰리고 아팠는지 모르네. 나는 이렇게 말했지.

"이치대로라면 나는 옛날에 죽었어야 해. 전쟁 때 그렇게 많은 사람이 죽었는데 유독 나만 안 죽었잖소. 그건 바로 내가 매일같이 살아서 집에 돌아가 가족들을 만나야 한다고 속으로 주문을 건 덕분이지. 그런데 당신은 우리를 이렇게 쉽게 버리겠다는 거야?"

내 말이 아주 쓸모없지는 않았는지, 다음날 눈을 떠보니 자전이 나를 찬찬히 바라보고 있다가 가녀린 목소리로 말하더군.

"푸구이, 나 죽고 싶지 않아요. 당신이랑 애들 얼굴 매일 보고 싶어요."

자전은 침대에서 며칠 누워 있으면서 아무것도 하지 않았는데, 그러자 서서히 기력이 돌아왔다네. 다시 어딘가에 기대어 앉을 수 있을 정도가 되니까, 몸이 많이 좋아졌다며 내심 기뻐하는 눈치더군. 그러자 또 밭에 나가 일을 하려고 드는 게 아니겠나. 나는 허락하지 않았지.

"앞으론 몸을 피곤하게 해서는 안 돼. 기력을 좀 남겨둬야 살 날이 많아진다구."

그해 유칭은 5학년이었네. 엎친 데 덮친 격이란 말이 딱 맞았지. 나는 자전이 그 지경이 됐으니 유칭이 어서 좀 커줬으면 했는데 녀석은 성적이 아주 엉망이었어. 그래서 내심 그 애를 굳이 중학교에 보내지 않고, 초등학교만 졸업하면 나랑 밭에 나가 일을 해서 돈을 벌게 할 생각을 하고 있었지. 그런데 말이야. 자전의 건강이 조금씩 나아진다 했더니 이번엔 유칭이 사고를 당했다네.

그날 오후 유칭네 학교 교장, 그러니까 현장 댁 부인이 병원에서 아이를 낳다가 피를 아주 많이 흘렸어. 한쪽 발은 저세상에 들여놓은 거나 다름없었지. 학교 선생들은 곧바로 5학년 학생들을 운동장에 집합시켜 병원에 가서 헌혈을 하도록 했다네. 아이들은 교장 선생님한테 헌혈한다는 얘기를 듣고는 모두 명절이라도 지내는 듯 신이 났지. 사내 아이 몇 명은 그 자리에서 소매를 걷어 붙이기까지 했다더군. 아이들이 교문을 나서자, 유칭은 신발을 벗어 들고 병원으로 달려갔다네. 사내아이 네다섯이 그 뒤를 따라 뛰어갔고 말이야. 우리 아들이 제일 먼저 병원에 도착했다더군. 다른 애들까지 모두 도착한 뒤에 유칭은 제일 앞줄에 서서 우쭐거리며 선생한테 말했다네.

"제가 일등으로 왔어요."

그러나 선생은 아이를 끌어내 한바탕 호통을 쳤다더군. 규율을 지키지 않았다는 거야. 결국 유칭은 한쪽 구석에 서서 다른 아이들이 차례로 피검사를 하는 걸 바라보는 수밖에 없었지. 그렇게 열 명도 넘게 검사를 했는데 교장 선생이랑 맞는 피가 하나도 없었다더라구. 유칭은 그걸 계속 지켜보면서 애가 탔겠지. 그러다 자기가 제일 끝에 검사를 받으면 헌혈을 못 하게 될 수도 있으니까. 결국 선생 앞에 가서 쭈뼛거리며 말했지.

"선생님, 잘못했어요."

선생은 "응" 소리를 냈을 뿐 거들떠보지도 않았다네. 그러는 사이에 두 명이 더 검사를 받으러 들어가 유칭은 또다시 기다려야 했지.
그때 분만실에서 마스크를 쓴 의사가 나와 피검사를 하는 남자한테
소리를 쳤다네.

"피는? 피는?"

피검사를 하던 남자가 말했다네.

"혈액형이 다 안 맞아요."

그러자 의사가 다급하게 외쳤지.

"빨리 가져와요. 심장 박동이 멎으려고 한단 말이야."

보다 못한 유칭이 다시 선생 앞으로 가서 물었다네.

"제 차례 아닌가요?"

선생은 유칭을 보고는 손을 휘저으며 말했지.

"들어가 봐라."

유칭의 혈액형을 검사해보니 공교롭게도 들어맞았다더군. 아이는
얼굴이 온통 새빨개질 정도로 좋아하며 입구로 뛰어가 밖에 있는 사
람에게 소리쳤다네.

"내 피를 뽑아가세요."

조금만 뽑아야 하는 걸, 병원 사람들은 현장 부인의 목숨을 구해
야 한다며 내 아들의 피를 한없이 뽑아댔다네. 계속 그렇게 뽑아대
니 유칭의 얼굴은 하얘졌겠지. 그런데도 녀석은 기를 쓰고 버티며
아무 말도 하지 않은 거야. 나중에 입술까지 하얘지고 나서야 부들
부들 떨면서 입을 열었지.

"어지러워요."

글쎄, 피를 뽑는 사람이 이랬다는군.

"피를 뽑으면 원래 다 어지러운 거란다."

그때 유칭은 이미 가망이 없는 상태였는데도, 의사는 여전히 피가 부족하다고 했지. 피를 뽑던 그 개 같은 놈은 얼마나 멍청한 녀석인지 내 아들 피를 아주 싹 뽑아내고야 말았어. 유칭의 입술이 새파래졌는데도 그 자식은 멈추지 않고 계속 뽑아댔지. 유칭의 머리가 바닥으로 떨어지고 나서야 당황해서 의사를 불러온 거야. 의사는 바닥에 주저앉아 청진기를 대보더니 이렇게 말했다더군.

"심장 박동이 완전히 멎었소."

의사는 별일 아니라는 듯 그 피 뽑던 자식한테 욕이나 한마디 할 뿐이었지.

"정말 시끄럽게 구는군."

그러고는 곧장 현장의 아내를 구하러 분만실로 들어갔지.

그날 저녁 일을 마무리하고 있는데, 유칭이랑 같은 학교에 다니는 옆 마을 아이가 헐레벌떡 뛰어오더군. 아이는 우리 앞에까지 달려와 목이 터져라 소리를 쳤다네.

"누가 쉬유칭의 아버지세요?"

그 소리를 듣고 가슴이 철렁 내려앉았지. 유칭에게 무슨 일이 생긴 건 아닐까 조바심을 내던 차에 그 아이가 또 소리를 쳤다네.

"어느 분이 그 애 어머니세요?"

나는 얼른 대답했다네.

"내가 유칭 아빠다."

아이는 나를 보더니 코를 문지르며 말했어.

"맞다, 아저씨죠. 우리 교실에 오신 적 있죠?"

내 심장이 거의 터져버릴 지경이 돼서야 아이는 말을 꺼내더군.

"쉬유칭이 죽게 생겼어요. 병원에서요."

나는 눈앞이 캄캄해져 아이한테 물었다네.

"너 뭐라고 했니?"

"빨리 병원으로 가보세요. 쉬유칭이 죽어간다니까요."

호미를 내던지고 성안으로 달려가는데, 심란해서 미쳐버릴 것만 같았지. 점심에 학교에 갈 때까지만 해도 멀쩡했는데 지금은 죽어가고 있다니. 머릿속이 윙윙거릴 정도로 정신없이 아이 이름을 부르며 병원으로 뛰어갔다네. 처음으로 마주친 의사를 붙들고 다짜고짜 물었지.

"우리 아들은요?"

"내가 당신 아들을 어찌 알겠소?"

그 소리를 듣자 나는 속으로 잘못 안 게 아닌가 싶었네. 그렇다면 정말 너무나 잘된 일 아니겠나.

"어떤 아이가 와서는 우리 아들이 죽어간다고 나더러 병원으로 가보라 했단 말이오."

그러자 그냥 가려던 의사가 멈춰 서더니 나를 바라보며 묻더군.

"아들 이름이 뭐요?"

"유칭이오."

그는 손을 뻗어 제일 끝에 있는 방을 가리키며 말했네.

"저기로 가서 물어보시오."

그 방으로 달려가 보니 한 의사가 안쪽에 앉아 뭔가를 쓰고 있더군. 나는 두근두근 뛰는 가슴을 안고 다가가 물었지.

"의사 선생님, 제 아들 아직 살아 있나요?"

의사는 고개를 들고 나를 한참 바라보고 나서야 물었다네.

"쉬유칭을 말하는 거요?"

내가 황급히 고개를 끄덕이자 의사는 또다시 묻더군.

"아들이 몇이오?"

그 말에 다리가 확 풀려버렸다네. 그 자리에 그대로 선 채 부들부들 떨며 말했지.

"하나뿐이오. 제발 내 아들을 살려주시오."

의사는 고개를 끄덕이며 알겠다는 표시를 하더니만, 금방 또 이렇게 말했네.

"왜 아들을 하나만 낳았소?"

내가 뭐라고 답을 하겠나? 다급한 마음에 다시 한번 물었지.

"우리 아들 아직 살아 있나요?"

그가 고개를 가로저으며 말했어.

"죽었소."

순간적으로 의사는 눈에 보이지 않고, 머릿속이 온통 까매지면서 눈물이 줄줄 쏟아졌지. 한참 후에야 의사한테 물었다네.

"내 아들은 어디 있소?"

유칭은 작은 방 안에 혼자 누워 있었는데, 침대는 벽돌을 쌓아 만든 것이더군. 내가 들어갔을 때는 날이 아직 어둡지 않아서, 유칭의 작은 몸이 그 위에 누워 있는 모습이 그대로 눈에 들어왔지. 그 애 몸은 빼빼 마른 데다 작기까지 했어. 입고 있는 옷은 자전이 마지막으로 만들어준 거더구먼. 내 아들은 눈을 감고, 입술도 굳게 다물고 있었다네. "유칭! 유칭!" 하며 몇 번이고 불렀지만 유칭은 꼼짝도 하지 않았어. 그제야 내 아들이 진짜 죽었구나 싶었지. 와락 품에 안아보니 몸이 뻣뻣하게 굳어 있더군. 점심에 학교에 갈 때는 쌩쌩하게 살아 있었는데, 저녁에는 뻣뻣하게 굳어 있다니. 아무리 생각해도 이해할 수가 없었네. 분명히 다른 아이일 거란 생각에 보고 또 보고, 빼쩍 마른 어깨를 어루만져보기도 했는데 틀림없는 내 아들이었어. 정신없이 우느라 체육 선생이 온 것도 몰랐다네. 그 사람도 유칭을 보고는 울면서 말했지.

"이럴 수가, 이럴 수가."

체육 선생은 내 옆에 와 앉았다네. 우리 두 사람은 곧 마주 보며 엉엉 울었지. 내가 유칭의 얼굴을 만지면 선생도 함께 만졌지. 한참 지난 뒤에야 문득 생각이 나더군. 그때까지 난 내 아들이 왜 죽었는지도 모르고 있었던 거야. 체육 선생에게 물어보니 피를 뽑다가 죽었다더군. 그 순간 난 어떤 자식인지 잡아와 죽이고 싶은 생각에 아들을 한쪽에 눕혀놓고 병실을 뛰쳐나갔다네. 다른 병실로 쳐들어가 어떤 의사의 멱살을 잡아채서는 그가 누군지 알아보지도 않고 얼굴에 주먹을 한 방 날렸지. 의사는 그대로 바닥에 나동그라졌다네. 거기다 대고 소리를 질렀지.

"네가 우리 아들을 죽였지."

고래고래 소리를 지른 다음, 다리를 들어 그 사람을 냅다 차버렸어. 누군가 나를 확 끌어안기에 고개를 돌려보니 체육 선생이더군.

"놔요."

"이러시면 안 됩니다."

"저 자식을 죽여버리고 말 거야."

체육 선생이 끌어안는 바람에 나는 몸을 뺄 수가 없었지. 그래서 울면서 애원했다네.

"당신이 유칭에게 잘해줬다는 거 압니다. 제발 나를 좀 놔줘요."

그러나 체육 선생은 죽을힘을 다해 나를 끌어안고 있었네. 하는 수 없이 팔뚝으로 그를 마구 때렸는데, 그래도 날 놓아주지 않더군. 선생은 그 의사에게 일어나 도망가라고 했지. 그때 사람들이 몰려와 우리를 에워쌌다네. 나는 그 속에서 의사 둘을 발견하고는 체육 선생에게 말했어.

"제발 나 좀 풀어주시오."

힘이 센 체육 선생이 꽉 안고 있으니 꼼짝도 할 수 없더군. 팔뚝으로 쳐도 별로 아프지 않은지 계속 같은 말만 했다네.

"이러지 마시라니까요."

그때 중산복(중국의 정치가 쑨원이 고안한 옷으로 주름이나 장식을 배제한 단순한 디자인으로 실용성을 강조했고, 남녀노소 누구나 입을 수 있어 평등 사상을 표현했다)을 입은 남자가 다가와 체육 선생한테 나를 풀어주라고 하더니 나한테 물었다네.

"당신이 쉬유칭의 아버지요?"

나는 그 사람은 쳐다보지도 않고, 체육 선생이 풀어주자마자 한 의사 앞으로 덮칠 듯이 뛰어갔다네. 그 의사는 몸을 돌려 도망갔지. 그 순간 누군가 그 중산복 입은 남자를 현장이라고 부르는 소리를 들었다네. '이 인간이 현장이라면, 이 인간 부인이 내 아들 목숨을 가져간 거로구나' 하는 생각에 다리를 들어 그 자식의 배를 냅다 걷어찼지. 현장은 헉 소리를 내며 땅바닥에 주저앉았어. 그러자 체육 선생이 다시 나를 끌어안고는 고함을 치더군.

"저분은 류 현장이시오."

"내가 죽이려는 사람이 바로 현장이오."

다리를 다시 들어 올리는데 현장이 갑자기 묻더라구.

"당신, 푸구이 아니오?"

"내 오늘 무슨 일이 있어도 널 죽이고 말 거야."

현장이 자리에서 일어서며 내게 말했어.

"푸구이, 나 춘성이에요."

그 소리에 나는 순간 멍해지고 말았네. 한참을 쳐다보니, 보면 볼수록 춘성이랑 닮았더라구.

"자네 정말 춘성이구먼."

춘성은 앞으로 다가와 나를 보고 또 보더니 말했네.

"푸구이가 맞군요."

춘성을 만나니 화가 많이 사그라지더군. 나는 울면서 그에게 말했지.

"춘성, 자네 키도 크고 살도 좀 붙었구먼."

춘성도 눈이 벌개져서 말했다네.

"푸구이, 나는 당신이 죽은 줄 알았어요."

"나 안 죽었어."

"나는 당신이 라오취안처럼 죽었을 거라고 생각했어요."

라오취안의 이름이 나오자 우리는 둘 다 꺼이꺼이 울었다네. 한바탕 울고 난 뒤 춘성에게 물었지.

"다빙은 찾았나?"

춘성이 눈물을 훔치며 말했어.

"아뇨. 그걸 아직도 기억해요? 그렇게 나가서는 곧 포로로 잡혔어요."

"만터우는 먹었나?"

"먹었어요."

"나도 먹었네."

그런 이야기를 나누며 둘 다 웃었다네. 한참을 웃다 보니 죽은 아들 녀석이 떠오르더군. 그래서 눈을 비비고는 다시 울기 시작했지. 그러자 춘성이 내 어깨에 손을 얹었다네. 내가 말했지.

"춘성, 내 아들이 죽었어. 나한텐 아들이 그 애 하나뿐이었네."

춘성은 한숨을 쉬며 말했어.

"하필이면 왜 형님 아들이에요."

유칭 혼자 그 작은 방에 누워 있다는 생각을 하니 마음이 아프더군. 그래서 춘성에게 말했네.

"아들을 보러 가야겠네."

더 이상 누군가를 죽이고 싶지는 않았지. 춘성이 갑자기 나타날 줄 누가 알았겠나. 나는 몇 걸음 가다가 고개를 돌려 춘성에게 말했다네.

"춘성, 자네는 나한테 목숨 하나를 빚진 거라네. 다음 생에서 꼭 돌려주게나."

그날 저녁 나는 유칭을 안고 집으로 갔다네. 가다 서다를 반복하다가, 힘이 들어 등에 업었는데 당황스러운 느낌을 떨칠 수가 없어 다시 앞으로 고쳐 안았지. 아들을 보지 않고는 견딜 수 없었거든. 서서히 마을 어귀가 눈에 들어오자 갈수록 발이 떨어지지 않더군. 이 일을 자전한테 어떻게 말해야 하나 걱정이었지. 유칭이 죽었다는 걸 알면 자전도 오래 살지 못할 텐데. 자전은 이미 병이 중한 상태 아니었나. 마을 어귀의 밭둑에 앉아 아들 녀석을 다리에 올려놓고 바라보고 있노라니 울음을 참을 수가 없더군. 한바탕 울고 나니 자전한테 어떻게 말할지가 또 걱정스러웠다네. 이 궁리 저 궁리 끝에 우선 자전을 속이는 게 낫겠다고 판단했지. 유칭을 밭둑에 내려놓고 집으로 돌아가 몰래 호미를 가지고 나왔다네. 다시 유칭을 안고 아버지와 어머니 무덤 앞에 가서 구덩이를 팠지.

그 구덩이에 유칭을 묻으려 했는데 차마 그렇게는 못하겠더라구. 아버지, 어머니 무덤 앞에 앉아 아들을 끌어안고는 손을 풀지 못하고 있었지. 녀석의 얼굴을 내 목에 대보니 얼음덩어리가 목을 내리누르는 것 같았어. 밤바람이 정수리에 내려앉은 나뭇잎을 쉭쉭 날려

보냈지. 유칭의 몸도 이슬에 흠뻑 젖었다네. 유칭이 낮에 학교로 가던 모습만 떠올랐지. 책가방이 등 뒤에서 덜렁덜렁 흔들거리던 모습 말일세. 유칭이 이젠 더 이상 말도 할 수 없고, 신발을 들고 뛸 수도 없다는 생각이 들자 가슴이 갈기갈기 찢어지는 것만 같았다네. 너무 아파서 울음도 나오지 않더구먼. 그냥 그렇게 앉아서 날이 서서히 밝아오는 걸 바라보았지. 잠시 후 유칭을 어서 묻지 않으면 안 되겠다는 생각이 들어 옷을 벗었어. 소매통을 찢어 유칭의 눈을 가리고, 옷으로 몸을 감싸 구덩이 속에 내려놓았지. 그런 다음 아버지 무덤 앞에 가서 말했다네.

"유칭이 곧 그리로 갈 테니 잘 대해주세요. 저는 그 애가 살아 있을 때 잘해주지 못했어요. 두 분이 저 대신 그 애를 아껴주세요."

구덩이 속에 누워 있는 유칭은 보면 볼수록 작아 보였다네. 13년이나 산 아이라기보다는 자전이 이제 막 낳은 아이 같았어. 손으로 흙을 퍼서 그 위를 덮고 작은 돌맹이들을 골라냈지. 행여 그것들이 유칭의 몸을 아프게 하지는 않을까 걱정이 됐거든. 유칭을 묻고 나니 어슴푸레 날이 밝아왔지. 천천히 집으로 걸어가면서 몇 걸음마다 한 번씩 뒤를 돌아봤다네. 그렇게 걸어서 대문 앞에 이르니, 이제 더 이상 아들을 볼 수 없다는 생각에 울음이 터져 나왔지. 하지만 자전이 들을까 봐 입을 틀어막고 그 자리에 주저앉았다네. 그렇게 한참을 앉아 있다가 사람들이 일하러 가는 소리를 듣고서야 일어나 집으로 들어갔지. 평샤가 문 옆에 서 있다가 눈을 동그랗게 뜨고 나를 쳐다보더군. 그 애는 아직 동생이 죽었다는 사실을 모르고 있었지. 이

윗마을의 아이가 소식을 전할 때, 평샤도 같이 있긴 했지만 들을 수가 없었으니 말이야. 자전이 침대에서 나를 부르기에 그쪽으로 가서 말했다네.

"유칭이 사고를 당해서 병원에 누워 있다오."

자전은 내 말을 믿는 것 같았어.

"무슨 사고를 당했는데요?"

"나도 잘 모르겠어, 수업 중에 갑자기 쓰러져서 병원으로 보냈는데, 의사 말이 이런 병은 치료하려면 여러 날이 걸린다더군."

자전은 금방 상심한 얼굴이 되더니, 어느새 눈가에서 눈물이 솟아났다네.

"피곤해서 그런 거예요. 내가 유칭을 피곤하게 한 거라구요."

"아니야. 피곤하다고 그렇게 되지는 않아."

자전은 나를 보며 또 물었어.

"당신 눈이 퉁퉁 부었어요."

나는 고개를 끄덕이며 대답했지.

"응, 밤새 한숨도 못 잤거든."

그렇게 말하고는 얼른 문 밖으로 빠져나왔네. 유칭은 이제 막 땅에 묻혀서 아직 몸이 식지도 않았잖은가. 자전과 더 이상 이야기를 했다가는 나 자신을 억제할 수 없을 것 같더군.

그날부터 나는 낮에는 밭에서 일하고, 저녁이 되면 자전에게 성안에 가서 유칭이 좀 나아졌는지 보고 오겠다고 했지. 그러고는 천천히 성 쪽으로 걸어가다가 날이 어둑어둑해지면 발길을 돌려 유칭의 무덤 앞에 가서 우두커니 앉아 있곤 했다네. 밤이 깊어져 바람이 얼굴 위로 불어오면 죽은 아들과 두런두런 이야기를 나누었지. 소리가 바람을 타고 이리저리 떠다니는 탓인지 내 목소리가 아닌 것 같았어. 그렇게 한밤중까지 앉아 있다가 집으로 돌아왔다네. 처음 며칠 동안 자전은 내가 돌아오기를 눈이 빠지도록 기다리다가 집에 들어가기가 무섭게 유칭이 좀 나아졌냐고 묻곤 했지. 나는 되는 대로 말을 지어내 그 사람을 속였고. 그렇게 며칠이 지난 어느 날 집에 돌아가 보니 자전이 잠들어 있더군. 눈을 감고 한쪽에 누워 있었지. 그렇게 계속 속이는 게 좋은 방법이 아니란 건 잘 알았지만, 그때는 그렇게 할 수밖에 없었네. 하루하루 되는 대로 거짓말을 했지. 유칭이 아직 살아 있다고 믿게 할 수만 있으면 다른 건 상관없었어.

어느 날 저녁, 유칭의 무덤에서 집으로 돌아와 자전 옆에 누웠는데 자고 있던 자전이 갑자기 이렇게 말하는 게 아닌가.

"푸구이, 나 살 날이 얼마 안 남은 것 같아요."

순간 가슴이 철렁 내려앉아 자전의 얼굴을 쓰다듬었는데 온통 눈물로 범벅이 됐더라구. 자전은 또 이렇게 말했지.

"펑샤를 잘 돌봐줘야 해요. 펑샤가 제일 걱정이에요."

그 사람이 유칭 얘기를 꺼내지 않으니까 순간적으로 마음이 얼마나 심란했는지 모르네. 위로의 말이라도 몇 마디 하고 싶었는데 아무 말도 나오지 않더구먼.

다음날 저녁, 평소와 다름없이 유칭을 보러 성안에 다녀오겠다고 했더니 자전은 거기 가지 말고 자기를 업고 마을이나 한 바퀴 돌자고 하더군. 그래서 평샤한테 엄마를 안아서 내 등에 올려달라고 했지. 자전은 갈수록 말라서 온몸에 뼈만 남은 것 같았다네. 문을 나서자마자 자전이 말했어.

"마을 서쪽으로 가고 싶어요."

거기는 유칭이 묻혀 있는 곳이었지. 입으로는 그러자고 했지만, 두 다리가 말을 듣지 않아 마을 동편 어귀 쪽으로 하염없이 걸어갔다네. 그때 자전이 작은 목소리로 말했지.

"푸구이, 더 이상 나를 속이지 마세요. 나 유칭이 죽었다는 거 알아요."

자전의 말에 나는 그 자리에 우뚝 선 채 꼼짝도 할 수가 없었다네. 다리도 확 풀려버렸지. 그러고 있는데 목 주변이 서서히 젖어들더군. 자전의 눈물이었네.

"유칭을 보러 가게 해주세요."

더 이상은 속일 수 없겠다는 생각에 그녀를 업고 마을 서쪽으로 갔지. 자전이 낮은 목소리로 알려주더군.

"밤마다 당신이 마을 서쪽에서 돌아오는 소리를 듣고 유칭이 죽었다는 걸 알았어요."

유칭의 무덤 앞에 이르자 자전은 등에서 내려달라고 하더니, 무덤 위에 그대로 엎어졌다네. 눈물이 비 오듯 쏟아졌고, 무덤 위에 놓은 두 손은 꼭 유칭을 쓰다듬는 듯했지. 하지만 기력이 없어 손가락 몇 개를 꼼지락거릴 뿐이었어. 그런 모습을 보니 괴로워서 숨이 턱 막혀버릴 것 같더구먼. 그렇게 몰래 묻어서 자전이 마지막으로 아들 녀석 얼굴 한번 못 보게 하면 안 되는 거였는데.

자전은 날이 어두워질 때까지 그대로 엎드려 있었지. 난 밤이슬이 그 사람 몸을 상하게 할까 봐 억지로 등에 업었다네. 자전은 마을 어귀에 좀 다시 가보자고 하더군. 그곳에 다다랐을 때 내 옷은 흠뻑 젖어 있었지. 자전이 울면서 말했다네.

"유칭은 이제 이 길을 달려올 수 없겠군요."

난 구불구불 성안으로 난 작은 길을 바라보았지. 내 아들이 벗은 발로 뛰어오는 소리는 어디에서도 들리지 않았네. 달빛만 처연하게 길을 비추는데, 마치 그 길 가득 하얀 소금을 흩뿌려놓은 것 같았어.


그날 오후 나는 줄곧 이 노인과 함께 있었다. 노인과 소가 충분히 쉬고 밭을 갈러 갔을 때도 그만 일어나야겠다는 생각은 눈곱만큼도 없었다. 그냥 그렇게 파수꾼이라도 되는 양 나무 아래서 그들을 지켜보았다.

그때 주변 논밭에서 일하는 농부들의 말소리가 바람에 나부끼듯 들려왔다. 그중에서 가장 열심히 떠들어대는 소리는 가까이에 있는 밭둑에서 났는데, 건장한 두 남자가 찻주전자를 들고 마시기 시합을 하고 있었다. 곁에 있는 젊은이들은 고함을 치며 난리법석을 떨었다. 그들이 그처럼 흥분하는 건 당사자가 아니기 때문이다. 그러나 푸구이 노인이 있는 쪽은 아주 차분해 보였다. 그 옆에 있는 논에서는 수건을 쓴 두 여인이 모를 심고 있었는데, 그녀들은 내가 전혀 모르는 어떤 남자에 대한 이야기를 나누고 있었다. 그 남자는 체격이

건장하고 힘이 세며, 마을에서 돈을 가장 많이 버는 사람인 것 같았다. 또 그네들의 말에서 나는 그 사람이 성안에서 운수업을 한다는 사실을 알아냈다. 한 여자가 허리를 펴고 손등으로 자기 허리를 두드리면서 말하는 소리를 들었다.

"그 사람은 자기가 번 돈의 반은 마누라한테 쓰고, 나머지 반은 남의 여자한테 쓴다우."

그때 푸구이 노인이 소를 끌고 그네들 곁을 지나가다가 한마디 거들었다.

"사람은 이 네 가지를 잊어서는 안 된다네. 말은 함부로 해서는 안 되고, 잠은 아무데서나 자서는 안 되며, 문간은 잘못 밟으면 안 되고, 주머니는 잘못 만지면 안 되는 거야."

푸구이 노인은 소를 끌고 지나가다가 고개를 돌리고 또 이렇게 말했다.

"그 사람은 둘째 원칙을 잊은 거야. 알겠나? 잠자리를 잘못 찾은 거라구."

두 여인은 히히거리며 웃었다. 나는 푸구이 노인이 득의양양한 얼굴로 소에게 목청을 높여 소리 지르는 모습을 보았다. 그도 나를 보더니 웃으며 말했다.

"그게 다 사람 된 도리지."

잠시 후에 우리는 또다시 나무 그늘에 나란히 앉았다. 나는 그에게 살아온 이야기를 계속 들려달라고 청했다. 그가 하도 고마워하는 눈빛으로 나를 쳐다보는 바람에, 꼭 내가 그를 위해 뭐라도 해준 것 같은 기분이었다. 그는 자기 신세타령을 다른 사람이 관심 있게 들어준다는 사실에 말할 수 없는 기쁨을 나타냈던 것이다.

# 4

나는 유칭이 죽으면 자전도 오래 살지 못할 거라 생각했다네. 한동안 지켜보니 정말 안 되겠더구먼. 침대에 누워서 가쁜 숨을 몰아쉬는 데다가 눈도 온종일 반쯤 감겨 있었지. 게다가 뭘 먹으려들지 않아서 매번 나와 펑샤가 자전을 일으켜 세워 억지로 입에 미음이라도 흘려 넣어줘야 했다네. 자전은 몸에 살이 하나도 없어서, 부축할 때면 마치 장작 한 묶음을 안고 있는 것 같았어.

그 무렵 대장이 우리 집에 두 번 들렀는데, 자전의 모습을 보자마자 고개를 가로젓더구먼. 그러더니 나를 한쪽으로 끌고 가 작은 목소리로 말했다네.

"이미 틀린 것 같네."

그 말을 듣자마자 가슴이 쿵 하고 내려앉았지. 유칭이 죽은 지 보름도 안 됐는데, 또 자전이 죽어가는 걸 봐야 한다니. 집안에서 한꺼번에 두 사람이나 없어지면, 앞으로 얼마나 살기가 어렵겠나. 솥의

반쪽이 부서져나간 거나 다름없지. 그 솥은 이미 솥이 아니고, 그런 집도 집이라 할 수 없지 않겠나.

대장은 인민공사의 보건소에 가서 의사를 불러오자고 했다네. 대장은 정말 한다면 하는 사람이더군. 인민공사에서 회의를 마치고 돌아올 때 보니 정말로 의사를 데리고 왔더라구. 그 의사는 아주 마르고 작은 체형에 안경을 쓰고 있었다네. 그가 자전이 무슨 병에 걸렸느냐고 물었지.

"구루병이요."

그 말에 고개를 끄덕이며 침대 옆에 앉아 자전의 맥을 짚어보더군. 나는 의사가 진맥을 하면서 자전과 대화하는 걸 보고 있었네. 자전은 누군가 자신에게 말을 걸어오는 걸 듣긴 했지만, 눈을 크게 떴을 뿐 대답은 하지 않았어. 의사는 어찌 된 일인지 자전의 맥박을 찾지 못했다네. 무척이나 놀라는 눈치였지. 손을 뻗어 자전의 눈꺼풀을 들춰보더니 한 손으로 손목을 받치고 다른 한 손으로 맥박을 짚어보더군. 그러고는 소리라도 들어보려는 듯 머리를 기울였다네. 잠시 후 자리에서 일어나 나한테 말했지.

"맥박이 약해서 짚어지지가 않네요."

그러고는 한마디 덧붙였지.

"뒷일을 처리할 준비를 하십시오."

의사의 한마디에 내 목숨이 왔다 갔다 하는 느낌이었어. 하마터면 땅바닥에 넘어질 뻔했다니까. 나는 의사를 따라 밖으로 나가 물었다네.

"아내가 얼마나 더 살 수 있을까요?"

"한 달을 넘기지 못할 거요. 이 병은 전신 마비가 오면 더 빨리 진행됩니다."

그날 저녁 자전과 펑샤가 잠든 뒤, 홀로 밖에서 날이 밝을 때까지 앉아 있었다네. 처음에는 꺽꺽거리며 울다가 한바탕 실컷 울고 나서는 까마득한 옛일을 떠올렸지. 생각하면 할수록 또 눈물이 나더구먼. 세월은 정말 빨리도 흘러갔어. 자전은 나한테 시집온 다음부터 단 하루도 편히 지낸 날이 없었다네. 그런데 눈 깜짝할 사이에 떠나야 할 때가 오고 만 거야. 그렇게 이런 저런 생각을 하다 보니 나중에는 그저 울기만 하고, 괴로워만 하는 건 아무 소용이 없다는 생각이 들더군. 일이 이렇게 된 이상 현실적인 일들을 생각해야 했다네. 자전의 뒷일은 남부끄럽지 않게 해주고 싶었으니까.

대장은 심성이 좋은 사람이라 그런 내 모습을 보고는 이렇게 말했다네.

"푸구이, 조금만 생각을 바꿔봐. 사람은 언젠가는 다 죽게 돼 있어. 지금은 다른 생각은 하지 말고, 자전이 편히 갈 수 있게만 해주면 되는 거야. 마을의 땅 중에서 자네 마음에 드는 곳을 골라 자전의 무덤으로 쓰게나."

사실 그때는 나도 이미 생각을 어느 정도 정리한 뒤였지.

"자전이 유칭과 함께 있고 싶어 하니, 둘을 한곳에 묻었으면 합니다."

아들 녀석은 가엾게도 옷에 싸인 채 묻혔지만, 자전까지 그렇게 할 수는 없는 일이었지. 형편이 아무리 어려워도 자전한테는 관을 짜주고 싶었다네. 그렇게 하지 않으면 양심에 꺼려서 살 수가 없을 것 같았거든. 자전이 애당초 다른 사람한테 시집을 가서 나랑 고생하며 살지 않았다면 이렇게까지 지쳐 쓰러지지도, 그런 몹쓸 병에 걸리지도 않았을 텐데. 나는 마을에 있는 집들을 일일이 찾아다니며 돈을 빌렸다네. 내가 어떻게 되기라도 한 건지, 자전한테 관을 짜줄 거라는 말만 꺼냈다 하면 눈물을 참을 수가 없었어. 다들 궁색하게 사는 처지라 그렇게 빌린 돈으로는 관을 짜기에 부족했지. 나중에 대장이 마을의 공금을 좀 모아다 줘서, 간신히 옆 마을의 목수를 불러올 수 있었다네.

평샤는 처음엔 제 엄마가 곧 죽을 거라는 사실을 몰랐지. 그저 내가 틈만 나면 예전에 양 우리가 있던 곳에 가는 걸 보았을 뿐이었다네. 옆 마을에서 불러온 목수가 바로 거기서 일을 하고 있었거든. 나는 한번 그 옆에 앉았다 하면 밥 먹는 것도 잊고 한참을 앉아 있었지. 평샤는 나를 부르러 왔다가 관이 제 모습을 갖춰가는 걸 보고서야 비로소 눈치를 채기 시작했다네. 그 애가 눈을 동그랗게 뜨고 수화로 묻더군. 나는 평샤도 그 사실을 알아야 한다는 생각이 들어 사실대로 말해주었다네.

그 애는 죽어라 고개를 흔들더구먼. 나는 그 아이가 무슨 말을 하려는지 알았지. 수화로 그 애한테 이 관은 자전을 위해 마련한 거라고, 자전이 나중에 쓰게 될 거라고 알려줬다네. 평샤는 여전히 고개를 가로저으며 나를 집으로 끌고 갔어. 문간에 들어선 뒤에도 내 소매를 놓지 않았지. 평샤가 자전을 툭툭 건드리자 자전이 눈을 떴다네. 그 애는 내 팔을 힘껏 흔들며 제 엄마가 멀쩡히 살아 있는 걸 보라고 했지. 그러더니 오른손을 뻗어 아래로 내리치는 시늉을 하더군. 나더러 관을 그렇게 쪼개버리라는 뜻이었네.

평샤는 자기 엄마가 죽을 거라는 생각은 한 번도 해본 일이 없었던 거지. 내가 자전이 곧 죽을 거라고 알려줘도 아마 믿지 않았을 거야. 평샤의 그런 행동에 나는 고개만 숙였을 뿐 수화로 무슨 말을 하지는 않았다네.

자전은 한번 자리에 눕더니 스무 날이 넘도록 누워 있었다네. 어떤 때는 좀 나아진 것 같기도 하고, 어떤 때는 금방이라도 눈을 감을 것만 같았지. 그러던 어느 날 저녁이었어. 자전 옆에 누워 불을 끄려고 하는데, 자전이 갑자기 나를 잡아당기며 불을 끄지 말라고 하는 게 아니겠나. 그러더니 모기 소리만 한 목소리로 자기 몸을 옆으로 기울여달라고 하더군. 그날 저녁 내내 아내는 나를 보고 또 보면서 몇 번이나 내 이름을 불렀다네.

"푸구이."

그런 다음 살며시 웃고는 눈을 감았지. 잠시 후 다시 눈을 뜨고 내게 물었다네.

"평샤는 잘 자고 있나요?"

나는 몸을 일으켜 평샤를 보고는 말했지.

"잠들었소."

그날 저녁 자전은 끊어질 듯 이어질 듯 많은 이야기를 하다가 노곤해져 잠이 들었다네. 하지만 나는 잠을 이룰 수가 없었어. 별의별 생각이 다 들었거든. 자전의 그런 모습이 많이 나아진 것처럼 보이긴 했지만, 그게 바로 사람들이 흔히 말하듯 죽기 전에 반짝 정신이 돌아온다는 그런 건 아닌가 하는 불안을 떨쳐버릴 수가 없었네. 손으로 더듬더듬 자전의 몸을 만져보니 아직 따뜻한 기운이 느껴져 그제야 마음을 조금 놓았지.

다음날 눈을 뜨니 자전은 아직 자고 있더군. 엊저녁 늦게야 잠이 들어 그런가 보다 싶어 깨우지 않고, 펑샤와 죽을 마시고는 밭에 일을 하러 나갔지. 그날 나와 펑샤는 일을 마치고 집에 돌아와 얼마나 놀랐는지 모른다네. 글쎄, 자전이 침대 위에 떡 하니 앉아 있는 게 아니겠나. 자기 혼자 힘으로 일어나 앉아 있더란 말일세. 자전은 우리가 들어오는 걸 보고는 조그만 소리로 말했어.

"푸구이, 배고파요. 죽 좀 끓여주세요."

그때 나는 한참 동안이나 멍하니 서 있었다네. 자전이 나아지리라고는 꿈에도 생각지 못했으니까. 자전이 다시 한번 나를 부르는 소리를 듣고서야 정신을 차렸지. 눈물이 주룩주룩 흘러내렸다네. 펑샤가 듣지 못한다는 사실도 잊고 말했지.

"모두 네 덕분이다. 네가 마음속으로 엄마가 죽지 않을 거라고 생각한 덕분이야."

사람이 뭔가를 먹고 싶어 하면, 이제 아무 문제도 없다는 거라네. 시간이 조금 흐르자 자전은 침대에 앉아 바느질도 할 수 있게 됐어. 계속 그런 식으로 진행된다면 분명 침대에서 내려와 걸을 수도 있을 것 같았다네. 그래서 나도 한시름 놓게 됐지. 하지만 마음이 편해지자 금방 병이 찾아와 쓰러지고 말았다네. 사실 그 병은 일찌감치 나를 찾아왔는데, 유칭이 죽고 이어서 자전까지 언제 죽을지 모르는 상황이었으니 병을 돌볼 여유도 없었고 잘 느끼지도 못했던 거지. 자전은 의사의 말과 달리 조금씩 나아졌지만, 나는 점점 더 어지러움을 느꼈다네. 급기야 어느 날 모내기를 하다가 혼절을 해서 다른 사람들 손에 집으로 돌아오는 일이 일어났지. 그제야 나는 내가 병에 걸렸다는 걸 알았다네.

내가 병에 걸리자 펑샤가 더 힘들어졌지. 침대에 두 사람이나 누워 있으니, 펑샤는 우리를 돌보면서 밭에 나가 돈도 벌어 와야 했다네. 그렇게 며칠 지나자 펑샤가 너무 피곤해 보이더라구. 그래서 나는 자전에게 몸이 좀 나아졌다 하고는 아픈 몸으로 밭에 나가 일을 했지. 그런데 마을 사람들이 나를 보더니 모두 깜짝 놀라며 말하더구먼.

"푸구이, 자네 머리가 완전히 백발이 됐네."

나는 웃으면서 말했지.

"옛날에 이미 허옇게 셌는걸."

"그전에는 그래도 절반은 까맸는데, 요 며칠 사이에 완전히 하얘졌다니까."

그 며칠 사이에 폭삭 늙어버렸던 게지. 이전의 근력도 다시 돌아오지 않고, 일을 할 때면 허리도 시큰거리고 등도 아팠다네. 일을 좀 심하게 했다 하면 온몸에서 식은땀이 줄줄 흘러내렸지.

유칭이 죽은 지 한 달이 좀 넘었을 무렵 춘성이 찾아왔다네. 춘성은 이제 춘성이라 부르지 않고 류제팡이라 불렀지. 다른 사람들은 모두 류 현장이라고 불렀지만, 나는 그대로 춘성이라고 불렀다네. 춘성은 포로로 잡힌 뒤에 해방군이 되었다고 하더군. 계속 전쟁을 하면서 푸젠성까지 내려갔다가 나중에는 한국전쟁에도 가서 싸웠다더라구. 명이 길어서 그렇게 많은 전쟁을 치르고도 죽지 않은 거지. 한국전쟁이 끝나고 인근의 현으로 부임했다가, 유칭이 죽은 그해 바로 우리 현에 왔던 거라네.

춘성이 왔을 때 우리는 모두 집에 있었지. 대장은 문 앞에 이르기도 전에 우리를 소리쳐 불렀다네.

"푸구이, 류 현장님이 자네를 보러 오셨네."

춘성과 대장은 집 안으로 들어왔고, 나는 자전에게 말했지.

"춘성이야, 춘성이 왔소."

춘성이라는 소리를 듣자마자 자전이 눈물을 흘릴 줄이야. 그녀는 춘성에게 달려들어 소리를 질렀다네.

"나가요."

나는 순간 멍해져서 그 자리에 가만히 서 있었어. 그러자 다급해진 대장이 자전에게 말했다네.

"아니, 어떻게 류 현장님께 그렇게 말할 수 있나."

자전은 아랑곳하지 않고 고래고래 소리를 질렀다네.

"우리 유칭 돌려줘요."

춘성은 고개를 가로저으며 자전에게 말했어.

"제 작은 성의입니다."

춘성이 자전에게 돈을 건넸지만, 자전은 본체만체하며 계속 춘성에게 달려들며 소리를 질러댔다네.

"꺼져, 여기서 나가라구."

대장은 자전 앞으로 뛰어가 춘성을 막아서며 말했지.

"자전, 당신 뭔가 잘못 알고 있군요. 유칭은 사고로 죽은 거지 류현장님이 죽인 게 아니라구요."

춘성은 자전이 돈을 받지 않는 걸 보고는 그것을 나에게 건네주었네.

"푸구이, 당신이 받으세요. 제발 부탁이에요."

자전이 그처럼 난리를 치는데 내가 감히 어떻게 그 돈을 받을 수 있겠나. 춘성이 돈을 내 손에 쑤셔 넣자 화살은 곧장 나한테로 날아왔지. 자전은 거의 고함을 치듯 말했다네.

"당신 아들 목숨이 고작 200위안에 불과하군요?"

나는 황급히 돈을 다시 춘성의 손에 쥐어주었지. 춘성은 그때 자전에게 내쫓긴 뒤 두 번이나 더 우리를 찾아왔지만, 자전은 한사코 그를 집 안에 들여놓지 않았다네. 여자들은 하나밖에 몰라서 한 번 그렇다고 생각하면 누구도 마음을 돌릴 수 없는 법이야. 나는 춘성을 마을 어귀까지 바래다주며 말했다네.

"춘성, 앞으로는 찾아오지 말게나."

춘성은 고개를 끄덕이고는 돌아갔다네. 그렇게 돌아간 뒤로는 몇 년 동안 다시 오지 않다가 문화대혁명 때 다시 한번 찾아왔지.

성안은 문화대혁명으로 법석이었어. 정신없이 어질러진 거리가 사람으로 바글바글했지. 매일같이 싸움이 일어났고, 싸우다 죽는 사람도 있었다네. 마을 사람들은 감히 성안으로 갈 생각도 못했지. 마을은 성안에 비하면 훨씬 태평했고 예전이나 마찬가지였지만, 밤에 제대로 잘 수 없다는 게 달라졌다면 달라진 점이었지. 마오 주석의 최신 지시는 꼭 한밤중에야 내려왔거든. 그러면 대장은 곡식 말리는 곳에 서서 죽을힘을 다해 호루라기를 불었지. 사람들은 그 소리를 들으면 곧장 자리에서 일어나 그곳으로 방송을 들으러 갔다네. 가보면 대장이 고함을 치고 있었지.

"모두 이리로 와서 마오 주석의 훈화를 들으시오."

우리는 평범한 백성들이었지. 나라 일에 관심이 없는 게 아니라, 뭐가 어떻게 돌아가는지 잘 몰랐다네. 우리는 모두 대장의 말을 들었고, 대장은 상부의 말을 들었지. 상부에서 뭐라고 말을 하면, 우리는 그런가 보다 하고 그렇게 행동했다네.

나와 자전이 가장 걱정했던 건 아무래도 펑샤였지. 펑샤도 이제 적은 나이가 아니니 짝을 찾아줘야 할 거 아닌가. 펑샤는 자전이 젊었을 때랑 아주 많이 닮았다네. 어렸을 때 병을 앓지만 않았다면 중매쟁이가 들락거리느라 우리 집 문지방이 성할 날이 없었을 거야. 나는 갈수록 힘이 빠졌고, 자전의 병도 완전히 좋아지기란 불가능해 보였어. 우리는 한평생 제법 많은 일을 겪으며 살았지. 사람도 때가 되면 익어야 하는 법이라네. 배가 다 익으면 땅으로 떨어지듯 우리도 그렇게 가야 하는 것이지. 하지만 우리는 펑샤 때문에 마음을

놓을 수 없었어. 펑샤는 남들과 다른데, 그 애가 늙으면 누가 보살펴
줄지.

펑샤는 귀도 멀고 말도 못 했지만, 그래도 여자는 여자이니 남자
는 장가를 가고, 여자는 시집을 가는 일에 대해 모르지는 않았을 거
야. 마을에서는 해마다 시집가고 장가가는 이들이 있어 풍악을 울리
며 한바탕 난리법석을 피우곤 했으니까. 그럴 때면 펑샤는 호미 자
루를 쥐고 멍하니 바라보았고, 마을의 몇몇 청년들은 그런 펑샤를
가리키며 웃곤 했지.

마을의 왕씨 집 셋째 아들이 장가가던 날 모두 새색시가 예쁘다며
야단이었어. 그날 새색시는 마을에 들어올 때 붉은 솜저고리를 입
고 호호호 웃음을 그치지 않았지. 나는 밭에서 그 모습을 보고 있었
는데, 온몸에 붉은 치장을 한 데다 뺨이 발그레한 게 특히나 아름답
더군.

밭에서 일하던 사람들이 모두 뛰어나오니, 신랑이 주머니에서 페
이마 표 담배를 꺼내 어르신들께 권했지. 그러자 몇몇 젊은이들이
옆에서 소리쳤다네.

"우리도 있어, 우리도 있다구."

신랑은 히히 웃으며 담배를 주머니 속으로 도로 넣어버렸지. 그러
자 젊은이들이 담배를 뺏으러 달려들며 고함을 쳤다네.

"색시는 보란 듯이 잠자리에 올려놓고, 담배 한 개비 안 주겠다는
거야?"

신랑이 힘껏 주머니를 잡고 있었지만 젊은이들은 억지로 그의 손

가락을 떼어내 주머니에서 담배를 꺼냈다네. 그런 다음 한 사람이 담배를 들고, 다른 사람들은 그를 따라 밭둑으로 달아나버렸어.

나머지 젊은이들은 신부를 에워싼 채 키득거리고 있었는데 음담 패설을 해댔을 게 뻔하지. 신부는 고개를 숙인 채 내내 웃기만 하더군. 여자가 시집갈 때는 뭐든 다 편하게 보고 무슨 이야기라도 기분 좋게 듣는 법이라네.

펑샤는 밭에 서서 그 광경을 넋을 잃고 바라봤지. 심지어 눈도 깜빡거리지 않고, 호미를 품에 안은 채 꼼짝도 하지 않았다네. 곁에서 그 모습을 지켜보는데 어찌나 가슴이 아프던지, 속으로 보고 싶다면 실컷 보게 해야겠다 생각했지. 그 아이는 팔자 사납게도 다른 사람이 시집가는 걸 바라볼 정도의 복밖에 없었던 거야. 그런데 펑샤가 그렇게 하염없이 바라만 보다가 느닷없이 그쪽으로 다가가는 게 아니겠나. 그러더니 신부 옆으로 가서는 바보같이 웃으며 함께 걸어가더군. 그 모습을 본 젊은이들이 어찌나 깔깔대며 웃던지 아주 숨이 넘어갈 것 같았지. 누덕누덕 기운 옷을 입고 새색시와 걸어가는 꼴이라니…… 단정하고 산뜻한 옷차림에 얼굴까지 예쁘게 생긴 신부와 비교하니 우리 펑샤는 불쌍할 정도로 초라해 보였어. 펑샤는 얼굴에 지분도 바르지 않았는데 신부처럼 볼이 붉었다네. 그 얼굴을 줄곧 신부 쪽으로 향한 채 하염없이 바라보고 있었지.

마을의 몇몇 청년들이 웃으며 한마디씩 했지.

"펑샤도 남자가 그리운 거로구나."

그렇게 말하는 것까지는 나도 그냥 듣고 넘어갔다네. 그런데 곧바로 듣기 거북한 말이 튀어나올 줄이야. 누군가 새색시한테 이렇게 말하는 게 아니겠나.

"펑샤가 당신 침대가 맘에 든 모양이오."

펑샤는 옆에서 그대로 걸어갔고, 신부는 차마 웃지 못했지. 펑샤를 불쾌하게 생각했던 거야. 그때 누군가 또 신랑에게 말했다네.

"자식, 너무 약삭빠르잖아. 한 번 장가에 여자를 둘이나 얻다니. 밑에 하나 깔고, 위에 하나 덮고."

신랑은 그 말에 흐흐거리며 웃었지만, 신부는 참을 수가 없었던지 좀 수줍어해야 하는 날임에도 목을 꼿꼿이 세워 신랑에게 소리를 지르더군.

"당신, 쓸데없이 웃을 거예요?"

나는 정말 두고 볼 수가 없어서 밭둑으로 올라가 그들에게 말했다네.

"이게 어디 사람이 할 짓인가. 다른 사람은 다 괴롭혀도 우리 펑샤한테는 그러면 안 되네. 그러려면 차라리 나를 가지고 놀게나."

그렇게 말하고는 펑샤를 끌고 집으로 돌아왔지. 펑샤는 총명한 아이라 내 얼굴을 보더니 무슨 일이 일어났는지 금방 알아채고는 고개를 푹 숙인 채 나를 따라왔다네. 대문 앞에 이르자 결국 눈물을 뚝뚝 흘리더군.

나중에 나와 자전은 어떻게 해서든 펑샤한테 사내를 찾아주기로 했다네. 우리는 둘 다 그 애보다 먼저 죽을 테니 펑샤가 거두어주겠지만, 펑샤는 이대로 늙어간다면 죽은 다음에 거두어줄 사람 하나 없지 않겠나. 하지만 과연 누가 우리 펑샤를 데려가고 싶어 할지…….

자전이 대장한테 부탁해보라고 하더군. 대장은 바깥에 아는 사람이 많으니, 여기저기 수소문해보면 정말 펑샤를 원하는 사람이 있을지도 모른다면서 말일세. 내가 곧바로 대장을 찾아가 그런 뜻을 전하자, 대장은 이렇게 대답했다네.

"그럼, 펑샤도 시집을 가야지. 하지만 좋은 혼처를 구하기가 쉽지 않을 걸세."

"팔이나 다리가 없는 남자라도, 펑샤를 아내로 맞을 생각만 있다면 주겠어요."

그 말을 하는데 내가 먼저 마음이 아프더군. 펑샤가 다른 사람보다 모자란 데가 어디 있나. 그저 말을 못 하는 것뿐이지. 집에 돌아와 자전에게 그 말을 전하니 자전도 무척이나 가슴 아파했다네. 침대에 앉아 한참 동안 말이 없더니 한숨을 쉬며 이렇게 말하더군.

"상황이 이러니 그렇게 하는 수밖에요."

며칠 만에 대장은 펑샤에게 남자 하나를 찾아줬다네. 그날 난 자유 경작지에서 거름을 주고 있었는데 대장이 와서 말하더군.

"푸구이, 내 펑샤의 혼처를 찾았네. 성안에 살고 운송 일을 하는데, 돈을 아주 많이 번다네."

조건이 그렇게 좋다는 게 믿기지가 않아서 대장이 장난을 치는 줄 알았지.

"대장님, 놀리지 마세요."

"내가 왜 장난을 쳐? 이름은 완얼시이고, 머리가 한쪽으로 기울어진 사람이라네. 머리통을 어깨에 기대고 있는데, 아무리 해도 똑바로 서질 않는다는군."

머리가 한쪽으로 기울어졌다는 소리를 듣고 나서야 그 말을 믿을 수가 있었지.

"빨리 가서 그 사람한테 평샤를 보러 오라고 하세요."

대장이 돌아가자, 나는 거름을 푸던 삽을 내던지고 집으로 뛰어가 문에 들어서기도 전에 소리부터 쳤다네.

"자전! 자전!"

침대에 앉아 있던 자전은 무슨 사고라도 났나 싶어 눈이 동그래져서는 날 쳐다봤지.

"평샤한테도 남자가 생겼어."

자전은 그제야 안도의 한숨을 쉬며 말했어.

"날 놀라 죽게 할 작정이에요?"

"팔이랑 다리도 다 있고 성안 사람이래."

그렇게 말하고는 엉엉 울고 말았지. 자전은 처음에는 웃다가 내가 우는 걸 보더니 자기도 눈물을 흘렸어. 그렇게 한참 좋아하더니 이렇게 물었지.

"조건이 그렇게 좋은 사람이 우리 평샤를 원할까요?"

"그런데 머리가 한쪽으로 기울었대."

자전도 그제야 조금 마음을 놓았지. 그날 저녁 자전은 옛날에 자기가 입던 옷들을 가져오라고 하더니 평샤한테 옷을 한 벌 만들어줬다네.

"어쨌든 펑샤를 좀 꾸며줘야겠어요. 그 집에서 신부를 보겠다고 찾아올 테니."

사흘도 안 돼서 완얼시가 왔는데 정말로 머리가 기울었더구먼. 그는 나를 보더니 왼쪽 어깨를 치켜들었고, 펑샤와 자전한테도 어깨를 몇 번 들썩였다네. 그런 모습에 펑샤는 입을 벌리고 웃었지.

완얼시는 중산복을 깔끔하게 차려 입고 왔다네. 머리만 어깨에 기대고 있지 않았다면 정말 현에서 나온 간부 같았을 거야. 그는 술 한 병과 꽃무늬 옷감을 들고 대장을 따라 들어왔지. 그때 자전은 침대에 앉아 있었는데, 머리는 아주 단정하게 빗었고 옷은 조금 해지긴 했지만 아주 깨끗했다네. 나는 자전에게 침대 밑에서 그 날을 위해 마련한 새 신발을 내주었지. 펑샤는 회색빛이 감도는 붉은 옷을 입고 고개를 숙인 채 제 엄마 옆에 앉아 있었네. 자전은 웃는 얼굴로 예비 사위를 바라보았지. 마음속으로 얼마나 기뻐했겠나.

완얼시는 술과 꽃무늬 옷감을 탁자 위에 놓고는 어깨를 추켜올린 채 방 안을 한 바퀴 돌더라구. 우리 집을 한번 살펴보는 거였지. 내가 말했네.

"대장님, 얼시, 앉아요."

얼시는 "음" 소리를 내고는 의자에 앉았고, 대장은 손을 내저으며 말했지.

"나는 괜찮아. 얼시, 얘가 펑샤일세. 이 사람들이 펑샤의 아버지와 어머니고."

펑샤는 두 손을 다리에 올려놓고 있다가 대장이 자신을 가리키자 미소를 지었지. 또 그가 자전을 가리키자 몸을 돌려 자전을 보며 웃었다네. 자전이 대장에게 말했어.

"대장님, 앉으세요."

"됐소. 나는 일이 또 있으니 이야기들 나누시오."

그러고는 뒤돌아 나가더군. 아무리 붙잡아도 듣지를 않았다네. 나는 대장을 전송하고 돌아와 탁자 위의 술을 가리키며 얼시에게 말했지.

"괜히 돈을 쓰게 했군. 사실 나는 수십 년 동안 술을 마신 적이 없다네."

얼시는 그 말에 또 "음" 소리를 내더니 아무 말도 하지 않더군. 그러고는 어깨를 추켜세우고 방 안을 이리저리 둘러보는데 그 모습을 보며 내가 얼마나 전전긍긍했는지 아는가? 자전이 웃으며 그에게 말했어.

"집이 좀 가난해요."

얼시는 또 "음" 하는 소리를 내더니, 어깨를 추켜올리고 자전을 쳐다보더군. 자전은 계속해서 말했다네.

"다행히 집에서 양 한 마리랑 닭 몇 마리를 기르고 있어서, 우리 내외는 펑샤가 혼인할 때 그것을 팔아 혼수를 마련하기로 했어요."

얼시는 그 말에 또 "음" 소리를 냈을 뿐이라네. 그가 속으로 무슨 생각을 하는지 알 수가 없었지. 그는 잠깐 앉았다가 금방 일어나서는 가겠다고 하더군. 이 혼담이 이렇게 끝나나 보다 싶었다네. 그는 평샤를 별로 쳐다보지도 않고, 우리네 누추한 살림살이만 내내 둘러봤으니 말일세. 자전을 쳐다보니 쓴웃음을 지으며 얼시에게 말하더군.

"나는 다리에 힘이 없어서 바닥에 내려서질 못해요."

얼시는 고개를 끄덕이고는 집 밖으로 나갔지. 내가 물었다네.

"예물은 안 가져가나?"

그는 "음" 하더니 어깨를 들어 올린 채 지붕 위에 얹은 띠를 쳐다보고는 고개를 끄덕거리며 가버렸다네.

집으로 돌아와 의자에 앉아서 가만히 생각해보니 좀 화가 나더군.

"머리도 제대로 들지 못하는 주제에 이것저것 따지기는."

자전은 한숨을 쉬면서 말했어.

"그래도 그 사람을 탓할 수는 없지요."

총명한 평샤는 우리가 하는 양을 보더니 그 사람이 자기를 좋아하지 않는다는 걸 알고는 일어나 안쪽 방으로 가서 낡은 옷으로 갈아입고, 호미를 들고 밭으로 나갔다네.

저녁에 대장이 와서 묻더군.

"성사됐나?"

나는 고개를 가로저으며 말했지.

"우리가 너무 가난해요. 우리 집이 너무 못산다구요."

다음날 오전에 밭을 갈고 있는데 누군가 나를 부르더라구.

"푸구이, 저기 좀 보게나. 자네 집에 인사 왔던 그 머리 기울어진 사람 같은데."

고개를 들어보니 대여섯 사람이 성큼성큼 의기양양하게 걸어오고 있더구면. 큰 짐수레 하나를 끌고서 말일세. 제일 앞에 걸어오는 사람 하나만 우쭐거리지 않았지. 그는 머리를 한쪽으로 기울인 채 잰걸음으로 걸어오고 있었다네. 멀리서도 얼시가 왔다는 걸 알 수 있었지. 그가 다시 찾아오리라고는 꿈에도 생각지 않았는데 말일세.

얼시가 나를 보더니 말했다네.

"지붕의 띠를 갈아줘야겠더라구요. 담장도 좀 칠하려고 수레에 석회도 싣고 왔어요."

짐수레 쪽을 쳐다보니, 석회는 물론이고 석회를 바를 솔도 두 개나 들어 있더군. 작은 탁자도 하나 놓여 있었는데 그 위에는 돼지머리까지 있었다네. 또 얼시의 손에는 백주가 두 병이나 들려 있었고 말이야.

그제야 얼시가 방 안을 이리저리 둘러본 건 우리 집이 가난하다고 무시해서가 아니라는 걸 알았지. 글쎄, 얼시는 우리 집 앞에 쌓아놓은 짚가리까지도 다 보고 가지 않았겠나. 지붕의 띠는 나도 일찍부터 갈려고 생각했지. 다만 농한기 때가 마을 사람들한테 도움을 청하기 더 쉬우니까 그때 가서 할 생각이었다네.

얼시는 일꾼 다섯 사람에 고기와 술도 준비해왔다네. 어쩌면 그렇게 꼼꼼한지. 그들은 우리 집 대문에 와서 수레를 부려놓았지. 얼시는 마치 자기 집에 들어오는 사람처럼 한 손에는 돼지머리를 들고, 다른 한 손에는 작은 탁자를 들고 안으로 들어왔다네. 그러고는 우리 집 탁자에 돼지머리를 올려놓고, 작은 탁자는 자전의 다리 위에 놓아주며 말했다네.

"이렇게 하면 진지 드실 때나 다른 일 하실 때 좀 편하실 거예요."

그 순간 자전의 눈이 촉촉이 젖어들었다네. 감동한 게지. 그녀도 나와 마찬가지로 얼시가 오리라고는 생각도 못했거든. 그런데 사람들까지 데려와 지붕의 띠를 갈아주고, 며칠 밤 새 예비 장모에게 줄 작은 탁자까지 만들어 왔으니 감동할 만도 하지 않겠나. 자전이 말했지.

"얼시, 당신 정말 세심한 사람이군요."

얼시와 사람들은 탁자며 의자를 전부 밖으로 가지고 나간 뒤 나무 밑에 볏짚을 깔았다네. 그런 다음 얼시는 침대 앞으로 가서 자전을 업으려고 했지. 그러자 자전은 웃으며 손을 내젓더니 나를 불렀어.

"여보, 당신 우두커니 서서 뭐 하는 거예요?"

나는 얼른 가서 자전을 업고는 웃으며 얼시에게 말했다네.

"내 아내는 내가 업을 테니 자넨 나중에 펑샤나 업어주게나."

그 말에 자전이 나를 툭 치니까, 얼시가 허허거리며 웃더구먼. 자전을 나무 아래로 업고 가 나무에 등을 기대고 볏짚 위에 앉게 했지. 그렇게 앉아 그들이 짚가리를 작은 다발로 나누어 묶은 다음, 얼시와 다른 한 사람이 지붕으로 올라가고 아래 네 사람이 남아 지붕의 띠를 새로 얹는 걸 지켜보았다네. 한눈에도 얼시가 데려온 사람들이 그 일에 능수능란하다는 걸 알겠더구먼. 손발이 민첩하기 이를 데 없었어. 아래쪽에 있는 네 사람이 장대를 이용해 볏짚을 올려주면 얼시와 다른 한 사람이 그걸 받아 지붕 위에 깔았지. 얼시의 머리가 기울었다고 우습게 볼 일이 아니었어. 일을 하는 데는 조금도 문제가 되지 않더군. 그는 띠가 위로 올라오면 먼저 다리로 한 번 찬 다음 손을 뻗어 움켜잡았지. 그런 요령이 있는 사람은 우리 마을에 한 명도 없었다네.

정오가 되기도 전에 지붕 일이 다 끝났지. 내가 찻물을 끓이자 평샤가 그들한테 한 잔씩 부어주었다네. 이리 뛰고 저리 뛰며 쉴 틈이 없었지만 그 애도 신이 났지. 갑자기 집 안에 일하는 사람이 그렇게나 많은 걸 보고는 웃느라 입을 다물 새가 없었다네.

마을 사람들도 여럿 구경을 왔지, 그중에 한 여자가 자전에게 말했어.

"사위가 식도 올리기 전에 일을 해주니 자넨 복도 많구먼."

"평샤가 복이 많은 거지."

지붕에서 내려오는 얼시에게 내가 말했네.

"얼시, 좀 쉬게나."

얼시는 소매로 얼굴의 땀을 닦으며 대답했지.

"피곤하지 않습니다."

얼시는 또 한 번 어깨를 으쓱하고 사방을 둘러보더니, 왼쪽의 채마밭을 보고 물었어.

"이거 우리 땅인가요?"

"그렇다네."

그는 집에서 야채 칼을 들고 나와 밭으로 내려가서는 신선한 푸성귀를 몇 뿌리 베어가지고 집으로 들어갔다네. 그러고는 안에서 돼지머리를 썰기 시작했지. 나는 그를 막아서며 이런 일은 펑샤한테 시키라고 했지만, 그는 소매로 땀을 닦으며 이번에도 같은 말을 하더군.

"피곤하지 않습니다."

하는 수 없이 나가서 펑샤를 안으로 디밀었지. 그때 펑샤는 자전 옆에 서 있었는데, 내가 집 안으로 밀어 넣으니 아직은 쑥스러운지 고개를 돌려 자전을 쳐다보더군. 자전이 웃으며 들어가라고 손짓을 하자 그제야 안으로 들어갔어.

나와 자전은 얼시가 데려온 사람들과 차를 마시며 이야기를 나누었다네. 중간에 한번 집에 들어가 봤더니 얼시와 펑샤는 한 쌍의 부부처럼 한 사람은 불을 피우고 한 사람은 음식을 하고 있었지. 얼시는 펑샤를 보고, 펑샤는 얼시를 보고 그렇게 서로 한 번씩 쳐다보더니 둘 다 입을 크게 벌리고 웃더구먼.

나와서 자전에게 이야기하니 자전도 웃었지. 조금 있다가 궁금함을 참지 못해 또 보러가려고 일어서는데 자전이 나를 불러 세우고는 조용히 말했다네.

"들어가지 마세요."

점심을 먹고 얼시와 사람들은 담장에 석회를 바르기 시작했지. 이튿날 석회가 마른 뒤에 보니, 우리 집 토담은 어느덧 새하얗게 변해 마치 성안의 기와집 같아졌다네. 석회를 다 발랐는데도 아직 시간이 이르기에 내가 얼시에게 말했지.

"저녁 먹고 가지."

"그냥 가겠습니다."

그러고는 어깨를 펑샤 쪽으로 으쓱하기에 그가 펑샤를 보고 있다는 걸 알아차렸지. 그는 낮은 목소리로 나와 자전에게 물었다네.

"아버님, 어머님, 저 언제 펑샤를 데려갈까요?"

그 말을 듣는 순간, 그러니까 그가 나와 자전을 아버님, 어머님이라고 부르는 순간 우리는 얼마나 기뻤던지 입을 다물지 못했다네. 나는 자전을 한 번 쳐다보고 나서 말했지.

"자네 좋을 대로 하게나."

그러고는 목소리를 낮춰 다시 말을 이었다네.

"얼시, 자네한테 돈을 많이 쓰게 할 생각은 추호도 없네만 펑샤의 팔자가 너무 고달파서 하는 소리네. 펑샤와 결혼하는 날 사람들을 많이 불러서 시끌벅적하게 해줬으면 하네. 마을 사람들도 불러서 다들 구경하도록 하고 말일세."

"아버님, 무슨 말씀이신지 알겠습니다."

그날 저녁 펑샤는 얼시가 보내온 꽃무늬 옷감을 어루만지며 보다가 웃고, 웃다가 보기를 수없이 반복했지. 때때로 고개를 들어 나와 자전이 웃는 것을 보고는 당황스러웠는지 얼굴이 발그레해지기도 했어. 펑샤가 얼시를 맘에 들어 하는 것 같아 우리 내외는 마음이 흡족했다네. 자전이 말했지.

"얼시는 착실한 사람이에요. 심성도 좋구요. 펑샤를 그 사람한테 보내게 돼서 마음이 놓여요."

우리는 집에서 기르던 닭과 양을 팔았다네. 그러고는 펑샤를 성안으로 데려가 새 옷을 두 벌 사주고, 이불도 한 채 새로 해주고, 세숫대야니 뭐니 이것저것 샀지. 마을의 다른 집 딸들이 가진 거라면 펑샤한테도 다 사줬어. 자전의 말을 빌리자면 이런 거지.

"펑샤가 다른 애들한테 꿀리게 할 수는 없어요."

얼시가 펑샤를 데려가던 날, 풍악 소리가 저 멀리서부터 시끌벅적하게 들려왔지. 마을 사람들 모두가 마을 어귀로 나가 구경했다네. 얼시는 스무 명이 넘는 사람을 데려왔는데 모두 중산복을 입고 있었어. 얼시가 가슴에 커다란 붉은 꽃을 달지 않았더라면 무슨 대단한 간부라도 내려온 줄 알았을 거야. 10여 쌍의 징이 동시에 울리고, 큰 북 두 개가 둥둥 울려 퍼져 마을 사람들의 귓전을 왕왕 울려댔다네. 그 한가운데서 붉은 비단과 푸른 천을 두르고 있는 수레가 가장 눈길을 끌었지. 수레 위에 있는 의자까지도 붉고 푸르게 장식을 했더구먼. 마을에 들어서자 얼시는 따첸먼 담배를 두 보루나 꺼내 사내들만 보였다 하면 하나씩 손에 쥐어주며 연신 말했다네.

"정말 고맙습니다. 정말 고맙습니다."

마을에서 장가나 시집을 갈 때 꺼내는 담배는 대개 제일 좋은 거라 해도 페이마 표 정도였는데, 얼시가 따첸먼을 한 갑씩 쥐어줬으니 그 기백을 따라갈 집이 없었지. 사람들은 담배를 받자마자 얼른 주머니에 집어넣었어. 다른 사람이 뺏어갈까 봐 두려운 듯, 손가락을 주머니에 넣고 만지작거리다 한 개비만 뽑아 입에 물었다네.

얼시를 따라온 그 스무 명 넘는 사람들도 애를 많이 썼지. 풍악 소리도 천지를 뒤흔들 정도로 쩌렁쩌렁했고, 거기다 목청을 높여 소리까지 질러줬으니 말일세. 그 사람들은 전부 주머니가 울룩불룩했는데, 마을의 젊은 처자나 아이들을 만나면 그 안에 든 사탕을 던져줬지. 그렇게 통 크게 돈을 쓰는 게 나로선 좀 어리둥절했다네. 속으로 '저렇게 버리는 게 전부 돈이구나' 싶었지.

그들은 우리 집 앞에 오더니 한 사람씩 들어가 펑샤를 보더구먼. 징과 북을 밖에 놔두고 들어가 마을의 젊은이들이 대신 쳐줬지. 펑샤가 그날 입은 새 옷은 정말 아름다웠다네. 아비인 나도 우리 딸애가 그렇게 아름다울 줄은 몰랐어. 펑샤는 자전의 침대 앞에 다소곳이 앉아 들어오는 사람들 속에서 얼시를 찾았지. 그러더니 얼시를 보자 얼른 고개를 숙이더군. 얼시가 데려온 성안 사람들이 펑샤를 보고는 모두 한마디씩 했다네.

"이 친구 정말 여자 복이 있네그려."

그 후로 수년 동안 마을의 다른 처녀가 시집갈 때면, 사람들은 모두 펑샤가 시집갈 때가 제일 기세등등했다고 말하곤 했지. 그날 펑샤가 집을 나설 때 보니 얼굴이 발그스름한 게 꼭 토마토 같았다네. 그렇게 많은 사람이 한꺼번에 그 애를 쳐다보는 건 난생 처음이라, 머리를 가슴에 묻은 채 어쩔 줄을 모르더구먼. 얼시가 펑샤의 손을 잡고 수레 옆으로 갔는데, 펑샤는 수레 위의 의자를 보고도 뭘 어찌해야 할지 몰랐지. 펑샤보다 머리 하나가 작은 얼시가 펑샤를 안아서 마차 위로 올리자, 구경하던 사람들이 와 하고 웃었다네. 펑샤도 호호 하며 함께 웃었지. 얼시가 나와 자전에게 말했다네.

"아버님, 어머님, 저 이제 펑샤를 아내로 맞아 데려갑니다."

이렇게 말하며 얼시는 자기가 직접 수레를 끌었는데, 수레가 움직이자 고개를 숙인 채 웃고 있던 펑샤가 다급하게 주위를 둘러보더군. 나와 자전을 찾는 거였지. 그때 나는 자전을 업고 펑샤 곁에 서 있었는데 말이야. 펑샤는 우리를 보자마자 눈물을 펑펑 쏟았다네. 우리 쪽으로 돌아서서는 우는 얼굴로 우리 내외를 바라보았지. 문득 그 애가 열세 살 때 남의 집으로 가던 날도 그렇게 나를 보며 울던 일이 떠올랐다네. 그 생각을 하니 가슴이 미어져 눈물이 솟구쳤지. 그즈음 내 목이 축축이 젖어들었다네. 자전도 울고 있었던 거지. 그러나 이번에는 경우가 다르잖은가. 이번엔 펑샤가 결혼을 해서 출가하는 거란 생각이 들자 나는 다시 웃음을 지었다네. 그러고는 자전에게 말했지.

"자전, 오늘은 기쁜 날인데, 당신도 웃어야지."

얼시는 정말 사려 깊은 사람이었어. 수레를 끌고 가는 내내 고개를 돌려 자기 신부를 바라보았지. 펑샤가 우리 쪽으로 몸을 돌린 채 울고 있으니 마차를 멈추고는 그 자리에 서서 자기도 우리 쪽으로 돌아서더구먼. 펑샤는 울면 울수록 마음이 더 아팠던지 어깨까지 들썩였다네. 나는 아비 된 마음에 안타까워서 얼시에게 소리쳤지.

"얼시, 펑샤는 자네 사람인데 빨리 안 데려갈 텐가."


펑샤가 성안으로 시집을 가자 나와 자전은 넋이 나간 듯 무슨 일을 해도 심란하기 그지없었네. 펑샤가 집 안을 들락거릴 때는 전혀 느끼지 못했는데, 떠나고 나니 나와 자전 두 사람만 달랑 남았더라구. 우리 둘이 서로 이리 보고 저리 보고 하는 게, 수십 년을 같이 살았으면서도 아직 다 못 본 게 있는 사람들 같았다네.

그래도 나는 견디기가 좀 나은 편이었네. 밭에서 일을 하다 보면 평샤를 생각하는 마음이 조금은 가셨으니까. 하지만 자전은 못내 힘들어했어. 하루 종일 침대에 앉아 쉬고 있으니 말일세. 늘 눈앞에 있던 평샤가 안 보이는데 어미 심정이 안절부절 마음을 놓을 수 있었겠나? 전에는 종일 침대에 있어도 별 말이 없더니, 그즈음에는 정말 견디기 어려워했지. 허리도 시큰거리고 등도 아프고, 어떻게 해봐도 편치가 않은 모양이었어. 나도 그 기분을 알지. 온종일 자리에 누워 있는 게 밭에 나가 일하는 것보다 훨씬 피곤한 일이거든. 몸을 전혀 움직일 수 없으니까. 그래서 해 질 무렵이면 자전을 업고 마을로 나가 슬슬 걸어 다니곤 했지. 마을 사람들은 자전을 만나면 모두 친근한 말투로 이것저것 물어왔는데, 그러면 자전의 기분도 많이 좋아졌거든. 자전은 내 귀에 대고 이렇게 묻곤 했다네.

"사람들이 우리를 보고 웃지는 않을까요?"

"내 마누라 내가 업는데 뭐가 우스워?"

자전은 지난 일들을 얘기하기 시작했다네. 어딘가에서 평샤에 대한 얘기를 꺼내더니, 또 유칭이 살아 있을 때 얘기를 하면서 웃었지. 마을 어귀에 이르렀을 때는 내가 전쟁에 잡혀갔다가 돌아온 얘기를 하더군. 자전은 그날 밭에서 일을 하고 있었는데, 누군가 큰소리로 평샤와 유칭을 부르는 소리가 들려 고개를 들어보니 내가 보였다더라구. 처음에는 감히 확신할 수가 없었대. 자전은 거기까지 말하고

232

는 웃는 얼굴로 울음을 터뜨렸지. 눈물이 내 목을 타고 흘러 내렸다네. 그녀가 말했어.

"당신이 돌아온 다음 모든 게 다 좋아졌어요."

관습에 따르자면 평샤는 한 달 뒤에야 돌아올 수 있었고, 우리도 한 달이 지나야 평샤를 보러 갈 수 있었지. 그런데 평샤가 출가한 지 열흘도 안 돼서 돌아올 줄 누가 알았겠나. 그날 저녁 막 밥숟가락을 놓는데 누군가 밖에서 부르는 소리가 들렸다네.

"푸구이, 마을 어귀에 가보세요. 이 집 머리 삐딱한 사위가 오는 것 같아요."

나는 믿지 않았어. 마을 사람들 모두 나하고 자전이 평샤가 보고 싶어 미칠 지경이란 걸 알고 있었으니 우리를 놀리려는 줄 알았지. 그래서 난 자전한테 이렇게 말했다네.

"그럴 리가 없어, 겨우 열흘 정도밖에 안 됐잖소."

하지만 자전은 조바심을 내며 채근을 했어.

"그래도 빨리 가봐요."

마을 어귀로 달려가 보니 정말로 얼시가 왼쪽 어깨를 치켜들고 손에 과자를 든 채 걸어오고 있는 게 아니겠나. 평샤도 그 옆에 있었고 말이야. 두 사람은 손을 잡고 빙그레 웃으며 나란히 걸어왔지. 마을 사람들은 그 모습을 보더니 모두 웃어댔다네. 당시에는 남녀가 손잡고 다니는 모습은 좀처럼 보기 힘들었거든. 나는 사람들에게 이렇게 말했지.

"얼시는 성안 사람이잖은가. 성안 사람들은 서양식이지."

평샤와 얼시가 오니 자전은 신이 났지. 평샤가 자전의 침대 옆에 앉자 그 애 손을 계속 어루만지며 살이 올랐다고 하더군. 사실 열흘 만에 살이 올랐으면 얼마나 올랐겠나? 나는 얼시에게 말했지.

"자네들이 올 거란 생각은 미처 못 해서 아무것도 준비한 게 없구면."

얼시는 허허 웃으며 자기도 몰랐다고 하더군. 평샤가 잡아끄는 바람에 얼떨결에 따라왔다는 거야.

평샤가 시집간 지 열흘도 안 돼서 우릴 보러 왔으니, 우리도 관습 따위는 개의치 않고 사흘에 두 번은 성안으로 달려가곤 했다네. 자전이 가보라고 해서 그랬다고는 하지만, 사실 나도 그 애들을 자주 보러 가고 싶었어. 내가 성안으로 뛰어갈 때면 걸음이 어찌나 빨랐는지 젊었을 때나 마찬가지였다네. 다만 가는 곳이 달랐을 뿐이지.

평샤네 집에 갈 때면, 자유 경작지에서 푸성귀 몇 포기를 뜯어 바구니에 넣고 자전이 만들어준 새 헝겊 신발을 신고 갔다네, 푸성귀를 뜯다가 신발에 진흙이 묻으면 자전은 나를 불러 세워 진흙을 털어내라고 했지. 그 말에 나는 이렇게 답했다네.

"다 늙어서 신발에 진흙 묻는 걸 신경 쓰나?"

"그렇게 말하면 안 돼요. 사람은 늙어도 사람이잖아요. 자고로 사람은 깔끔해야 하는 법이라구요."

맞는 말이었지. 자전은 병 때문에 그렇게 오랫동안 침대에서 내려오지도 못하면서 하루도 빠짐없이 머리를 단정하게 빗었거든. 그래서 나는 옷을 말끔하게 차려입고 마을 어귀를 나서곤 했지. 사람들은 내가 푸성귀를 들고 있는 걸 보면 이렇게 물어왔다네.

"또 펑샤 보러 가는구먼?"

나는 고개를 끄덕였지.

"그래."

"그렇게 자주 가도 그 머리 비뚤어진 사위가 쫓아내지 않나 봐?"

"우리 얼시는 안 그런다네."

얼시의 이웃은 다들 펑샤를 좋아했지. 내가 가면 그들은 입에 침이 마르도록 펑샤를 칭찬했다네. 부지런하고 총명하다고 말일세. 집 앞을 쓸 때면 남의 집 대문 앞까지 다 쓸었는데, 그러다 보니 한번 쓸었다 하면 거리의 절반쯤은 혼자 다 쓸었다더군. 이웃집 사람들이 펑샤가 온통 땀에 젖은 걸 보고 쫓아가 툭툭 치며 그만 쓸라고 하면, 그제야 배시시 웃으며 집으로 돌아간다는 거야.

펑샤는 이전에 털옷 짜는 법을 배운 적이 없다네. 우리 집은 가난해서 아무도 털옷을 입어본 적이 없거든. 그런데 어느 날 이웃집 여자가 문 앞에 앉아 뜨개질 하는 걸 보더니, 손으로 이리 꿰고 저리 꽂는 게 맘에 들었던지 의자를 그 앞으로 가져가 눈이 빠지도록 쳐다봤다더군. 이웃 여인네들은 펑샤가 그렇게 좋아하는 걸 보고는 직접 뜨개질을 가르쳐줬다네. 그네들은 잠깐 가르쳐주고는 깜짝 놀라고 말았지. 펑샤가 한번 배우더니 금방 손에 익혀 사나흘 만에 털옷을 짜내는데, 그네들만큼 빨리 하더라는 거야. 그들이 나를 보더니 말했다네.

"펑샤가 농아만 아니라면 얼마나 좋겠어요."

그들은 진심으로 평샤를 가엾게 여겼지. 그 뒤로 평샤는 집안 일이 끝나면 곧장 문 앞에 앉아 그들을 대신해 털옷을 짰다네. 그 길에 사는 여자들 중에서 평샤가 털옷을 제일 꼼꼼하고 세밀하게 짠다고 손꼽힐 정도였지. 그렇다 보니 마을 여자들은 털실을 죄다 평샤에게 가져와 자기들 대신 옷을 짜달라고 했다네. 좀 피곤하기는 해도 평샤는 진심으로 기뻐했어. 털옷을 다 만들어 가져다주면 여자들은 평샤에게 엄지손가락을 세워 보였다지. 그러면 평샤는 종일 입을 헤벌린 채 웃었다고 하더군.

성안에 가면 이웃집 여자들이 기다렸다는 듯이 다가와 차례로 평샤를 칭찬했다네. 평샤는 이런 점도 좋고 저런 점도 좋다고 하면서 말이야. 들려오는 말이 하나같이 좋은 소리뿐이라 듣고 있노라면 눈시울이 붉어지곤 했지.

"성안 사람들은 정말 좋은 분들이군요. 우리 마을에서는 평샤가 어디가 좋다는 말은 듣기 어려웠는데."

사람들이 모두 평샤를 좋아하고, 얼시도 평샤를 아껴주는 걸 보니 속으로 얼마나 기뻤는지 모른다네. 그러다 집에 돌아오면 자전은 내가 너무 늦게 왔다고 푸념을 했지. 그도 그럴 것이 혼자 집에 앉아서 내가 돌아와 평샤의 새로운 이야기를 해주길 목을 빼고 기다리는데, 아무리 기다려도 오지 않으니 조바심이 나지 않을 수 있겠나. 내가 말했지.

"평샤를 보고 있으면 시간 가는 줄 모르겠다니까."

매번 집에 돌아오면 침대 옆에 앉아 한참을 이야기하곤 했다네.

평샤네 집 안팎의 일이며, 평샤가 어떤 빛깔의 옷을 입었고, 자전이 만들어준 신발은 해졌는지 안 해졌는지 등등을 말일세. 자전은 평샤에 대해서라면 모르는 게 없었지만 끊임없이 물어왔고, 나도 한없이 이야기를 했지. 그렇게 이야기하다 보면 입에 침이 다 마를 정도였다네. 그래도 자전은 나를 놓아주지 않고 또 물었지.

"뭐 잊어버린 건 없나요?"

그렇게 이야기하다 보면 어느새 날이 어둑어둑해졌지. 마을 사람들은 거의 다 잠자리에 들었는데 우리는 그때까지 저녁도 안 먹고 있는 일이 많았다네.

"내 가서 밥 좀 지어 오리다."

하지만 자전은 또 나를 잡아끌며 애원했다네.

"평샤 얘기 좀 다시 해주세요."

평샤 얘길 많이 하고 싶은 마음이야 나도 매한가지였어. 자전한테 얘기하는 것만으로는 성에 차지 않아, 밭에 나가 일을 하다 말고 마을 사람들을 붙잡고 평샤 얘길 늘어놓았다네. 평샤가 총명하고 바지런해서 성안에서 얼마나 잘 사는지, 또 사람들이 얼마나 예뻐하는지, 털옷은 어찌나 빨리 짜는지 따라올 사람이 없다는 얘기 등등을 말일세. 마을 사람 중 몇몇은 그런 말을 들으면 기분 나쁘다는 듯이 말했지.

"푸구이, 자네 어쩜 그렇게 멍청한가? 그건 성안 사람들 심보가 고약한 거라구. 하루 종일 다른 사람 일을 해주면 평샤가 피곤해 죽지 않고 배기겠냔 말이야."

"그렇게 말하면 안 되지."

"펑샤가 그 여자들 대신 털옷을 짜주면, 그 사람들이 뭐라도 보내는 게 도리일 텐데 그렇게 하던가?"

마을 사람들은 속이 좁아터져서 자기 잇속 차릴 생각만 하지. 성안 여자들은 그들이 말하는 것처럼 그렇게 몹쓸 사람들이 아니었네. 그들이 얼시에게 이렇게 얘기하는 걸 두 번이나 들었거든.

"얼시, 당신이 가서 털실 두 근만 사 오면 펑샤도 털옷을 해 입을 수 있어요."

얼시는 그 말을 듣고 웃기만 할 뿐 아무 대답도 하지 않았다네. 우리 사위는 건실하기 그지없는 사람이었어. 펑샤를 맞을 때 내 부탁을 들어주느라 돈을 많이 써서 빚을 졌거든. 얼시가 슬며시 다가와 나에게 조용히 말했지.

"아버님, 빚을 다 갚으면 곧바로 펑샤한테 털실 사줄게요."

성안에서는 문화대혁명이 날이 갈수록 거세졌다네. 거리엔 온통 대자보가 나붙었는데, 대자보를 붙이는 사람은 죄다 게을러터졌는지 새 걸 붙이면서 예전에 붙인 걸 뜯어내지 않으니, 담벼락이 주머니를 잔뜩 매달아놓은 것처럼 불룩해졌지 뭐가. 펑샤와 얼시네 집 대문에도 표어가 나붙었고, 집 안의 세숫대야에도 마오 주석, 그 노인장의 말이 새겨졌다네. 펑샤네 베갯잇에도 이런 말이 새겨져 있더군. "결코 계급투쟁을 잊어서는 안 된다." 그런가 하면 침대보에는 "폭풍과 격랑 속에서 전진한다"라는 문장이 새겨져 있었지. 얼시와 평샤는 매일 마오 주석의 말씀 위에서 잠을 잤던 거야.

　나는 성안에 갈 때면 사람들이 많은 곳은 일부러 피해 다녔다네. 성안에서는 매일 싸움이 벌어졌는데 누군가 얻어맞고 땅바닥에 뻗어 일어나지 못하는 걸 몇 번이나 목격했지. 어쩐지 언제부턴가 대장이 성안에서 열리는 회의에 가지 않더라니. 인민공사에서 수차례 사람을 보내 현에서 열리는 3급 간부회의에 참석하라고 통보했지만 대장은 아무 데도 가지 않았다네. 그러더니 우리한테 몰래 와서 말하더군.

　"성안에서는 매일같이 사람이 죽어가고 있어. 놀라서 까무러치는 줄 알았다구. 그러니 지금 회의에 가는 건 관에 들어가는 거나 다름없지."

　대장은 마을에 숨어서 어디에도 가지 않았다네. 하지만 편히 지내는 것도 단 몇 개월에 지나지 않았지. 그가 나가지 않으니까 누군가 그를 찾아왔거든. 그날 우리는 모두 밭에서 일을 하고 있었는데 멀리서 홍기가 나부끼는 게 눈에 들어오더라구. 성안의 홍위병 부대였지. 대장도 밭에 있었는데, 그들이 오는 걸 보더니 목을 움츠리고 겁먹은 목소리로 내게 묻더군.

　"나를 찾으러 온 건 아니겠지?"

　선두에 선 홍위병은 여자였는데, 우리 앞에 이르자 그 여자가 소리를 쳤다네.

　"이 마을에는 왜 표어도 없고 대자보도 없어? 대장은? 대장이 누구야?"

대장은 얼른 호미를 내던지고 달려 나가 머리를 조아리고 허리를 굽히며 말했다네.

"홍위병 장군 동지."

그 여자가 팔을 휘두르며 물었다네.

"왜 표어와 대자보가 없는 거요?"

"표어는 있습니다. 두 개가 있는데 저 집 뒤에 씌어 있지요."

그이는 많아봐야 열여섯이나 열일곱 정도밖에 안 돼 보였는데, 우리 대장 앞에서도 뭐 하나 거리끼는 게 없더구먼. 눈을 흘겨대는 게 꼭 대장을 깔보는 듯했다네. 그 여자가 페인트 통을 들고 있는 홍위병들에게 말했지.

"가서 표어 써."

몇몇 홍위병이 집들이 모여 있는 곳으로 뛰어가 표어를 썼다네. 그러고는 우두머리 격인 여자가 대장에게 말했지.

"마을 사람들을 다 집합시키시오."

대장이 주머니에서 호루라기를 꺼내 죽어라 불어대자, 밭에서 일하던 사람들이 서둘러 뛰어왔다네. 사람들이 거의 다 모인 뒤 그 여자가 소리를 치더군.

"당신들 마을의 지주는 누구요?"

그 말에 모두 나를 쳐다보는 게 아닌가. 그 순간 다리가 어찌나 후들거리던지. 다행히 대장이 말했다네.

"지주는 해방 초기에 총살당했습니다."

"부농은 없소?"

"하나 있었는데 지난해 죽었습니다."

그 여자는 대장을 한 번 쳐다보고는 우리 모두한테 고함을 쳤어.

"그럼 주자파(자본주의 노선을 걷는 실권파)는 있소?"

대장이 웃음 띤 얼굴로 말했지.

"이 조그만 동네에 어디 주자파가 있겠습니까?"

그 여자가 갑자기 손을 펴더니 대장의 콧잔등을 가리키며 물었어.

"당신은 뭐야?"

대장은 놀라서 연거푸 말했지.

"저는 대장입니다, 대장이요."

그 말에 그 여자가 냅다 소리를 칠 줄 누가 알았겠나.

"당신이 바로 자본주의 노선을 따르는 당권파요."

대장은 까무러칠 듯 놀라 연신 손을 내저으며 말했어.

"아닙니다, 아니에요. 나는 자본주의 노선을 따른 적이 없어요."

그녀는 대장을 본체만체하며 우리에게 소리쳤다네.

"그는 당신들한테 백색 통치(반혁명적인 통치)를 자행했고, 당신들을 기만했습니다. 여러분이 저항하고자 한다면 그의 개 같은 다리를 잘라버려야 합니다."

마을 사람들은 모두 멍하니 쳐다보기만 했다네. 평소에 대장은 아주 기백이 넘쳤지. 그가 하는 말이라면 우리는 뭐든지 다 따랐어. 대장의 말이 틀릴 수도 있다고 생각해본 사람은 아무도 없었다네. 그런데 성안에서 온 아이들한테 그렇게 허리도 못 펴고 굽실거릴 줄 누가 알았겠나. 대장은 연신 용서를 구했는데, 우리는 차마 입 밖에 내지 못할 말까지도 다 하더군. 그렇게 한참을 애걸하더니, 몸을 돌려 우리에게 소리쳤다네.

"다들 말 해봐요. 난 여러분을 기만하거나 억압한 적 없잖소."

우리는 대장을 쳐다보고, 또 홍위병들을 쳐다보다가 하나둘씩 말했지.

"대장은 우리를 기만하거나 억압하지 않았소. 그는 정말 좋은 사람이오."

그 여자가 미간을 잔뜩 찡그리며 말하더군.

"구제불능이군."

그러고는 몇몇 홍위병에게 손을 흔들더라구.

"끌고 가."

두 홍위병이 다가가 대장의 팔을 잡자, 대장이 목을 길게 펴고 고함을 쳤다네.

"난 안 가겠소. 여러분, 나 좀 구해줘요. 난 갈 수 없다구. 성안에 가는 건 관에 들어가는 거나 매한가지란 말이오."

대장은 또다시 소리를 쳤지만 아무 소용없었다네. 팔은 뒤로 꺾이고 몸은 구부러진 채 끌려갔지. 우리는 홍위병들이 살기등등하게 구호를 외치며 걸어가는 모습을 바라만 볼 뿐 누구도 나서서 막지 못했어. 그런 배짱을 가진 사람이 없었으니까.

대장이 그렇게 끌려간 뒤 모두 십중팔구는 좋지 않은 일이 일어날 거라 생각했지. 성안이 그렇게 시끄러우니, 설사 목숨을 건진다 해도 팔이 부러지든가 다리가 잘리든가 할 거라고. 뜻밖에 사흘도 안 돼서 대장이 돌아왔다네. 코는 시퍼렇고 눈은 퉁퉁 부어가지고 휘청대며 걸어왔는데, 밭에서 일하던 사람들이 얼른 달려 나가 맞았지.

"대장님."

대장은 눈꺼풀을 치켜들어 우리를 바라보더니 아무 말도 없이 곧장 자기 집으로 돌아가 내리 이틀을 잠만 잤다네. 사흘째 되던 날 호미를 들고 밭에 나왔기에 가서 보니 얼굴의 부은 기는 많이 가셨더라구. 사람들이 그를 둘러싸고 이것저것 물어보다가 몸이 아프지 않느냐고 하니까, 그가 고개를 저으며 말했다네.

"아픈 데는 없었는데 잠을 못 자게 하니 제기랄, 아픈 것보다 더 견디기 어렵더군."

대장은 그 말을 하다가 눈물을 흘렸다네.

"내 이번에 알아봤네. 평소에 나는 내 아들 돌보듯 당신들을 보호했는데, 내가 재수 없는 일을 당했을 때는 구해주는 사람 하나 없더군."

대장이 그렇게 말하자 모두 감히 그를 똑바로 보지 못했지. 대장은 그래도 운이 좋은 셈이었어. 성안으로 끌려가 사흘 동안 얻어터지는 걸로 끝났으니 말일세. 하지만 춘성은 성안에 살았으니 지독하게 당한 모양이야. 나는 춘성도 낭패를 당했다는 걸 내내 모르고 있었다네. 어느 날 성안으로 평샤를 보러 갔는데, 길에서 한 무리의 사람들이 여러 모양의 종이 모자를 쓰고 가슴에는 판때기를 건 채 끌려 다니는 걸 보았지. 처음에는 별로 신경을 안 썼어. 그러다 그들이 내 앞에 다가왔을 때 그만 기겁을 하고 말았네. 글쎄, 제일 앞에 가는 사람이 춘성이 아니겠나. 춘성은 고개를 숙이고 있어서 나를 보지 못했다네. 그런데 내 옆을 지나자마자 갑자기 고개를 들더니 소리를 지르더구먼.

"마오 주석 만세."

그러자 붉은 완장을 두른 사람들이 튀어나와 춘성을 때리고 발로 차며 욕을 해댔어.

"그게 네가 할 소리야? 썩을 놈의 주자파 주제에."

그들이 춘성을 바닥에 때려눕히는 바람에 춘성의 몸이 그 나무패 위에 나동그라졌지. 누군가 발로 춘성의 머리를 차니까 동굴을 발로 걷어찰 때 같은 소리가 나더니 몸 전체가 바닥에 그대로 고꾸라졌다네. 춘성은 그렇게 맞으면서도 신음소리 한 번 내지 않았어. 내 평생 사람을 그렇게 때리는 건 처음 봤다네. 바닥에 쓰러진 춘성은 마치 죽은 고깃덩어리처럼 그들이 마음대로 발길질을 하도록 내버려뒀지. 계속 그렇게 때리다가는 춘성이 죽을 것 같아서 나는 두 사람의 소매를 잡아끌며 말했다네.

"제발 때리지 말아요."

그들이 거세게 떠미는 바람에 나는 거의 땅바닥에 쓰러질 뻔했지. 그들이 말하더군.

"당신 뭐 하는 사람이야?"

"제발 때리지 말아요."

누군가 춘성을 가리키며 말했어.

"그가 누군지 알아? 옛날 현장이야, 주자파라구."

"난 그런 거 몰라요. 나는 그가 춘성이라는 것밖에 몰라요."

그들은 그런 얘기를 한 뒤로는 더 이상 춘성을 때리지 않더군. 대신 춘성에게 일어나라고 고함을 쳤지. 그렇게 몰매를 맞았는데 어떻게 일어날 수가 있겠나. 내가 가서 부축을 해주니 춘성이 나를 알아보더군.

"푸구이, 얼른 가세요."

그날 집에 돌아와 침대 옆에 앉아서 자전에게 춘성의 일을 말해주니 자전은 고개를 푹 숙이더구먼. 그래서 내가 한마디 했지.

"그때 당신이 춘성을 집에 못 들어오게 하는 게 아니었어."

자전은 아무 말도 하지 않았지만 나와 같은 심정이었을 거야.

한 달이 좀 넘어서 춘성이 몰래 우리 집에 왔다네. 한밤중이라 나와 자전은 이미 잠들어 있었는데, 누군가 문을 두드리는 소리에 잠이 깼지. 문을 열고 달빛에 의지해 바라보니 춘성이었어. 얼굴이 통통 부어 있었지.

"춘성, 어서 들어와."

춘성은 들어오지 않고 문 앞에 선 채로 물었어.

"아주머니는 좀 어떠세요?"

나는 자전에게 말했다네.

"자전, 춘성이 왔어."

자전은 침대에 앉아 아무 대답도 하지 않았다네. 춘성을 안으로 들이겠다고 해도 입을 열지 않았지. 그러니 춘성도 들어오지 못하고 그대로 밖에 서서 말했다네.

"푸구이, 잠깐만 나오세요."

나는 고개를 돌려 다시 자전에게 말했지.

"자전, 춘성이 왔어."

자전은 여전히 들은 체도 하지 않더군. 하는 수 없이 옷을 걸치고 밖으로 나왔다네. 춘성은 우리 집 앞에 있는 나무 밑으로 가더니 입을 열었지.

"푸구이, 작별인사를 하러 왔어요."

"어디로 가려고?"

그는 어금니를 꽉 물고는 결연하게 말했어.

"살기 싫어졌어요."

나는 깜짝 놀라 얼른 춘성의 팔을 부여잡으며 말했다네.

"춘성, 정신 똑바로 차리게. 자네한테는 부인과 아이가 있지 않은가."

그 말을 듣자 춘성은 울음을 터뜨렸지.

"푸구이, 저 매일같이 매달려서 얻어터지고 있어요."

춘성은 그렇게 말하며 손을 펴 보였다네.

"내 손을 만져보세요."

만져보니 손이 푹 익힌 것처럼 뜨거워 기겁을 했지.

"안 아픈가?"

그는 고개를 가로저었어.

"감각이 없어졌어요."

그의 어깨를 지그시 누르며 말했지.

"춘성, 먼저 앉게나."

나는 그를 타일렀다네.

"자네 절대로 정신 놓지 말게. 죽은 사람도 살아나려고 하는 판에 이렇게 멀쩡하게 살아 있는 사람이 죽을 수는 없네."

그러고는 다시 한마디 덧붙였지.

"목숨은 부모님이 주신 거야. 죽고 싶거든 먼저 그분들께 여쭤보게나."

춘성이 눈물을 훔치며 말하더군.

"우리 아버지, 어머니는 일찍 돌아가셨어요."

"그렇다면 더 잘 살아야지. 생각해보게나. 자네 천지사방을 다니며 수도 없이 전쟁을 치렀잖은가? 이렇게 살아남기가 어디 쉬운 일이었나?"

그날 나와 춘성은 많은 이야기를 나누었다네. 자전은 침대에 앉아 그 얘길 다 듣고 있었지. 동이 틀 무렵, 내 말이 좀 먹혔는지 춘성이 일어나서는 가겠다고 하더군. 그때 자전이 안에서 소리를 쳤다네.

"춘성."

우리 두 사람 다 잠시 멍하니 얼이 빠져 있었어. 자전이 또 한 번 부른 뒤에야 춘성은 대답을 했지. 우리가 대문까지 걸어갔을 때쯤 자전이 침대에서 말했어.

"춘성, 살아 있어야 해요."

춘성은 고개를 끄덕였고, 자전은 안에서 울면서 말했다네.

"우리한테 목숨 하나 빚졌으니까, 당신 목숨으로 갚으라구요."

춘성이 잠시 서 있다가 말했지.

"알겠습니다."

나는 춘성을 마을 어귀까지 배웅했다네. 춘성은 나를 멈춰 세우더니 그만 나오라고 했지. 마을 어귀에 서서 춘성이 가는 모습을 하염없이 바라보았어. 춘성은 하도 맞아서 다리를 절뚝거리더구먼. 고개를 푹 숙이고 가는 게 무척이나 힘들어 보였지. 나는 아무래도 안심이 안 돼서 또 소리를 쳤다네.

"춘성, 살아 있겠다고 약속하게."

춘성은 몇 걸음 걸어가다 돌아보며 말했어.

"약속할게요."

그러나 춘성은 그 후 나와 한 약속을 지키지 못했네. 한 달쯤 지나서 성안의 류 현장이 목을 매달아 죽었다는 소식을 들었거든. 사람 목숨이 아무리 질겨도, 일단 자기가 죽겠다고 마음먹으면 무슨 수를 써도 살 수가 없는 법이라네. 그 이야기를 전해줬더니 자전은 그 날 내내 괴로워하다가 밤이 되어 말했지.

"사실 유칭이 죽은 건 춘성 탓이 아니에요."

밭일이 바빠지자, 평샤를 보러 성안에 자주 갈 수 없게 됐지. 다행히 당시는 인민공사 시절이라 마을 사람들이 함께 일을 했으니 초조해할 필요는 없었어. 다만 자전이 여전히 침대에서 내려오지 못하니, 새벽부터 밤까지 밭일도 하면서 자전의 끼니까지 챙기느라 죽을 만큼 피곤하다는 게 문제라면 문제였지. 그땐 이미 나이가 들었지 않은가. 내가 스무 살 젊은이였다면 한숨 푹 자고 아무 일도 없었다는 듯 일어났겠지만, 그 나이가 되니까 피곤하다며 여러 번 잠을 자도 몸이 회복되지가 않더구먼. 일을 할 때 팔도 제대로 쳐들지 못했다네. 마을 사람들 틈에 끼어 매일 일하는 시늉만 했지. 그들도 내 어려운 점을 알고 있던 터라 아무도 뭐라 하지 않았어.

농번기 때는 펑샤가 며칠 동안 와 있으면서 나 대신 밥도 하고, 물도 끓이고, 자전의 시중도 들고 해서 한결 편안했지. 하지만 시집간 딸이야 쏟아낸 물이나 마찬가지 아닌가. 펑샤는 이미 얼시의 사람이니 우리 집에 오래 머물게 할 수는 없었지. 나와 자전은 아무래도 펑샤를 돌려보내는 게 낫겠다고 판단하고는 서둘러 쫓아 보냈다네. 내가 손으로 펑샤를 밀고 또 밀어 마을 어귀까지 데려가자, 마을 사람들이 그 모습을 보고는 히히거리며 웃었지. 나 같은 아버지는 처음 봤다는 거야. 그 소리에 나도 웃었지만 속으로는 마을의 어느 집 딸도 펑샤만큼 부모한테 잘하지는 못할 거라 생각했다네. 그래서 나도 한마디 했지.

"펑샤는 한 사람뿐인데, 그 애가 나와 자전을 돌보면 우리 머리 비뚤어진 사위는 누가 돌보겠나?"

펑샤는 쫓기듯 성안으로 돌아가서는 며칠 만에 다시 돌아왔다네. 이번에는 머리 비뚤어진 사위까지 함께 왔더군. 두 사람이 손을 잡고 오는 걸 나는 제법 먼 거리에서도 한눈에 알아봤지. 얼시의 비뚤어진 머리가 아니더라도, 손을 잡고 있는 것만 봐도 누군지 알 수 있었거든. 얼시는 황주를 한 병 들고 왔는데, 입을 헤 벌린 채 웃음을 그칠 줄 몰랐지. 펑샤는 손에 대소쿠리를 안은 채 얼시와 마찬가지로 웃고 있었고 말이야. 무슨 좋은 일이 있어 그렇게 신이 났나 싶더구면.

집에 이르자 얼시가 문을 잠그며 말했다네.

"아버지, 어머니, 펑샤가 아이를 가졌어요."

펑샤가 아이를 가졌다니. 우리 내외도 입을 쫙 벌리고 웃었지. 넷이 한참을 웃고 나서야 얼시는 손에 든 황주가 생각났던지 침대 옆으로 가서 작은 탁자에 그걸 올려놓았다네. 펑샤는 바구니에서 완두콩을 꺼냈고. 내가 말했지.

"다들 침대로 가자구. 침대로 가."

펑샤는 자전 곁에 앉았고, 나는 사발 네 개를 들고 얼시와 나란히 앉았다네. 얼시는 우선 나한테 술을 한 사발 가득 따라주고는 자전의 사발도 넘치도록 채웠지. 그러고는 펑샤한테도 따라주려 했는데 펑샤가 술병을 꼭 잡더니 연거푸 고개를 가로저었어. 얼시가 말했지.

"오늘은 당신도 마셔봐."

얼시의 말을 알아들은 듯 펑샤도 더 이상은 도리질을 하지 않았네. 우리는 곧 사발을 들어 올렸지. 펑샤는 한 입 마셔보더니 이마를 잔뜩 찡그리며 자전을 쳐다보더군. 자전도 마찬가지였지. 입을 꾹 다문 채 미소만 지었어. 나와 얼시는 단숨에 사발을 비웠다네. 술이 한 사발 들어가니 얼시의 눈에서 눈물이 흘러내리더군.

"아버님, 어머님, 저는 오늘 같은 날이 오리라고는 꿈에도 생각지 못했어요."

그 말에 자전도 눈시울을 적셨고, 그 모습을 보니 내 눈에서도 눈물이 주르륵 흘러내리더구먼.

"나도 생각지 못했네. 예전에는 가장 두려운 일이 우리 내외가 죽으면 펑샤는 어떻게 하나 하는 거였는데, 자네가 펑샤를 데려간 뒤로는 우리가 마음을 놓았다네. 거기에 아이까지 생겼다니 더 좋은 일이지. 펑샤도 이제 죽은 뒤에 거두어줄 사람이 생겼으니 말일세."

펑샤는 우리가 우는 걸 보더니 자기도 눈물을 글썽거렸다네. 자전이 울면서 말했지.

"유칭이 살아 있었다면 더 좋았을 텐데. 그 애는 펑샤가 키웠잖아요. 남매간의 의가 그렇게 좋을 수가 없었는데 오늘 같은 날을 보지 못하다니."

얼시는 더 구슬프게 울면서 말했어.

"우리 부모님이 살아 계셨다면 얼마나 좋았을까요. 우리 어머니는 돌아가실 때 내 손을 잡고 놓질 않으셨어요."

우리 넷은 울면 울수록 마음이 아팠다네. 그렇게 한바탕 울고 나서 얼시가 다시 싱긋 웃음을 지었지. 그러고는 완두콩을 가리키며 우리에게 말했어.

"아버님, 어머님, 콩 좀 드세요. 펑샤가 만든 거예요."

"먹지, 먹어. 자전, 당신도 좀 먹어보구려."

나와 자전은 서로 쳐다보며 웃었다네. 우리가 곧 외손자를 보게 되다니……. 그날 우리 네 사람은 울다가 웃었고, 또 웃다가 울었지. 얼시와 펑샤는 날이 어둑어둑해질 때가 돼서야 돌아갔다네.

평샤가 아이를 갖자 얼시는 그 애를 더 아껴줬다네. 여름이 되니 모기가 많아졌는데 그 애들 집엔 모기장이 없었어. 그래서 날이 저물면 얼시는 먼저 자기가 침대에 누워 모기들을 배불리 먹였지. 그 동안 평샤는 밖에서 시원하게 앉아 있으라 했고 말이야. 집 안의 모기들이 배가 불러 더 이상 물지 않게 되면, 그제야 제 처를 들어가 자게 했다네. 몇 번인가 평샤가 들어가 보기도 했지만 그때마다 얼시는 조바심을 내며 평샤를 밖으로 밀어냈다더군. 이런 이야기는 모두 얼시네 이웃집에서 들려준 거라네. 이웃집 여자들은 얼시한테 이렇게 말했대.

"가서 모기장을 사오지 그래요?"

그러나 얼시는 아무 말 없이 웃기만 했다더라구, 한참 지난 뒤에야 나한테 조심스럽게 말했지.

"아직 빚을 다 갚지 못해서 마음이 편치 않아요."

얼시는 모기한테 하도 뜯겨서 몸 여기저기가 붉은 반점 투성이였지. 나도 마음이 아파 말했다네.

"그러지 말게나."

"저 혼자 몸이야 모기한테 몇 번 물려도 그리 불편할 게 없지만, 평샤는 두 사람이잖아요."

평샤는 겨울에 아이를 낳았어. 그날 눈이 어찌나 많이 내렸던지 창밖으로 아무것도 보이지 않았지. 평샤는 분만실에 들어가서는 그날 밤 내내 나오지 않았다네. 밖에서 기다리던 나와 얼시는 점점 겁이 나서 의사가 나오기만 하면 쪼르르 달려가 묻곤 했지. 아직도 낳는 중이라고 하면 조금은 마음을 놓았다네. 날이 밝자 얼시가 말했어.

"아버님, 먼저 가서 주무세요."

나는 고개를 가로저으며 답했지.

"마음이 싱숭생숭해서 잠이 안 와."

그래도 얼시는 계속 권했다네.

"두 사람이 여기서 같이 이러고 있으면 안 돼요. 펑샤가 아이를 낳으면 누군가 수발해야 할 테니까요."

생각해보니 얼시 말이 맞는 것 같아 이렇게 말했지.

"얼시, 자네가 먼저 가서 자게나."

우리 두 사람은 그렇게 밀고 당기다가 결국 아무도 자러 가지 않았다네. 날이 훤히 밝았는데도 펑샤가 나오지 않자 우리는 다시 걱정이 되기 시작했지. 펑샤보다 늦게 들어간 사람들도 다 아이를 낳고 나왔거든. 나와 얼시는 앉지도 못하고 문에 붙어서 안에서 새어 나오는 소리에 귀를 기울였다네. 여자가 소리 지르는 걸 듣고서야 비로소 마음을 놓았지. 얼시가 말했네.

"펑샤가 고생이 많네요."

잠시 후 나는 그게 아니라는 생각이 들었어. 펑샤는 벙어리라 그렇게 소리를 지를 수 없지 않은가. 내 말에 얼시는 얼굴이 백짓장처럼 하얘지며 분만실 앞으로 달려가 필사적으로 소리쳤다네.

"펑샤! 펑샤!"

안에서 의사가 나와 얼시한테 고함을 쳤지.

"당신 뭐하는 거야? 어서 나가!"

얼시가 꺼이꺼이 울면서 말했다네.

"내 아내는 왜 안 나오는 거예요?"

그러자 곁에 있던 누군가가 말하더군.

"아이는 빨리 낳는 사람도 있고 더디게 낳는 사람도 있어요."

나는 얼시를 보고 얼시는 나를 바라보았지. 생각해보니 그럴 수도 있겠다 싶어 우리는 다시 앉아서 기다렸다네. 그래도 가슴은 여전히 퉁탕퉁탕 두방망이질을 쳤지. 조금 있으니 의사 하나가 나와 우리한테 묻더군.

"어른을 원해요? 아이를 원해요?"

이렇게 물으니 우리는 어안이 벙벙할 수밖에. 우리가 멍하니 있자 그녀가 다시 물었지.

"이봐요, 지금 당신들한테 묻고 있잖아요."

그 순간 얼시는 그녀 앞에 철퍼덕 꿇어앉아 울면서 소리쳤다네.

"의사 선생님, 펑샤를 살려주세요. 나는 펑샤가 있어야 해요."

얼시는 바닥에 주저앉아 꺼이꺼이 울었지. 나는 그를 부축해 일으키며 그렇게 하면 몸만 상하니 그러지 말라고 진정시켰다네.

"펑샤한테 별 일이 없다면 그걸로 됐네. 옛말에 '푸른 산이 있는 한 땔나무 걱정은 없다'고 했잖은가."

그러자 얼시가 오열하며 말했어.

"내 아이가 죽었어요."

나도 외손자가 없어졌다는 생각에 고개를 숙인 채 엉엉 울었지.

정오 무렵 안에서 의사가 나와 말했어.

"낳았어요. 아들이에요."

그 말에 얼시는 마음이 급해져 펄쩍 뛰며 소리쳤다네.

"난 아이를 원한다고 한 적 없소."

"산모도 무사해요."

펑샤도 무사하다니 순간 눈앞이 어질어질하더군. 나이가 있으니
몸이 어디 내 맘 같은가. 얼시는 너무나 기쁜 나머지 내 옆에 앉아 몸
을 부르르 떨더구먼. 너무 심하게 웃어젖히는 바람에 그랬던 거지.
나는 얼시에게 말했다네.

"이제 안심했으니 잠을 잘 수 있을 것 같네. 눈 좀 붙이고 와서 교
대함세."

내가 자리를 뜨자마자 펑샤한테 일이 생길 줄 누가 알았겠나. 내
가 일어난 지 몇 분도 안 돼서 의사들이 산소 호흡기를 들고 분만실
로 뛰어 들어갔다네. 펑샤는 아이를 낳고 나서 피를 너무 많이 쏟았
던 게야. 결국 날이 저물기도 전에 숨이 끊어졌지. 내 두 아이는 모두
그렇게 아이를 낳는 와중에 죽었다네. 유칭은 남의 아이 때문에 죽
었고, 펑샤는 자기 아이를 낳다가 그렇게 됐고.

그날은 눈이 유난히도 많이 내렸다네. 펑샤는 죽은 뒤 그 작은 병
실에 누워 있었지. 그런데 그 방을 보는 순간 도저히 못 들어가겠더
라구. 10여 년 전 유칭도 바로 그 방에서 죽었거든. 나는 눈 속에 우
두커니 서서 얼시가 병실 안에서 펑샤를 하염없이 부르는 소리를 듣
고 있었지. 가슴이 너무 아파 땅바닥에 그대로 주저앉고 말았다네.

눈꽃이 휘날려 병실 문이 뚜렷하게 보이지는 않았어. 얼시가 안에서 울다가 고함치다가 하는 소리만 들려올 뿐이었지. 나는 얼시를 불렀다네. 몇 번을 부른 뒤에야 얼시는 대답을 했지. 그러고는 문 쪽으로 나와서 나한테 말했어.

"나는 어른을 원했는데, 그들은 아이를 줬어요."

"집으로 돌아가세. 이 병원과 우리는 전생에 원수지간이었던 모양이네. 유청도 여기서 죽고, 평샤도 여기서 죽었으니. 얼시, 우리 집으로 돌아가세."

내 말에 얼시는 평샤를 들쳐 업었고, 그렇게 우리 셋은 집으로 돌아갔다네.

날은 이미 저물었고 거리는 온통 눈으로 뒤덮여 있었지. 사람은 그림자도 보이지 않았어. 서북풍이 휘휘 불어오자 눈발이 얼굴을 사납게 때리는데, 꼭 모래알 같더구먼. 얼시는 소리 없이 울다가, 얼마 정도 가더니 이렇게 말했네.

"아버님, 저 더 이상 못 가겠어요."

평샤를 나한테 넘기라고 했지만 얼시는 싫다며 고집을 피웠지. 그렇게 또 몇 걸음 가더니 그 자리에 주저앉고 말았다네.

"아버님, 저 허리가 너무 아파서 안 되겠어요."

울어서 그런 게지. 허리가 아플 정도로 울었으니. 집에 돌아와 얼시는 평샤를 침대에 눕히고, 자기는 침대 모서리에 앉아 평샤를 뚫어지게 쳐다보았지. 몸을 잔뜩 움츠린 채로 말이야. 그런 얼시는 물론 벽에 비친 얼시와 평샤의 그림자를 보는데 그 모습은 차마 눈 뜨

256

고 볼 수가 없더구먼. 검고 큼지막한 두 그림자가 하나는 눕고, 다른 하나는 꿇어앉은 채 꼼짝도 하지 않았어. 움직이는 거라고는 얼시의 눈물뿐이었다네. 나는 검고 커다란 눈물방울이 두 그림자 사이에서 미끄러지듯 흘러가는 모습을 봤지. 곧장 부엌으로 뛰어가 물을 좀 끓였다네. 얼시한테 그걸 마시고 몸을 좀 녹이라고 할 생각이었지. 그런데 물을 다 끓여 가져가니 불은 이미 꺼졌고, 얼시와 평샤는 잠들어 있더군.

그날 저녁 나는 얼시네 부엌에서 날이 밝을 때까지 그대로 앉아 있었다네. 바깥에서는 윙윙 바람 소리가 들려왔고, 한동안은 함박눈이 삭삭 소리를 내며 창문을 때렸지. 얼시와 평샤가 자는 방에서는 아무 소리도 나지 않았어. 문틈으로 새어 들어오는 찬바람에 무릎이 시리고, 또 아프기까지 했다네. 가슴속이 꽁꽁 얼어붙은 듯 마비된 느낌이었지. 내 아들과 딸이 그렇게 가버리다니. 그 지경이 되니까 울고 싶어도 눈물이 나지 않더구먼. 그러다 자전이 내가 돌아오기를 눈이 빠지게 기다리고 있을 텐데 하는 생각이 들었지. 집을 나설 때, 자전은 평샤가 아이를 낳으면 한시바삐 돌아와 아들인지 딸이지 알려달라고 신신당부를 했거든. 그런데 평샤가 죽어버렸으니 나더러 이 기막힌 노릇을 어떻게 전하라는 건가.

유칭이 죽었을 때 자전도 거의 같이 죽을 뻔했지. 이제 또 평샤를 앞세웠으니, 어미 된 심정에 어떻게 견딜 수 있겠나. 다음날 얼시는 평샤를 업고 나를 따라 우리 집으로 왔어. 그때까지도 눈이 계속 내려서 마치 평샤의 몸에 솜을 덮어놓은 것 같았다네. 집에 들어가 보니 자전이 침대에 앉아 정신없이 헝클어진 머리를 벽에 기대고 있더군. 자전은 이미 펑샤한테 무슨 일이 일어났다는 걸 짐작하고 있었던 게지. 내가 꼬박 이틀 밤낮을 집에 돌아오지 않았으니까. 그 모습을 보는 순간 눈물이 콸콸 쏟아져 내렸다네. 얼시는 오는 동안 이미 울음을 그쳤는데, 자전을 보더니 다시 엉엉 울기 시작했지.

"어머니, 어머니."

자전은 기대고 있던 벽에서 떨어지느라 머리를 움직이면서도, 눈만큼은 미동도 없이 얼시 등에 업힌 펑샤를 바라보았다네. 내가 얼시를 도와 펑샤를 침대에 눕히자 자전은 고개를 숙여 펑샤를 보았지. 두 눈이 굳어버린 듯 한곳에 고정되어 있으니 금방이라도 튀어나올 것 같더구먼. 나는 자전이 그런 모습을 보이리라고는 생각지도 못했는데, 글쎄 눈물 한 방울 안 흘리더라구. 그저 뚫어져라 쳐다보면서 펑샤의 얼굴과 머리를 어루만질 뿐이었어. 얼시는 울다가 주저앉아 머리를 침대에 기대고 있었지. 나는 한쪽에 서서 자전을 바라보고 있었는데, 그녀가 어떻게 나올지 도무지 모르겠더군. 그날 자전은 울지도 소리치지도 않고, 가끔씩 고개를 절레절레 흔들기만 했다네. 펑샤의 몸을 덮고 있던 눈이 서서히 녹아내리자 침대가 흠뻑 젖고 말았지.

펑샤와 유칭은 함께 묻혔다네. 펑샤를 묻던 날, 눈이 그치고 하늘에서 햇빛이 내리비쳤지. 하지만 서북풍은 더 거세게 불어왔어. 획획 하는 게 나뭇잎을 거의 뒤덮어버리는 소리 같았다네. 펑샤를 묻고 나와 얼시는 호미와 부삽을 안은 채 그 자리에 서 있었는데, 바람이 어찌나 심하게 불던지 하마터면 넘어질 뻔했다네. 온 천지에 쌓인 눈이 햇빛에 반사되어 아플 정도로 눈이 부셨지. 평샤의 무덤 위에만 눈이 없었어. 그 질퍽질퍽한 진흙을 바라보며 얼시도 나도 선뜻 발걸음을 떼지 못했지. 얼시가 무덤에 바로 옆에 있는 빈 땅을 보며 말했어.

"아버님, 제가 죽으면 여기에 묻어주세요."

나는 탄식을 하며 말했다네.

"이 땅은 나한테 주게나. 아무래도 내가 자네보다 먼저 죽지 않겠나."

평샤를 묻은 뒤 병원에서 아이를 데려왔지. 얼시는 아이를 안고 우리 집까지 10리도 넘는 길을 걸어와서는 아이를 침대에 눕혔다네. 아이는 눈을 뜰 때 눈썹을 찡그리고 두 눈동자를 또록또록 굴렸는데, 도무지 뭘 보고 있는지 알 수가 없더구먼. 그 모습에 나와 얼시는 함께 웃었지. 하지만 자전은 전혀 웃지 않았다네. 아이를 빤히 쳐다보며 손가락을 아이의 뺨에 올려놓을 뿐이었어. 그러고 있는 자전의 표정이 죽은 평샤를 바라보던 모습과 너무나 닮아서 나는 마음을 진정시킬 수가 없었다네. 자전의 모습에 난 정말 깜짝 놀랐어. 도대체 어떤 상태인지 알 수가 있어야지. 조금 있다가 얼시가 고개를 들었는데, 자전을 보자마자 곧장 웃음을 그치더군. 팔을 늘어뜨린 채 그 자리에 서서 어쩔 줄을 몰라 했지. 한참 뒤에야 얼시는 낮은 소리로 내게 말했네.

"아버님, 아이 이름 좀 지어주세요."

그때 자전이 입을 열더니 칼칼한 목소리로 말했지.

"이 아이는 태어나자마자 어미를 잃었으니, 쿠건(苦根)이라 부르죠."

펑샤가 죽은 지 세 달도 되기 전에 자전도 죽고 말았다네. 자전은 죽기 전에 종종 이런 말을 했지.

"푸구이, 유칭과 펑샤는 당신이 장례를 치러줬죠. 나도 당신 손에 묻힐 거라 생각하니 마음이 놓여요."

자전은 자기가 곧 죽을 거라는 걸 알았는데도 아주 편안해 보였어. 그때는 이미 앉아 있을 기력도 없어 눈을 감은 채 침대에 누워만 있었다네. 그래도 귀는 여전히 잘 들려서 내가 일을 마치고 돌아와 문을 열면, 눈을 번쩍 뜨고 입을 우물우물 움직였지. 나한테 뭔가를 말하는 거였어. 그 며칠간 자전은 유난히도 말을 하고 싶어 했다네. 침대에 앉아 얼굴을 바싹 갖다 대고 그 얘길 듣고 있으면, 소리가 하도 작아서 꼭 심장 박동을 듣는 것 같았지. 사람이란 말일세, 살아 있을 때 아무리 고생을 많이 해도 죽을 때가 되면 자기를 위로할 방법을 찾는 법이라네. 자전도 그때 그랬던 거지. 그녀는 나한테 몇 번이나 얘기했다네.

"내 한평생도 이제 다 끝나가네요. 당신이 나한테 이렇게 잘해주니, 나도 마음이 흡족해요. 나는 당신을 위해 두 아이를 낳았어요. 당신에 대한 보답인 셈이죠. 다음 생에서도 우리 같이 살아요."

다음 생에서도 내 아내가 되고 싶다는 말에, 눈물이 주르르 흘러내렸지. 그 눈물이 자기 얼굴에 떨어지자 자전은 눈을 두어 번 깜빡거리더니 미소를 지으며 말했어.

"펑샤와 유칭 둘 다 나보다 앞서 떠났으니 내 마음도 편안하네요. 더 이상 그 애들 때문에 마음 졸일 필요가 없으니까요. 어쨌든 나도 어미였고, 두 아이 모두 살아 있을 때 나한테 지극정성이었으니 사람이 그 정도 살았으면 만족할 줄 알아야죠."

그리고 나에게 말했다네.

"당신은 앞으로도 계속 잘 살아야 해요. 쿠건과 얼시가 있잖아요. 사실 얼시도 당신 아들이나 다름없고, 쿠건도 크면 유칭처럼 당신한테 잘할 거고 효도할 거예요."

자전은 한낮에 죽었다네. 일을 마치고 집에 돌아오니 그녀가 눈을 번쩍 뜨더군. 옆에 다가가도 말하는 소리가 들리지 않기에 곧장 부엌으로 가서 죽을 한 사발 끓였지. 죽을 들고 침대 앞에 가서 앉자, 눈을 감고 있던 자전이 갑자기 내 손을 꽉 잡더라구. 그 사람한테 아직도 그렇게 큰 힘이 남아 있을 줄은 몰랐지. 깜짝 놀라 슬며시 손을 빼내려 했지만 뺄 수가 없었어. 나는 얼른 죽을 의자에 놓고, 손을 빼서 자전의 이마를 짚어봤다네. 다행히 아직 따뜻해서 마음이 좀 놓였지. 자전은 잠이 든 것처럼 편안한 얼굴이었고, 고통스러운 기색도 전혀 없었어. 그런데 얼마 못 가서 나를 잡고 있던 손이 싸늘하게 식었다네. 팔을 만져보니 팔도 조금씩 식어갔고, 두 다리도 싸늘해졌지. 그렇게 온몸이 차가워지고, 오직 가슴의 한 부분에만 온기가 남았다네. 자전의 가슴에 손을 대는 순간, 거기 남아 있던 열기가 내 손가락 사이로 조금씩 빠져나가는 느낌이었어. 잠시 후 나를 움켜잡

왔던 손이 풀어지더니 내 팔 위로 널브러졌지.

"자전은 아주 편안하게 죽었어."

푸구이 노인은 그렇게 말했다. 그때는 오후도 다 지나갔을 무렵이라, 일하던 사람들이 하나둘씩 밭둑으로 올라오기 시작했다. 해는 서쪽 하늘에 걸려 더 이상 눈이 부실 만큼 빛나지 않고, 새빨간 원으로 변해 붉은 빛을 발하는 구름에 덧칠을 했다.

푸구이 노인은 미소를 지으며 나를 바라보았다. 서쪽으로 지는 햇빛이 그의 얼굴을 비춰 어느 때보다도 기운이 넘쳐 보였다. 그가 말했다.

"자전은 죽기도 잘 죽었다구. 아주 편안한 마음으로, 깨끗하게 말이야. 죽은 뒤에 아무런 시비도 남기지 않았지. 죽고 나서 사람들 입에 오르내리는 여자들하고는 차원이 달라."

내 맞은편에 앉은 이 노인은 이런 어조로 10여 년 전에 죽은 아내 이야기를 했다. 그 이야기를 듣고 있으니 마음속에서 뭐라 말할 수 없는 따뜻한 기운이 솟아올랐다. 마치 풀 한 포기가 바람에 흔들거리듯, 나는 평화로운 마음이 저 멀리서 꿈틀대는 걸 보았다.

사람들이 떠나간 들판은 막힘없이 널찍하게 펼쳐진 모습이었다. 그렇게 광활하고, 끝도 없이 펼쳐진 들판이 석양 속에서 물처럼 빛살을 출렁였다. 푸구이 노인이 두 손을 무릎에 놓은 채 눈을 가늘게 뜨고 나를 바라보는 게 아직 일어설 뜻이 없는 것 같았다. 나는 그의 이야기가 아직 끝나지 않았다는 걸 알고 있었다. 속으로 그가 일어서기 전에 아직 남은 이야기를 마저 하게 해야겠다고 생각했다. 그래서 이렇게 물었다.

"쿠건은 이제 많이 컸겠는데요."

그러자 푸구이 노인의 눈빛이 조금 이상해졌다. 그것이 슬픔이나 처량함인지, 아니면 기쁨이나 안도의 마음인지 도무지 알 수가 없었다. 그의 시선은 내 머리카락 위에서 떠돌다가 먼 곳을 향했다. 푸구이 노인이 말을 이어갔다.

"햇수로 따지자면 쿠건은 올해 열일곱 살이 되겠지."

# 5

자전이 죽은 뒤 내 곁에는 얼시와 쿠건만 남았지. 얼시가 돈을 주고 포대기를 맞추자 쿠건은 온종일 제 아비 등에 업혀 다녔다네. 그래서 얼시는 일을 할 때 더 힘이 들었지. 그는 운송 일을 했어. 화물을 가득 실은 수레를 끌면서 등에 쿠건까지 업고 헉헉거리는 모습이 금방이라도 숨이 넘어갈 것 같았다네. 거기다 보따리 하나를 더 맸는데 그 안에는 쿠건의 기저귀가 들어 있었지. 날이 음침해 기저귀를 말리지도 못하고 바꾸지도 못했을 때면, 하는 수 없이 수레 위에 대나무 세 개를 묶어 두 개는 곧추세우고 하나는 가로로 걸어서 그 위에 기저귀를 널었다네. 성안 사람들은 그 모습을 보고 얼시를 비웃었지만, 동료들은 그가 얼마나 고생스럽게 사는지 알고 있었으니 그런 사람들에게 욕을 퍼부어주곤 했지.

"거지같은 자식, 또 웃을래? 한 번만 더 웃으면 네 눈에서 눈물 나게 해줄 테니."

쿠건이 포대기 안에서 울면 얼시는 그 소리만 듣고도 배가 고픈지 오줌을 싼 건지 금방 알았다네. 그가 나한테 이렇게 일러줬지.

"우는 소리가 길면 배가 고픈 거구요, 짧으면 엉덩이 쪽이 불편한 거예요."

정말 그렇더군. 쿠건이 똥을 싸거나 쉬를 한 뒤 앙 하고 우는데 처음에는 꼭 웃는 것처럼 들렸다네. 그렇게 어린 아이가 다르게 울 줄 알았던 건 아마 제 아비를 생각하는 마음이었겠지. 자기가 뭘 원하는지를 제 아비가 단번에 알게 했으니, 얼시는 이렇게 했다가 저렇게 했다가 들볶일 필요가 없었다네.

쿠건이 배가 고파 울면 얼시는 수레를 내려놓은 뒤 아이한테 젖을 먹이고 있는 여자를 찾아 돈을 한 푼 쥐어주며 기어 들어가는 소리로 말했다네.

"우리 아이가 몇 입만 빨게 해주세요."

얼시는 다른 집 아빠들과 달리 자기 아이가 자라는 걸 다 지켜봤어. 등에 업은 쿠건이 조금 무거워지면 그만큼 또 자랐다는 걸 알았다네. 그러면 아비 마음에 신이 나서 나한테 알렸지.

"쿠건이 또 무거워졌어요."

성안에 그들을 만나러 가면 얼시는 땀에 흠뻑 젖은 채 수레를 끌며 길을 가고, 쿠건은 아비 등에서 작은 머리를 포대기 바깥으로 내밀고는 이리저리 흔들고 있었지. 그 모습이 너무 힘들어 보여 쿠건을 시골로 데려가겠다고 했더니 얼시는 곧바로 거절을 하더군.

"아버님, 저는 쿠건과 떨어져 있을 수 없어요."

다행히 쿠건은 아주 빨리 자랐다네. 쿠건이 걷기 시작하니 얼시도 좀 편해졌지. 짐을 부릴 때는 곁에서 놀게 했고, 운반차를 끌 때는 수레에 태웠어. 쿠건은 조금 더 자라니 내가 누군지 알아보기 시작하더군. 녀석은 얼시가 나를 아버지라고 부르는 소릴 듣고는 그걸 기억해뒀던 모양이야. 내가 성안으로 그들을 보러 가면, 수레에 타고 있던 쿠건이 나를 보자마자 카랑카랑한 목소리로 제 아비한테 고함을 쳤지.

"아빠, 아빠네 아빠 왔어."

녀석은 제 아비 등에 업혀 다니던 때부터 욕을 배웠지. 화가 나면 그 작은 입을 씩씩거리며 얼굴이 온통 빨개졌는데, 아무도 그 애가 무슨 말을 하는지 알 수 없었다네. 입에서 침이 튀어나오는 거나 볼 수 있었지. 오로지 제 아비만 그 뜻을 알아채고 나한테 알려주곤 했어.

"녀석은 지금 욕을 하고 있어요."

쿠건은 걸어 다닐 수도 있고, 몇 마디 말도 하게 된 뒤부터 하는 짓이 더 가관이었네. 다른 아이가 손에 장난감을 든 걸 봤다 하면, 히히 웃으며 있는 힘껏 손짓을 하며 말했지.

"이리 와봐! 어서! 이리 와보라니까!"

다른 아이가 그 앞으로 오면, 녀석은 손을 뻗어 그 아이 손에 있는 물건을 빼앗으려 했다네. 상대가 주지 않으면, 곧바로 불쾌한 얼굴을 하고는 잔뜩 화를 내며 그 아이를 쫓아버렸지.

"저리 가! 가! 가라구!"

평샤가 죽은 뒤에 얼시는 기운을 회복하지 못했어. 원래도 말이 많지 않은 사람인 데다 평샤가 죽고 나니 더욱 말수가 적어졌지. 다른 사람이 뭐라고 말하면 그저 "음" 소리 한 번 하면 그뿐이었고, 나를 만나야 그나마 몇 마디라도 했다네. 쿠건은 우리 두 사람의 생명 줄이었지. 녀석은 자랄수록 평샤를 닮아갔는데, 그럴수록 우리 가슴도 미어졌다네. 얼시는 가끔 아들을 보며 눈물을 흘리기까지 해서 내가 장인된 도리로 몇 마디 해줬지.

"평샤가 죽은 지도 꽤 되었으니, 잊을 수 있으면 잊어버리게나."

그때 쿠건은 세 살이었는데, 의자에 앉아 두 다리를 흔들며 우리가 하는 말을 열심히 듣더구먼. 눈을 동그랗게 뜨고 말일세. 얼시는 고개를 옆으로 기울이고는 뭔가 생각하는 듯하더니 잠시 후에 그러더군.

"저한테는 오직 평샤를 그리워하는 복만 있을 뿐이에요."

그런 다음 내가 마을로 돌아가려니까 얼시도 일을 하러 간다기에 우리는 함께 밖으로 나왔지. 밖으로 나오자 얼시는 담벼락에 딱 붙어서 걸어가더라구. 고개를 옆으로 기울인 채 나는 듯이 빨리 걷는데, 마치 다른 사람이 그를 알아볼까 두려워하는 것 같았다네. 쿠건은 그의 손에 이끌려 여기저기 부딪히며 걸어가느라 몸이 다 기울어질 정도였지. 나도 뭐라 말할 수가 없었다네. 평샤가 죽고 없어 그렇게 된 거니 말일세. 이웃 하나가 그 모습을 보더니 얼시에게 소리를 질렀어.

"좀 천천히 가요. 아들 녀석 고꾸라지겠네."

얼시는 그 소리를 듣고도 여전히 나는 듯 걸음을 재촉했지. 쿠건은 제 아비에게 끌려가느라 몸이 기우뚱거리는데도 눈만은 또록또록 굴리더구먼. 길모퉁이에 이르러 내가 얼시에게 말했다네.

"얼시, 나 돌아가려네."

그제야 얼시는 바삐 가던 걸음을 멈추고 어깨를 들어 올리며 나를 보았지. 나는 쿠건에게 말했네.

"쿠건, 할아버지 간다."

쿠건은 나에게 손을 흔들며 카랑카랑한 목소리로 말하더군.

"잘 가."

나는 틈만 나면 곧장 성안으로 가곤 했다네. 집 안에 가만히 있지를 못했지. 쿠건과 얼시가 성안에 있으니 성안이 꼭 내 집인 것 같고, 마을로 돌아오면 쓸쓸하니 마음이 편치 않았어. 몇 번인가 쿠건을 시골집에 데려갔는데, 녀석은 아무 생각도 없이 신이 나서 온 마을을 뛰어다녔다네. 나더러 나무 위의 참새를 잡아달라고 하기에, 내가 그걸 어떻게 잡느냐고 했더니 녀석은 손으로 위를 가리키며 쫑알거렸어.

"위로 기어 올라가."

"그러다 떨어져 죽을지도 몰라. 넌 할아버지 목숨은 필요 없니?"

"네 목숨은 필요 없어. 참새가 필요하지."

쿠건은 우리 마을에서도 저 하고 싶은 대로 하며 잘 지냈지만 제 아비가 힘들어했다네. 하루라도 아들을 보지 않으면 견딜 수가 없었던 모양이야. 매일 일을 끝내고 나면 피곤해서 기력이 하나도 없을 텐데, 쿠건을 보러 10리도 넘는 길을 달려왔다네. 그러고는 다음날 아침 일찍 일어나 다시 성안으로 가서 일을 했지. 계속 그런 식으로 하는 건 좋은 방법이 아닌 것 같아, 그 뒤로는 날이 어둡기 전에 쿠건을 돌려보냈다네. 자전이 죽고 난 뒤부터는 나도 걱정할 일이 없어졌으니, 내가 성안에 가면 얼시가 이렇게 말하곤 했어.

"아버님, 여기서 지내세요."

그래서 나는 성안에서 며칠씩 묵었다네. 얼시는 내가 그렇게 계속 같이 살기를 원했어. 한 집에 삼대가 같이 사는 게 이대만 사는 것보다야 아무래도 낫다면서 말이야. 하지만 얼시한테 나를 부양하라고 할 수는 없는 노릇이었네. 나는 손발이 아직 쓸 만해서 돈벌이를 할 수 있었으니까. 나와 얼시 두 사람이 함께 벌면 앞으로 쿠건이 살기에도 훨씬 낫지 않겠나.

그렇게 마을과 성안을 오가던 생활은 쿠건이 네 살 되던 해까지만 계속되었다네. 그해에 얼시가 죽고 말았거든. 얼시는 두 개의 시멘트 판 사이에 끼어 죽었어. 운송 일을 하다 보면 조금만 방심해도 부딪히고 다치기 일쑤였지. 그러나 목숨을 잃은 건 얼시뿐이었네. 우리 쉬씨 집안 사람들은 다 그렇게 명이 고달픈 모양이야. 그날 얼시와 동료 몇 사람이 수레에 시멘트 판을 실은 다음, 얼시는 시멘트 판 하나 앞에 서 있고 기중기가 시멘트 판 네 개를 들어 올리고 있었다네. 그런데 무슨 실수가 있었는지, 올라가던 시멘트 판이 얼씨가 있는 쪽으로 덮쳐온 거야. 얼시가 그 안에 있는 걸 아무도 보지 못한 게지. 그가 돌연 큰 소리를 내지르는 것만 들었을 뿐이라네.

"쿠건!"

얼시의 동료들은 얼시가 내지른 소리에 깜짝 놀라서 그 자리에 얼어붙고 말았다더군. 그 사람이 그렇게 큰 소리를 낼 수 있을 줄은 몰랐다는 거야. 소리 지르다 가슴이 터져버리는 건 아닌가 싶었다더라구. 그들이 얼시를 발견했을 때 우리 머리 비뚤어진 사위는 이미 숨이 끊어진 뒤였지. 몸이 시멘트 판에 착 달라붙어서 다리와 머리를 빼고는 온몸이 납작하게 눌려버렸대. 온전한 뼈 하나 찾을 수 없었고, 피와 살이 풀처럼 시멘트 판에 덕지덕지 붙어 있었다는군. 동료들이 해주는 말이 얼시가 죽는 순간에 목을 갑자기 곧게 폈는지 입을 아주 크게 벌리고 있었다네. 자기 아들을 애타게 부르고 있었던 게지.

그때 쿠건은 근처 연못가에서 물속에 돌을 던지고 있었는데, 제 아비가 죽기 전에 자기를 목 놓아 부르는 소리를 듣고는 고개를 돌려 외쳤다네.

"왜 불러?"

쿠건은 기다려도 아비가 더 이상 부르지 않자, 곧 다시 돌을 던지고 놀았다더군. 얼시를 병원으로 실어가 죽은 걸 확인한 뒤에야 누군가 쿠건을 불렀지.

"쿠건, 쿠건, 네 아빠가 죽었단다."

쿠건은 죽는다는 게 대체 뭔지도 모르면서 고개를 돌려 대답했다는군.

"알아."

그러고는 더 이상 신경 쓰지 않고 계속해서 물속에 돌을 던지더라는 거야. 그때 나는 밭에 있었는데 얼시와 함께 일하던 사람이 뛰어와 소식을 전해주었지.

"얼시가 죽어가요. 병원에 있으니 빨리 가보세요."

얼시가 사고로 병원에 실려갔다는 말을 듣는 순간, 나는 그 자리에 그대로 서서 울며불며 그 사람에게 소리쳤다네.

"빨리 얼시를 들쳐 업고 나오게. 절대로 병원에 데려가선 안 돼."

그 사람은 멍하니 나를 쳐다보더군. 내가 미쳤다고 생각한 모양이야. 내가 말했지.

"얼시는 그 병원에 들어가면, 목숨 보전하기 힘들단 말이야."

유칭, 펑샤가 둘 다 그 병원에서 죽었는데, 사위마저 거기서 죽으리라고 상상이나 했겠나. 생각해보게. 내 평생 그 작은 방에 죽어 누운 사람을 셋 봤는데 그게 다 내 가족이었다네. 나는 이미 늙어서 그런 기막힌 지경을 더 이상 견딜 수가 없었어. 얼시를 데리러 갔을 때, 그 병실을 보는 순간 그대로 바닥에 쓰러져버렸지. 나는 얼시와 마찬가지로 그 병원으로 실려 갔다네.

사위가 죽은 뒤 쿠건을 마을로 데려와 함께 살았지. 성안을 떠나오던 날, 나는 얼시 집안의 가재도구를 거의 이웃집에 주고 쓸모 있는 것만 몇 가지 골라 가지고 나왔다네. 내가 쿠건을 데려갈 때는 날이 저물 무렵이었는데, 이웃집 사람들이 모두 나와 배웅을 해주더군. 그들은 길 어귀까지 따라 나오며 말했지.

"앞으로도 자주 다니러 오세요."

몇몇 여자들은 울기까지 하더군. 그네들은 쿠건을 쓰다듬어주며 말했어.

"이 아이는 어쩜 이렇게 명이 고될까."

쿠건은 그들이 자기 얼굴에 눈물을 떨어뜨리는 게 싫었던지, 내 손을 잡아당기며 계속 보챘다네.

"가자. 빨리 가자."

그날은 날씨가 몹시 차가웠어. 쿠건의 손을 잡고 길을 가는데, 찬 바람이 쌩쌩 불어 목덜미로 파고들었지. 한 걸음, 또 한 걸음 내딛을 수록 마음은 점점 얼어붙어 갔다네. 예전에는 시끌벅적했던 집안이 이제 늙은이 하나, 어린애 하나만 남았다고 생각하니 가슴이 쓰려 탄식조차 나오지 않더군. 그래도 쿠건을 보면 마음에 좀 위안이 되었지. 예전엔 이 아이가 없었는데, 녀석이 생긴 뒤부터는 뭐든 다 나아졌다네. 제사도 이어갈 수 있게 되었고 말이야. 그러니 이후로도 잘 살아가야 했지.

국수집이 있는 곳에 이르자 쿠건이 갑자기 낭랑하게 소리를 쳤다네.

"나 국수 안 먹어."

나 혼자 생각에 빠져 그 말에 별로 마음 쓰지 않고 문을 지나치는데, 녀석이 또 한 차례 고함을 치더구면.

"나 국수 안 먹어."

그러고는 내 손을 꽉 잡고 발걸음을 떼지 않는 거야. 그제야 녀석이 국수를 먹고 싶어 한다는 걸 알아챘다네. 아비도 어미도 없는 녀석이 국수가 먹고 싶다면 한 그릇 사 먹이는 게 당연한 노릇이겠지. 그 애를 데리고 국수집에 들어가 9편을 내고 소면 한 그릇을 시켜줬 다네. 그러고는 녀석이 후루룩후루룩 먹는 모습을 지켜보았지. 머리 가 다 젖을 정도로 땀을 뻴뻴 흘리며 먹더구먼. 다 먹고 나서는 혀끝 으로 입술을 핥으며 말했어.

"내일 또 와서 먹어도 돼?"

나는 고개를 끄덕이며 대답했지.

"그럼."

얼마 가지 않아서 과자가게 앞에 이르자 쿠건이 또 나를 잡아당겼 다네. 녀석은 머리를 쳐들고는 아주 진지하게 말했지.

"원래 나는 사탕을 먹고 싶었는데, 국수를 먹었으니 사탕은 안 먹 을 거야."

녀석은 이번에는 다른 방법으로 내가 자기한테 사탕을 사주게 하 려는 거였지. 주머니를 뒤져 처음에는 2편을 집었다가, 잠시 생각해 본 뒤 5편을 꺼내 쿠건에게 사탕 다섯 알을 사줬다네.

쿠건은 집에 도착하자 다리가 너무 아프다며 칭얼대더군. 그렇게 먼 길을 걸어왔으니 힘이 들만도 하지. 나는 녀석을 침대에 눕히고 는 더운 물을 끓이러 갔다네. 다리 찜질을 해줄 생각이었거든. 하지 만 물을 다 끓이고 보니 쿠건은 벌써 잠이 들었더군. 녀석은 두 다리 를 벽에 올린 채 쌕쌕거리며 자고 있었어. 그 모습을 보며 혼자 웃 었지. 다리가 아플 때 벽에 올리고 있으면 편안해지잖나. 그렇게 어 린애도 자기를 돌볼 줄 알았던 거라네. 하지만 곧 가슴이 미어지더구면. 녀석은 더 이상 제 아비를 볼 수 없다는 걸 아직 모르고 있으니…….

그날 저녁 나도 잠을 자는데 계속 가슴이 답답해 미치겠더라구. 눈을 떠보니 쿠건의 작은 엉덩이가 내 가슴을 짓누르고 있었어. 그래서 녀석의 엉덩이를 옆으로 옮겨놓았지. 조금 있다가 다시 막 잠이 들려고 하는데, 녀석의 엉덩이가 또 조금씩 내 가슴 쪽으로 옮겨오는 게 아니겠나. 손을 뻗어 더듬어보니 침대에 오줌을 쌌더라구. 아래쪽이 축축하게 젖어 있었어. 어쩐지 녀석이 자꾸 제 엉덩이를 내 가슴에 올려놓더니만……. 난 속으로 '그래, 그냥 누르고 자라' 하고 말았지.

다음날 쿠건은 제 아빠 생각이 났나 보더군. 나는 밭에서 일을 하고, 녀석은 밭둑에 앉아 놀고 있었는데 한참을 놀다가 갑자기 이렇게 묻는 거야.

"할아버지가 나를 데려다줄 거야? 아니면 아빠가 와서 나를 데려갈 거야?"

마을 사람들은 녀석의 그런 모습을 보고 모두 고개를 저으며 가엾게 여겼지. 누군가 녀석에게 말했다네.

"너 이제 못 돌아가."

녀석은 고개를 가로저으며 진지하게 말했어.

"돌아갈 거야."

쿠건은 저녁이 됐는데도 제 아비가 오지 않자 조바심이 났는지 작은 입술을 달싹거리며 뭐라고 중얼거렸는데, 말이 너무 빨라 한마디도 알아듣지 못했다네. 욕을 하나 보다 싶었지. 결국 녀석이 머리를 쳐들더니 그러더군.

"됐어. 데리러 오지 않으면 않는 거지 뭐. 나는 어린아이라 길을 잘 모르니까 할아버지가 데려다 줘."

"네 아빠는 너를 데리러 올 수 없어. 할아비도 너를 데려다줄 수 없고. 네 아빠는 죽었단다."

"아빠가 죽은 건 나도 알아. 날이 깜깜해졌는데도 나를 데리러 오지 않잖아."

나는 그날 저녁 이불 속에 누워서 녀석에게 죽는다는 게 어떤 건지를 말해줬다네. 사람이 죽으면 땅에 묻히기 때문에 살아 있는 사람은 더 이상 그를 볼 수 없다고 설명해줬지. 녀석은 처음에는 무서워서 덜덜 떨더니, 조금 뒤에는 더 이상 제 아비를 볼 수 없다는 생각에 엉엉 울었다네. 쿠건의 작은 뺨이 내 목에 닿으니 뜨거운 눈물이 가슴으로 흘러내렸지. 녀석은 그렇게 울다 지쳐 잠이 들었다네.

이틀 후에 난 쿠건에게 얼시의 무덤을 보여줘야겠다고 마음먹고는 녀석을 마을 서쪽으로 데려갔어. 거기 가서 어느 무덤이 외할머니 것이고, 또 어느 무덤이 엄마 것이며, 삼촌 무덤은 어느 것인지 하나하나 일러주었다네. 내가 얼시의 무덤을 알려주기도 전에, 쿠건은 손을 뻗어 제 아비 무덤을 가리키며 울더군.

"이게 우리 아빠 무덤이지."

나와 쿠건이 함께 산 지 반년이 흘렀을 즈음, 마을의 생산 책임이 집집마다 떨어졌지. 갈수록 살기가 어려워졌다네. 우리 집은 한 묘

반의 땅을 배분받았는데, 나는 예전처럼 마을 사람들과 섞여 일할 수가 없어서 지치면 슬그머니 게으름을 피웠지. 들판의 일이 끊임없이 나를 불러댔지만, 나는 하러 가지 않았고 누구도 나를 대신해줄 수 없었다네.

나이가 들면 뭐든 수월치가 않은 법이야. 허리는 날이면 날마다 시큰거리고, 눈도 잘 안 보이지. 전에는 채소 한 짐을 지고 성안에 갈 때면 단숨에 갈 수 있었는데, 이제는 가다가 쉬고 쉬다가 가고 해야 했어. 그러니 동트기 두 시간 전에 집을 나서지 않으면 채소를 다 팔 수가 없었다네. 둔한 새가 먼저 날아야 한다는 건 바로 이럴 때 하는 말이지. 이렇다 보니 쿠건이 고생이었어. 한창 달콤하게 잘 시간에 할아비한테 끌려나와 두 손으로 뒤쪽의 광주리를 붙들고, 눈을 반쯤은 감은 채로 성안으로 가야 했으니까. 쿠건은 착한 아이였다네. 잠에서 완전히 깨어난 뒤, 내가 짐이 너무 무거워서 잠깐씩 쉬었다 가는 걸 보고는 두 광주리에서 채소 한 단씩을 꺼내 자기 가슴에 안았지. 그러고는 내 앞에서 걸어가면서 시시때때로 고개를 돌려 묻곤 했다네.

"이제 좀 가벼워?"

나는 속으로 기뻐하며 말했지.

"많이 가벼워졌구나."

쿠건은 겨우 다섯 살이었지만 이미 나의 조수 노릇을 톡톡히 하고 있었지. 내가 어딜 가든 녀석은 따라와 함께 일을 했고, 심지어 벼도 벨 줄 알았다네. 그래서 성안에 있는 대장장이를 찾아가 돈을 주고 작은 낫을 만들어달라고 했지. 그날 녀석은 얼마나 신바람이 났던지 ……. 평소 그 애를 데리고 성안에 가서 얼시네 집이 있던 골목을 지나칠 때면, 녀석은 후다닥 안으로 들어가 제 친구들을 찾아 놀곤 했다네. 아무리 불러도 콧방귀도 뀌지 않았지. 하지만 그날은 낫을 만들어주겠다고 하자, 내 옷을 꼭 잡고는 놓지를 않더라구. 그러고는 나랑 같이 대장간 앞에서 한참을 서 있다가 어떤 사람이 들어오자 낫을 가리키며 말하더군.

"이건 쿠건 낫이다."

친구들이 놀자고 찾아와도 고개를 저으며 우쭐대듯 말했다네.

"나 지금 너희랑 이야기할 시간 없어."

낫이 완성되자 쿠건은 그걸 잘 때도 안고 자겠다고 하지 않겠나. 그래서 안 된다고 했더니 그럼 침대 밑에 두겠다고 하더구먼. 그 다음부터는 새벽에 눈을 뜨자마자 제일 먼저 하는 일이 침대 밑의 낫을 만져보는 거였다네. 나는 쿠건에게 낫은 쓰면 쓸수록 빨리 다룰 수 있게 되고, 사람은 부지런하면 할수록 힘이 세진다고 일러주었지. 그랬더니 녀석은 눈을 깜빡거리며 한참 동안 나를 쳐다보다가 불현듯 이렇게 말하더군.

"그럼 낫을 빨리 다룰수록 내 힘도 세지겠네."

어쨌거나 쿠건은 아직 어린아이라 벼를 베는 속도가 나보다 느린 게 당연했지. 그 애는 내가 더 빨리 베는 걸 보면, 금방 심사가 틀어져 나한테 소리를 질렀다네.

"푸구이, 너 좀 천천히 해."

마을 사람들이 나를 푸구이라고 부르니까 녀석도 따라서 그렇게 불렀던 거지. 물론 외할아버지라고 부르기도 했고 말이야. 나는 내가 베어놓은 벼를 가리키며 말했지.

"이건 쿠건이 벤 거야."

그러면 녀석은 신이 나서 헤헤거리며 자기가 벤 벼를 가리키며 말했어.

"이건 푸구이가 벤 거야."

쿠건은 나이가 어려서 빨리 지쳤지. 그래서 때때로 밭둑에 누워 한숨 자고 와서는 내게 말했다네.

"푸구이, 내 낫은 너무 느려."

자기가 힘이 없다는 말을 그렇게 했던 거야. 녀석은 밭둑에 잠시 누웠다가 다시 일어나 기운을 차리고는 내가 벼를 베는 걸 보고 시도 때도 없이 소리쳤지.

"푸구이, 벼 이삭 밟지 마."

이웃 밭에서 일하던 사람들이 그걸 보고는 모두 웃었다네. 심지어 대장도 웃었지. 대장도 나처럼 늙었지만 그때껏 대장을 하고 있었어. 그 집은 식구가 많아 다섯 묘를 분배받았는데, 우리 땅과 바로 옆에 붙어 있었지. 대장이 말했다네.

"꼬마 녀석이 정말 기막히게 말을 잘하네."

"펑샤가 말을 못 해서 진 빚이죠."

그런 나날들은 고되기도 했고 힘들기도 했지만, 마음은 더할 나위 없이 즐거웠다네. 쿠건이 있으니 살아갈 힘이 생겼지. 녀석이 하루가 다르게 쑥쑥 커가는 걸 보고 있노라면, 외할아버지인 내 마음도 그만큼 놓였다네. 저녁이 되면 우리 두 사람은 문간에 앉아 해가 뉘엿뉘엿 지면서 들판을 온통 붉게 물들이는 모습을 바라보곤 했어. 또 마을 사람들이 왁자하게 떠드는 소리를 듣기도 했고. 그럴 때면 집에서 기르는 암탉 두 마리가 우리 앞을 오락가락했다네. 쿠건과 나는 아주 친해서 함께 앉아 시간 가는 줄 모르고 이야기를 나눴지. 암탉 두 마리를 보니 아버지가 살아 계실 때 해주신 말씀이 떠올라, 쿠건에게 몇 번씩이나 들려줬다네.

"이 닭들이 자라면 거위가 되고, 거위는 자라서 양이 되고, 양은 또 소가 된단다. 우리는 그렇게 점점 부자가 되는 거지."

녀석은 그 말에 깔깔 웃어대더니, 그 몇 마디를 완전히 외워서는 닭장에서 달걀을 꺼내올 때마다 노래처럼 흥얼거렸어.

달걀이 많아지면 우리는 그걸 성안으로 가져가 팔았지. 나는 쿠건에게 이렇게 일렀다네.

"돈이 충분히 모이면 우리는 소를 살 거야. 그러면 너는 소를 타고 놀 수 있단다."

녀석은 그 말을 듣자마자 눈동자를 반짝거리며 말했지.

"닭이 소로 변하는 거네."

그날부터 쿠건은 소를 살 날을 손꼽아 기다리며 매일 새벽 눈을 뜨자마자 묻곤 했어.

"푸구이, 오늘 소 살 거야?"

때때로 성안에서 달걀을 팔고 나면 쿠건이 측은하다는 생각이 들어 사탕 몇 알을 사주려 했는데, 글쎄 녀석은 이렇게 말하더라구.

"한 알만 사면 돼, 우리는 소를 사야 하니까."

눈 깜짝할 새 쿠건은 일곱 살이 되었고 힘도 아주 세졌어. 그해 목화를 딸 무렵, 마을 방송에서 이튿날 큰 비가 올 거라고 알려주는데 정말 애가 탔다네. 한 묘 반이나 심은 목화가 이미 익을 대로 다 익었으니, 비가 많이 내리면 끝장이지 않겠나. 그래서 날이 밝자마자 쿠건을 목화밭으로 끌고 가 그날 목화를 다 따야 한다고 말했지. 그랬더니 녀석이 나를 올려다보며 그러더라구.

"푸구이, 나 어지러워."

"빨리 따. 다 따고 나서 놀아."

쿠건은 할 수 없다는 듯 목화를 따기 시작했는데, 한참 따다가는 밭둑 위로 달려가 벌렁 누워버리는 거야. 내가 누워 있지 말라며 소리치자 녀석이 또 그러더군.

"나 어지러워."

그래서 그냥 잠시 누워 있게 해야겠다 생각했지. 그런데 한번 눕더니 영 일어나질 않는 거야. 나는 좀 화가 나서 말했다네.

"쿠건, 오늘 목화 다 안 따면 소를 살 수 없을 텐데."

녀석이 그제야 일어났는데, 역시나 같은 말을 했다네.

"나 너무 어지러워."

우리는 정오까지 줄곧 일을 했다네. 목화를 절반 정도 따고 나니 한시름 놓여서 집으로 돌아가 밥을 먹으려 했지. 쿠건의 손을 잡아

끌다가 가슴이 철렁 내려앉았다네. 얼른 녀석의 이마를 짚어보니 이마가 절절 끓는 게 아닌가. 그제야 쿠건이 정말로 병이 났다는 걸 알았으니 멍청하기 짝이 없는 노릇이었지. 그런 아이한테 일을 하라고 윽박질렀으니. 집으로 돌아와 쿠건을 자리에 눕혔지. 마을 사람들이 생강이 만병통치약이라기에 녀석에게 생강차를 한 사발 끓여줬다네. 그런데 집에 설탕이 없어서 소금을 집어넣을까 하다가 쿠건한테 너무하는 것 같아 다른 집에 가서 설탕을 좀 꿔달라고 했어.

"며칠 후에 곡식을 팔아 갚아드리리다."

"됐네, 푸구이."

쿠건에게 생강차를 마시게 하고는 죽도 쑤어줬다네. 녀석이 먹는 걸 지켜본 뒤, 나도 한술 떴지. 밥을 다 먹자마자 다시 밭에 나가야 해서 쿠건에게 이렇게 말했어.

"한숨 자면 좋아질 게다."

문을 나서는데 생각하면 할수록 마음이 아프더구먼. 그래서 신선한 콩을 반 솥쯤 따가지고 돌아와 안에 소금을 넣고 삶았지. 그러고는 의자를 침대 앞으로 옮긴 뒤 콩이 든 솥을 그 위에 놓아주며 쿠건에게 먹으라고 했다네. 먹을 걸 보더니 녀석이 씩 웃더군. 다시 집을 나서는데 뒤에서 쿠건이 말하는 소리가 들렸어.

"넌 왜 안 먹어?"

저녁 무렵이 되어서야 집으로 돌아왔지. 그 많은 목화를 다 따고 나니 사람 꼴이 말이 아니더구먼. 밭에서 집 앞까지는 거리도 얼마 안 되는데, 문 앞에 이르자 다리가 후들후들 떨렸다네. 집 안에 들어서며 쿠건을 불렀지.

"쿠건, 쿠건."

대답이 없기에 잠든 줄 알았지. 그런데 침대 앞으로 가보니 녀석이 침대 위에 비스듬히 누워서 입을 반쯤 벌리고 있었다네. 그 안으로 아직 씹지 않은 콩 두 알이 보였지. 그 입을 보는 순간, 머릿속에서 윙윙 소리가 나는 느낌이더군. 쿠건의 입술은 새파랗게 변해 있었어. 내가 힘껏 흔들어도 보고 불러도 봤지만, 몸이 이리저리 흔들거리기만 할 뿐 녀석은 아무런 반응이 없었다네. 너무 당황한 나머지 침대에 털썩 주저앉아 이리저리 생각해보았지. 쿠건이 죽은 건 아닐까 하는 생각이 드니 울음을 참을 수가 없더구먼. 다시 흔들어봐도 여전히 아무런 반응이 없어서 진짜로 죽었구나 싶었지. 당장 밖으로 뛰쳐나가 지나가던 한 젊은이에게 말했다네.

"들어와서 우리 쿠건 좀 봐주게, 아무래도 죽은 것 같아."

그 젊은이는 나를 한참 바라보더니 잠시 후 우리 집으로 뛰어 들어왔어. 쿠건을 흔들어도 보고, 그 애 가슴에 귀를 대고 한참 들어본 후에야 입을 열더군.

"심장 뛰는 소리가 들리지 않아요."

마을 사람들 여럿이 달려왔기에 그들한테도 쿠건을 좀 봐달라고 했다네. 그 사람들도 이리저리 흔들어도 보고, 가슴에 귀를 대보고 하더니만 결국 이렇게 말했어.

"죽었소."

쿠건은 콩을 너무 많이 먹어서 죽은 거라네. 그 아이가 게걸스러워서가 아니라 우리 집이 너무 가난해서 그리 된 거지. 다른 집 아이들은 다 쿠건보다는 형편이 나았거든. 쿠건은 콩도 양껏 먹을 수 없었다네. 내가 정신이 나갔던 게지. 쿠건한테 그렇게 많은 콩을 삶아주다니. 내가 늙어서 바보 같고 멍청해진 탓에 쿠건을 죽게 한 거라네.

그 이후로 나는 홀로 지낼 수밖에 없었지. 늘 살 날이 얼마 남지 않았다고 생각했는데, 이렇게 오래 살 줄 누가 알았겠나. 나는 여전히 그 타령이야. 허리도 자주 쑤시고 눈도 침침하지만 귀는 아직 쓸 만하지. 마을 사람들이 이야기를 하고 있으면, 보지 않고도 누가 말하고 있는지 알 수 있을 정도라니까. 이 생각 저 생각 하다 보면, 때로는 마음이 아프지만 때로는 아주 안심이 돼. 우리 식구들 전부 내가 장례를 치러주고, 내 손으로 직접 묻어주지 않았나. 언젠가 내가 다리 뻗고 죽는 날이 와도 누구를 걱정할 필요가 없으니 말일세.

나도 편히 생각하기로 했다네. 내가 죽을 차례가 되면 편안한 마음으로 죽으면 그만인 거야. 내 주검을 거둬줄 사람을 구태여 바랄 필요가 없단 말일세. 마을 사람들 중에서 누군가는 와서 묻어줄 거 아닌가. 그렇게 하지 않으면 냄새가 나서 견딜 수가 없을 테니. 나는 남들한테 공짜로 나를 묻어달라 하지는 않을 거라네. 베개 밑에 10위안을 넣어뒀는데 그 돈은 내가 굶어 죽는 한이 있어도 건드리지 않을 거야. 마을 사람들 모두 그 돈이 내 시체를 거둬줄 사람 몫이라는 걸 잘 알고 있어. 또 내가 죽은 다음 자전이랑 우리 애들이랑 함께 묻히고 싶어 한다는 것도 알고 있고 말이야.

내 한평생을 돌이켜보면 역시나 순식간에 지나온 것 같아. 정말 평범하게 살아왔지. 아버지는 내가 가문을 빛내기를 바라셨지만, 당신은 사람을 잘못 보신 게야. 나는 말일세, 바로 이런 운명이었던 거라네. 젊었을 때는 조상님이 물려준 재산으로 거드름을 피우며 살았고, 그 뒤로는 점점 볼품없어졌지. 나는 그런 삶이 오히려 괜찮았다고 생각하네. 내 주변 사람들을 보게나. 룽얼과 춘성, 그들은 한바탕 위세를 떨치기는 했지만 제 명에 못 죽었지 않은가. 사람은 그저 평범하게 사는 게 좋은 거야. 아옹다옹해봐야 자기 목숨이나 내놓게 될 뿐이라네. 나를 보게나. 말로 하자면 점점 꼴이 우스워졌지만 명줄은 얼마나 질기냔 말이야. 내가 아는 사람들은 하나가 죽으면 또 하나가 죽고 그렇게 다 떠나갔지만, 나는 아직 살아 있지 않은가.

쿠건이 죽은 다음 해에 나는 소 한 마리를 살 만큼 돈을 모았다네. 보아하니 아직 몇 년은 더 살아야 할 것 같아서, 쿠건이 없어도 소는 사야겠다는 생각이 들더구먼. 소는 반 사람 몫을 한다네. 나 대신 일도 할 수 있고, 쉴 때 동무도 되어주거든. 마음이 울적할 때 난 녀석과 두런두런 얘기를 하곤 해. 게다가 풀을 먹이러 물가에 끌고 갈 때면, 꼭 어린아이를 데려가는 느낌이라네.

소를 사던 그날, 나는 돈을 가슴에 품고 신평으로 갔지. 그곳에 아주 큰 소시장이 있거든. 근처에 있는 한 마을을 지나는데 곡식 말리는 곳에 사람들이 떼거지로 몰려 있더라구. 무슨 일인가 싶어 기웃거리다가 이 소를 발견했다네. 녀석은 땅바닥에 엎드려 머리를 옆으로 기울인 채 눈물을 뚝뚝 흘리고 있었지. 그 옆에서는 팔을 걷어붙인 남정네 하나가 바닥에 쪼그리고 앉아 칼을 갈고 있었어. 둘러선 사람들은 칼을 어느 부위부터 대는 게 좋다는 등의 얘기를 하고 있었다네. 늙은 소가 구슬프게 우는 걸 보니 마음이 너무 괴롭더구먼. 생각해보게. 소란 놈은 얼마나 불쌍한가. 평생 사람 대신 죽도록 일만 했는데, 늙어서 기력이 다하면 또 잡아먹히고 말지 않나.

녀석이 도살당하는 꼴을 차마 눈뜨고 볼 수가 없어서, 그곳을 떠나 서둘러 신평으로 향했다네. 그런데 걸어가는 내내 녀석이 계속 눈에 밟히는 게 아니겠나. 자기가 죽을 걸 알고 대가리 밑이 온통 눈물바다가 되도록 울고 있던 그 녀석이 말일세.

걸음을 옮길수록 더 마음을 놓을 수가 없어서, 급기야는 그놈을 아예 사버려야겠다고 결심했지. 그러고는 당장 발길을 돌려 그곳으로 돌아갔다네. 사람들은 이미 소의 다리를 묶어놓았더라구. 그 틈을 비집고 들어가 칼을 갈던 남자한테 말했지.

"괜찮다면 이 소를 나한테 파시오."

팔을 걷어붙인 남자는 손가락으로 칼끝을 시험해보는 중이었는데, 나를 한참 쳐다본 뒤에야 입을 떼더군.

"뭐라 하셨소?"

"이 소를 사겠다고 했소."

그가 입을 벌리고 허허 웃자, 옆에 있던 사람들도 와하하 웃음을 터뜨렸지. 나는 그들이 나를 비웃고 있다는 걸 알고는 품 안에서 돈을 꺼내 그의 손에 올려놓으며 말했어.

"세어보시오."

팔을 걷어붙인 남자는 잠시 얼이 빠진 듯하더군. 나를 보고 또 보고 하더니 목을 긁적거리며 물었다네.

"정말 이 소를 사려는 거요?"

나는 아무 소리도 하지 않고, 몸을 굽혀 소의 다리에 묶인 줄을 풀어주었지. 그러고는 일어나 소의 머리를 툭툭 쳤다네. 이 녀석 정말 똘똘하더구먼. 내가 그렇게 해주니까 이제 자기가 죽지 않을 걸 알고는 벌떡 일어나더니 더 이상 눈물을 흘리지 않는 거야. 나는 줄을 잡아끌며 그 남자한테 말했지.

"돈을 세어보시오."

그 사람은 돈뭉치를 눈앞으로 가져가 두께를 확인하고는 이렇게 말하더군.

"안 세어봐도 되겠소. 가져가시오."

내가 소를 끌고 가자 사람들이 뒤에서 낄낄거리며 웃더구먼. 또 그 남자가 말하는 소리도 들려왔다네.

"오늘은 수지가 맞네. 수지가 맞아."

소는 인정이 통하는 동물이라 오는 길에 놈은 내가 생명의 은인이라는 걸 안다는 듯이 몸뚱이를 연신 내 몸에 기대며 아주 친한 듯 굴었지. 그래서 내가 한마디 했다네.

"너 그렇게 좋아하지 마라. 내가 너를 끌고 가는 건 일을 시키려는 거지, 네놈을 아버님 모시듯 봉양하려는 게 아니야."

소를 끌고 마을로 돌아가니 마을 사람들이 죄다 우리를 둘러싸고는 난리법석을 떨었다네. 모두 내가 정신이 나가서 그처럼 늙어빠진 소를 사 온 거라 했지. 누군가는 이렇게도 말하더군.

"푸구이, 이 소는 당신 아버지보다 나이가 많겠는걸."

소를 볼 줄 아는 사람이 와서는 녀석이 길어야 2, 3년밖에 살지 못할 거라 했다네. 나는 오히려 내가 그렇게 오래 살지 못할 것 같아 걱정하고 있었는데 말일세. 내가 오늘까지 살아 있을 줄 누가 알았겠나. 마을 사람들은 놀라워하고 또 신기해했지. 바로 이틀 전쯤에는 누군가 이런 말까지 했다네.

"두 늙은이가 다 죽지를 않네."

소가 우리 집에 온 이상 우리 식구나 마찬가지니 이름을 지어줘야 했어. 곰곰이 생각해보니 아무래도 푸구이라고 하는 게 좋겠더구먼. 그렇게 정하고 푸구이라 부르다 보니, 여길 봐도 저길 봐도 나를 쏙 빼닮아 기분이 정말 째지더군. 나중엔 마을 사람들까지도 우리 둘이 꼭 닮았다고 했다네. 나는 허허 웃으며 속으로 '여보게들, 나는 일찌 감치 알고 있었네'라고 말했지.

푸구이는 괜찮은 녀석이야. 간혹 몰래 게으름을 피우기도 하지만, 뭐 사람도 틈만 나면 게으름을 피우는데 소야 더 말할 게 있나. 나는 놈한테 언제 일을 시켜야 하고, 언제 쉬게 해야 하는지 잘 알고 있다네. 내가 피곤하면 그놈도 피곤할 테니 쉬게 하면 되고, 내가 좀 쉬고 나서 정신이 들면 놈도 일할 때가 된 거야.

노인은 그렇게 말하며 일어나 엉덩이에 묻은 진흙을 털어내고는 연못가의 소에게 소리를 질렀다. 소가 노인 옆으로 걸어와 고개를 숙이자, 노인은 멜대를 어깨에 메고 고삐를 끌며 천천히 걸어갔다.

두 푸구이는 다리에 진흙이 잔뜩 묻은 탓에 둘 다 걸을 때 몸이 조금씩 흔들거렸다. 나는 노인이 소에게 하는 말을 들었다.

"오늘 유칭과 얼시는 한 묘를 갈았고, 자전과 평샤는 7할에서 8할 정도 갈았고, 쿠건은 아직 어려서 반 묘를 갈았단다. 네가 얼마를 갈았는지는 내 말하지 않으마. 그걸 입 밖에 내면 내가 너한테 무안을 준다고 여길 테니까. 돌려 말하자면 너는 나이가 많으니 이 정도 가는 데도 온 마음과 힘을 다 썼다고 볼 수도 있지."

노인과 소는 그렇게 점점 멀어져갔다. 노인의 투박해서 더 인상적인 목소리가 저 멀리서 들려왔다. 그의 노랫소리가 텅 빈 저녁 하늘에 바람처럼 나부꼈다.

어린 시절엔 빈둥거리며 놀고,
중년에는 숨어 살려고만 하더니,
노년에는 중이 되었네.

연기가 농가의 지붕에서 솔솔 피어올라, 노을빛 가득한 하늘로 흩어진 뒤 자취를 감췄다.

여자가 아이를 어르는 소리가 여기저기서 들려오고, 내 앞에서 똥통을 지고 걸어가던 남정네의 멜대에서 찍찍 하는 소리가 울려 퍼졌다. 천천히 들판은 고요 속에 잠기고, 사방이 점차 어두워지면서 노을빛도 서서히 사라져갔다.

나는 이제 곧 황혼이 순식간에 사라지고, 어두운 밤이 하늘에서 내려오리라는 것을 안다. 그리고 광활한 대지가 단단한 가슴을 드러내고 있는 것을 보았다. 그것은 부름의 자세다. 여인이 자기 아들딸을 부르듯이, 대지가 어두운 밤을 부르듯이.

# 사람과 그 운명의 우정,
# 그리고 역사 읽기

## 1. 들어가며 – 삶에 대한 두 가지 통찰

중국의 문호 루쉰(魯迅)은 삶의 어려움을 토로하는 제자이자 연인
쉬광핑(許光平)에게 이런 편지를 적어 보낸 적이 있다.

인생이라는 장도에는 큰 난관이 두 가지 있다. 갈림길과 막다른 궁지가
그것이다. 갈림길에서는 묵적(墨翟) 선생도 통곡하다 돌아갔다고 하지만,
나는 울지도 돌아가지도 않고 우선 갈림길 앞에 앉아 쉬거나 한숨 자도
괜찮을 만한 길 하나를 택해 계속 걸어갈 것이다. 가다 정직한 사람을 만
나면 음식을 달라 해서 허기를 달래되, 길을 묻지는 않으련다. 내 나름의
근거를 가지고 그 길을 선택하였기 때문이다.
호랑이라도 만난다면 나무 위로 기어 올라가 놈이 배고픔을 참다못해 제
갈 길을 가면 그때 내려올 것이고, 끝내 가지 않는다면 나무 위에서 굶어

죽는 한이 있어도 허리띠로 몸을 꽁꽁 묶어두고 시체마저도 놈에게 먹히지 않을 것이다. 그러나 나무가 없다면 놈에게 잡아먹히긴 먹히되, 놈을 한 입 물어뜯어도 무방할 것이다.

다음으로 완적(阮籍) 선생도 대성통곡을 하고 돌아갔다는 막다른 길에서는 갈림길에서처럼 성큼 걸어갈 것이고, 가시밭길이 가로막는다 해도 여전히 걸어갈 것이다. 다만 온통 가시밭뿐이어서 결코 갈 수 없는 길은 분명 한 번도 맞닥뜨려본 적이 없다. 그러고 보면 세상에 본래 막다른 궁지란 없는 것인지도 모르겠다. 아니면 내가 다행히도 아직 그런 지경에 이르지 않았거나.


갈림길과 막다른 길. 루쉰은 사람이 한평생 살아가면서 가장 어려운 지경을 이 두 가지 난관으로 집약하였다. 특히 막다른 길에 대해, 온통 가시밭길뿐이라 한 발짝도 나아갈 수 없는 지경은 한 번도 닥쳐본 적이 없노라고.

알려진 바와 같이 루쉰은 중국 현대사의 가장 가파른 고지를 비수와도 같은 붓의 힘과 진보에 대한 신념으로 넘어선 뛰어난 인물이다. 그러나 그처럼 위대한 인물이라고 해서 삶의 고비가 어찌 어렵고 고통스럽지 않았으랴. 하지만 루쉰은, 보수반동 세력과 외세의 폭압에 대항하여 삶과 죽음의 경계를 수없이 넘나들던 근대 중국의 진보적 청년들이 고난의 길목에서 헤맬 때, 이 단호하고도 간결한 갈파로 동시대의 젊은이들을 고무 격려한 것은 물론, 그로써 자신의 이후 삶을 다잡는 계기로 삼으며 파란의 현실을 준엄하게 돌파해

갔다.

20세기 초 루쉰이 인생길에 대한 준엄한 통찰을 해냈다면, 1990년대 세기말 한 젊은 작가가 파란의 중국사를 돌이켜보며 사람이 한 평생 살아간다는 것이 무엇인지에 대해 진솔하게 토로해 눈길을 끈다. 바로 중국의 선봉파 작가 위화의《인생》이라는 소설, 즉 이 작품 속의 화두가 그것인데, 한 세기 동안의 삶을 통찰한 문학작품이나 언설이 어디 한두 가지겠느냐마는 굳이 이 소설의 삶이란 화두에 주목한 것은 두 가지 이유에서다.

하나는 루쉰 선생이 엄혹한 삶의 경지에서 내놓은 위의 갈파만큼 결단의 힘을 주지는 않지만, 운명을 이야기하고자 했다는 작가의 말에서 나름의 절실함이 짙게 배어나왔기 때문이다.

그리고 다분히 관조적이고 현실 안주적이긴 하지만, 요즘처럼 되돌아보기가 새삼스러운 세월에 그만큼 강렬하게 와닿는 화두도 쉽지 않으리라는 생각에 사람과 그 운명의 우정이라는 화두만 붙들고 소설 속으로 빨려 들어갔고, 그리하여 동시대를 살아가는 사람들도 충분히 공감하리라는 외람됨으로 작품 전체를 번역, 소개하기에 이르렀다.

## 2. 소설 《인생》 읽기

### 1) 사람과 그 운명의 우정

사람과 그 운명의 우정. 운명론자는 아니지만 글쓴이는 살아나가면서 어쩔 수 없는 운명·숙명이라는 것에 대해 문득 문득 공감한 바 있다. 도저히 자신의 힘만으로는 어쩔 수 없는 상황이 불현듯 닥쳤을 때 운명을 생각해보지 않은 사람은 아마 아무도 없을 것이다. 그리고 그것에서 벗어나고자 한 번쯤 몸부림쳐보지 않은 사람 또한 없을 것이다.

그러나 정말 운명이라는 것이 있다면 얼마나 그것과 맞붙어야 운명과의 우정을 이야기할 수 있을까. 흙먼지 풀풀 날리는 길을 함께 걷고 진흙탕을 같이 뒹굴며 체념이 아니라 그 운명의 존재, 그림자의 존재를 인정하듯 그것의 불가해한 존재 자체를 인정해야 한다면……. 그리고 인정한 만큼 그것을 진정한 삶의 지향으로 이끌기 위해 그것과 정정당당하게 맞붙을 수 있다면……. 그럴 수만 있다면 사람은 지금까지 살아온 것보다는 훨씬 넉넉한 가슴과 깊은 눈매로 제 삶을 되돌아보고 그 이후의 삶에 대해서도 더욱 준엄하고 살갑지 않을까.

소설 《인생》은 그러한 운명의 존재를 인정하되, 그 거대한 힘에 그저 복종하는 것이 아니라 때로는 거부하고, 새롭게 개척하고, 그러면서 운명의 길과 자기 삶의 길을 허허롭긴 해도 나란히 함께 걸어가는 그 담담함의 미학을 그려냈다. 전체적으로 보면 인간적 삶의 문제를 진솔하게 그려냈다고 할 수 있지만, 이 작품은 역사성과 삶의 진실이라는 문제를 자연스럽게 접목하고, 그 속에서 한 가족사를 통한 중국 현대사 읽기를 시도하여 새로운 역사소설의 경계를 열었다는 점에서 주목을 요한다. 요컨대 작품 자체의 예술적 의미와 중국 현대 문학의 발전 맥락 속에서의 문학적·역사적 의미를 동시에 지니고 있는 것이다.

따라서 특히 중국 소설에 낯선 우리 독자들로서는 이 소설을 읽는 데 몇 가지 사전적 이해가 매우 중요하겠다. 요즘은 포스트모더니즘의 영향으로 문학작품을 읽는 데 있어서 주체적 오독(誤讀)이 중요하게 이야기되면서 작가와 독자 공히 작품에 대한 책임을 상대적으로 등지고 있는 경향이 있다.

그러나 문학의 창조적 의미가 교감(交感), 작가와 독자 사이의 미적 정서적 교감이자 그 교감의 본래적 의미가 그것을 통한 작품의 현실적 재창조에 있다고 할 때, 작품 창작 과정과 관련된 작가 및 그가 처한 역사적·사회적 현실 지반에 대한 이해를 수반하는 것은 지극히 당연한 일이 아닌가 한다. 이 작품을 '읽기'에 도움이 되는 방향으로 몇 가지 특징을 짚어보면 다음과 같다.

## 2) 《인생》의 소설적 미덕― 운명과 역사의 동일시

### 중국적 삶, 보편적 삶, 그리고 운명

이 소설은 우선 내용에서 삶, 중국적 삶의 문제와 나아가 인간 보편의 삶의 문제를 진솔하게 풀어내고 있다. 모든 인간적 삶의 문제는 개인과 그 운명의 우정으로 맺히고 풀어지는 것임을 죽음이라는 삶의 극단을 연속해 보여주는 과정에서 제기하고 있다. 그리하여 삶이 지나치게 수동적인 측면이 있기는 하지만, 결코 일방적으로 그것에 수긍하는 삶이 아니라 자칫 포착하기 힘들 정도의 자연스런 과정으로 운명과의 대립 지점에서 치열하게 싸우는 모습을 그려낸다.

주인공 푸구이 노인이 몰락 지주에서 농민으로 다시 태어나는 과정은 이 소설이 갖는 미덕의 최고점을 이룬다. 존재 이전, 계급적·계층적 삶의 이행이라는 문제는 단순히 푸구이의 몰락이 아니라 그 시대 대다수 지주 계급의 계급적 해체와 직접적으로 관련이 있는 역사적 보편의 문제에 해당한다.

그런데 이 소설에서는 푸구이가 운명으로 받아들이지만 자기 해체 과정을 농민이라는 존재로서의 삶을 통해 극복해내고 있고, 그것이 땅과 노동에 대한 강렬한 희구와 그 현실적 노력 속에서 정채롭게 그려지고 있다. 이전에 입었던 비단옷이 콧물처럼 미끈거려서 도저히 입을 수 없다는 토로나, 한 번도 농사를 지어본 적은 없지만 둔한 새가 먼저 난다고 달빛이라도 있으면 흙속에서 일하며 힘든 일상을 넘는 모습은 존재 이전의 삶에 대한 뛰어난 묘파가 아닌가 한다.

또한 농민으로서의 삶은 푸구이가 이전에는 불가능했던 가족 간, 지기 간의 사랑과 우정이라는 관계적 삶을 회복하게 하여 인간성 회복의 차원을 획득하게 한다. 그것은 중국 현대사의 진전 과정에서 매우 구체적인 삶의 문제로, 노동자나 농민이 계급적 자각 이후 정치적으로 의식화하는 과정을 그려낸 이전의 현실주의 소설의 성과 위에서 그것이 그 이후 보여준 다소 도식적인 측면을 극복해냈다는 의미를 확보하고 있다고 할 수 있다. 말하자면 주인공의 설정이 그 역사성을 획득하고 있고, 그 점에서 운명의 강을 뛰어넘고 있는 것이다.

## 소설을 통한 중국 현대사 재평가

다음으로 이 소설은 중국 현대사에 대한 나름의 평가를 시도하고 있다. 소설은 역사 서술과는 분명히 다르지만 소설을 통해 역사를 재평가할 수 있고, 그것이 역사소설이라는 특정한 범주를 형성하고 있다. 그러나 소설, 나아가 문학을 통한 역사 평가는 상당히 자의적일 수 있으며, 그로써 역사를 왜곡할 수 있는 여지도 충분히 있다.

그러나 《인생》은 굳이 역사소설의 범주가 아니라 문학 서사 그 자체로 읽어내더라도 소설의 상황으로 재현된 역사적 사실이 중국 현대 문학사, 나아가 중국 현대사의 지평에서 매우 중요한 의미를 갖는다는 점에서 주목된다.

주지하다시피 중국 현대사의 진전에 대한 중국 내의 공식적 평가는 매우 미약하다. 문학작품에서조차 그것은 상당히 지엽적인 수준에서만 다루어지고 있는데, 예컨대 많은 상흔 문학의 경우만 보더라도 피해 양상을 호소하는 데 치중하고 있지, 문화대혁명이 대다수 중국민과 그 역사적 진전에 어떠한 의미를 갖는지에 대한 전체적 시각이 부재함은 물론, 지식인의 존재 양식에 준한 지극히 한정적 잣대를 들이댄 측면이 두드러진다.

그러나 위화는 중국 혁명과 대약진, 문화대혁명에 이르는 역사적으로 중요한 대목들을 당시의 대다수 중국민의 입장에서 일상적 삶이라는 창을 통해 투시해보고자 하였다. 총알과 돌아갈 여비, 쓰레기 취급당한 채 죽어간 부상자들과 만터우, 국민당군과 해방군을. 중국 혁명을 대다수 중국민의 삶의 입지에서 이처럼 투명하고 예리하게 설명하고 평가한 담론이 또 있을까. 굶주린 사람에게 뜨거운 만터우를, 집으로 돌아가고 싶은 사람에게 여비를. 중국 혁명 해방의 정당성을 이 소설은 그처럼 날카롭게 포착해낸 것이다.

위화가 소설 속에서 개인과 그의 운명을 이야기하고자 할 때, 그 개인은 어디까지나 역사적이고 현실적인 개인이고 집체로서의 가족이다. 따라서 그 운명은 역사적 현실이 된다. 작가가 그 점을 염두에 두었는지는 불문하고, 소설에서 중국 역사의 중요한 맥락은 푸구이가 살아가는 삶의 지반이 되고 있고, 푸구이 삶의 역정은 그것에 의해 결정적인 고비를 맞고, 파란을 이어간다는 점에 눈길을 모을 필요가 있다.

중국의 민족해방운동이 국민당과 공산당의 내전으로 막바지에 이르렀을 때, 푸구이는 타의에 의해 전쟁에 끌려갔고, 그로 인해 새로운 삶의 도정에 오르게 되며, 해방 후 푸구이의 전 재산을 도박으로 갈취해 간 룽얼의 죽음 속에서 푸구이는 운명이라는 것과 처음으로 절실하게 마주한다. 그리고 인민공사가 진행되면서 농민으로서의 삶을 간난의 그것으로 헤쳐 나가고, 아들 유칭의 죽음과 문화대혁명 와중에 옛 전우 춘성의 죽음을 통해 한 개인과 그의 운명의 피할 수 없고, 떼려야 뗄 수 없는 관계를 받아들이게 된다.

주인공 푸구이는 그 운명을 거역하지도 않지만 결코 그것에 무릎 꿇지도 않는다. 춘성의 죽음 앞에 선 자전과 푸구이의 안타까움은 그의 결연하면서도 적극적인 삶의 방식을 여실하게 드러내주고 있다.


"춘성, 살아 있어야 해요."

춘성은 고개를 끄덕였고, 자전은 안에서 울면서 말했다네.

"우리한테 목숨 하나 빚졌으니까, 당신 목숨으로 갚으라구요."

……

그러나 춘성은 그 후 나와 한 약속을 지키지 못했네. 한 달쯤 지나서 나는 성안의 류 현장이 목을 매달아 죽었다는 소식을 들었지. 사람 목숨이 아무리 질겨도, 일단 자기가 죽겠다고 마음먹으면 무슨 수를 써도 살 수가 없는 법이라네.


현장의 부인인 교장 선생의 출산 과정에 수혈해주다가 온몸의 피를 모조리 뽑힌 채 어처구니없이 죽은 아들, 그 아들을 죽게 만든 장

본인인 현장이 자신의 옛 전우 춘성이라는 사실을 알고 그에게 맨 먼저 다빙을 찾았느냐고 묻는 푸구이는, 아들의 죽음을 옛 전우의 삶으로 용서하며 이겨낸다.

또한 춘성이 문화대혁명으로 고초를 겪자 그의 이름을 찾아주며 폭압에 인간적으로 대응하여 춘성을 구해내고, 춘성이 삶의 의지를 잃고 마지막으로 찾아왔을 때는 아내 자전마저도 아들의 죽음에 대한 그의 죄과를 용서하며, 살아가는 것으로 죄과를 갚으라고 격려한다. 그러나 전진적 삶을 살아간 인물인 춘성은 결국 죽고, 그로써 푸구이는 엄정한 평가를 내린다. 문화대혁명의 허구성에 대해, 그리고 뛰어났지만 생명력을 상실한 개인에 대해.

## 운명과 역사의 동일시

운명과 역사의 동일시, 그것이 소설《인생》이 보여주는 또 하나의 경지다. 중국 현대사의 역정에 대한 평가를 위화는 그처럼 개인과 그 가족, 지기들의 삶이라는 관계망 속에서 운명이라는 함수로 풀어내고 있다. 일차든 삼차든 고차든 그 함수 관계에서 X라는 변수가 운명이자 역사적 현실이라면, Y라는 답은 수학적으로는 X에 의해 규정되지만 인간적 삶에서는 그 변수조차 힘, 생명력에 의해 속도와 깊이를 달리할 수 있고, 궁극적 삶이라는 결론을 끝이 아닌 과정이요, 해답이 아닌 살아감이라는 궤적이라고 이 소설은 풀이하고 있는 것이다.

따라서 역사적 사실과 그 전 과정에 대해서도 단정적 평가가 아니

라, 그 속에서 살아간 수많은 사람들의 치열한 삶의 내력에 굳은 신
뢰라는 방점을 찍으면서 따뜻하게 끌어안으려는 것이 이 소설을 쓴
위화의 깊은 속내가 아닐까 한다.

## 사랑과 우정, 그 보편적 삶의 방식이 갖는 힘에 대하여

한편 소설 《인생》은 삶의 이야기로서 그 삶의 진정한 동력이 무엇
인가를 잔잔하면서도 지순하게 그려내고 있다. 사랑과 우정, 인간의
그 보편적 삶의 방식이 소설의 서사적 근간을 이루면서 따뜻하게 펼
쳐지고 있는 것이다. 요컨대 역사적 현실이든 운명이든 그것이 삶의
아픔으로 다가올 때, 사람은 사회적 존재의 관계망 속에서 사랑과
우정의 힘으로 역사적 현실이자 운명에 맞서고 부대끼고 때로는 어
깨를 걸치고 한 걸음 한 걸음 삶의 도정으로 나아간다는 것을 이 소
설은 나직이 이야기하고 있다.

푸구이의 문란한 생활에 대한 자전의 기다림과 에두른 지적, 자전
의 힘든 노동을 안쓰러워하는 남편의 아내 사랑, 전쟁터에서 돌아왔
을 때 오래 오래 남편에게 신을 삼아주고 싶다 하고, 다시 태어나도
푸구이의 아내가 되겠다는 자전, 시집와 하루도 편한 날 없이 평생
고통에 휩싸여 살다가 지병으로 죽어가는 자전을 바라보는 푸구이
의 안타까움 등은 모범적이지만 남녀 간의 따뜻하고 지극한 애정의
극치가 아닐 수 없다.

벙어리 딸 펑샤와 그의 남편 얼시 또한 대물림처럼 깊은 사랑을
이어간다. 펑샤의 곤한 운명을 성대한 혼례로 벗겨내주려 했던 얼

시, 모기에게 있는 대로 뜯긴 뒤 아내를 편안하게 잠들게 하는 가난한 남편의 사랑, 아내가 아이를 낳다가 사경을 헤맬 때 아이보다 아내를 원하고, 죽을 때까지 아내를 잊지 못하는 절절함은 요즘처럼 사랑이 타락하고 이기적으로 치닫고 있는 현실에서 충분히 감동적이라 할 수 있다.

한편 가족 간의 사랑 또한 부모 간, 남매 간, 할아버지와 손자 간, 그리고 인간 푸구이와 소 푸구이의 사랑에까지 절절하다. 사랑뿐만 아니라 전쟁터에서 만난 노병 라오취안, 춘성 등과도 가장 절박한 지경에서 인간적 우정이 갖는 위대한 힘을 여실하게 보여주고 있다. 위화는 삶이란 이 원론과도 같은 사랑과 우정을 힘으로 운명, 역사적 현실 앞에 때로는 물러서기도 하지만 결코 늦출 수 없는 긴장 속에서 이마를 맞대고 나아가는 것임을 보여주고자 하는 것이다.


## 3. 《인생》에 대한 몇 가지 욕망

다만 이 소설은 많은 미덕에도 불구하고 몇 가지 아쉬운 점을 남기고 있는데, 대략 네 가지 지점에서 지적해볼 수 있다.

우선 운명과의 우정이라는 화두에서처럼 용서·화해라는 이미지가 너무 강하게 부각된다. 도박으로 가산을 탕진한 푸구이에 대해 아버지를 비롯한 가족의 대응, 아들의 죽음 앞에서 옛 전우 춘성의 등장으로 슬픔을 머금은 채 쉽게 용서로 나아가는 대목, 폭력적으로 닥쳐오는 현실을 쉽게 용인하고 적응하는 전체적 맥락은 내향적인 중국인의 품성, 중국적 삶의 방식에 대한 이해에 앞서 우리 정서로는 납득이 안 가는 측면이 많다.

정치 중심이었던 현대 중국의 경직되고 중압적인 사회 현실을 가족이 죽어간 병원으로 상징하고 있는 투시력은 대단하지만, 그러한 상징적 표현은 삶의 파행을 강요하는 무도한 현실에 비하면 지극히 우회적이고 무력한 반감의 대상화이기도 하다.

둘째, 평범한 삶이 지나치게 미화되어 있다. 주인공 푸구이의 삶이 평범하다는 것, 그것이 원래의 자기 운명이라고 하는 언표는 작품 전체의 주제에 해당하는 것이지만 자기 일신, 혹은 가족의 안녕이라는 덕목은 지극히 개인주의적이고 가족주의적으로 삶을 재편하는 또 다른 욕망의 표현일 수 있다.

소설의 결미에 푸구이 노인이 젊었을 때는 방탕하다가 중년에는 도피로 일관하고 말년에 가서는 중이 되었다는 노랫말에서 그런 평범한 삶에 대한 자기 회한이 서려 있지 않은 것은 아니다. 그러나 본질과 양상은 다르지만 룽얼과 춘성의 진취적 삶을 비극적으로 매듭짓고 있듯이 대다수 중국민이 역사의 파고 속에서 체화한 무사안일주의를 무비판적으로 수긍하고 들어간 측면이 강하다.

중국의 오늘은 억압적이고 폭력적인 현실에 그대로 주저앉을 수만은 없는 대항과 전진의 피어린 과정의 소산이다. 그 속에 일신의 안일과 가족의 안녕을 과감히 떨치고 나섰던 수많은 이름 없는 영웅들의 빛나는 영혼에 루쉰 선생처럼 꽃다발 하나 조용히 얹어놓을 수는 없었을까.

한편 동시대 농민에 대한 눈길이 다소 아래로 깔리는 점도 아쉽다. 몰락 지주인 주인공이 땅과 노동에 강한 집착을 갖는 것으로 묘사한 것은 작가의 뛰어난 역사의식의 소산이지만, 동시대 대다수 농민들의 삶에 대해서는 주변적으로 대상화하고 있는 측면이 강하다. 그것은 딸 평샤를 바라보는 도시민과 농민의 다른 시각을 대비하는 것에서 극명하게 드러난다.

이미 농민으로 존재 이전한 차원에서 푸구이 노인의 심사가 지극히 자연스럽게 표출된 것으로 볼 수도 있지만, 소설 서두에서 성욕이 넘쳐흐를 만큼 건강한 농민들과 그 삶의 지반인 푸르른 들판을 감격스럽게 바라본 작가의 눈에 비하면, 작품 속에서 드러나는 푸구이 노인의 달관의 경지는 대다수 농민과 몰락 지주 출신 사이에서 작가가 보이는 선별적 선호도를 은연중에 드러내고 있다.

그러나 이렇게 아쉬움을 지적하는 것 또한 글쓴이의 욕망의 소산일 수 있으므로 다른 지면에서 더 본격적인 비평을 통해 문학의 발전과 전망이라는 차원에서 거론하기로 한다.

## 4. 1990년대 중국 문학과 우리 문학의 만남 – 동아시아적 삶의 문학적 공유

### 1) 1990년대 중국 문학의 지평

그간 우리 독자들에게 개혁개방 이후의 중국 문학 몇 편이 소개되었다. 가장 주목을 받은 작품은 다이호우잉(戴厚英)의《사람아, 아 사람아》로, 문화대혁명 당시 지식인의 피해 양상을 지식인의 입장에서 아프게 표현해낸 이른바 상흔 문학 계열에 속한다. 우리나라에 이러한 상흔 문학 경향의 작품들이 많이 번역 소개된 것은, 그것이 문화대혁명 이후 1980년대 중반까지 중국 문학의 주류를 이루었고, 문화대혁명에 대한 평가의 하나이자 당대적 삶의 한 측면을 반영한 학적 공과가 두드러진다는 점에서 타당한 측면이 있다.

그러나 그것은 특수한 역사 발전 속에서 중국 지식인이 처한 특수한 존재 위상, 그 바탕 위에서 내린 문화대혁명에 대한 경험적 평가에 치중하고 있고, 그로써 과거의 상처에만 집착하는 경향이 강하다는 점에서 중국 문단 및 학계는 비판과 함께 그 극복 노력을 다각적으로 진행했다. 따라서 동시대의 외국 문학을 접하는 우리 독자들로서는 그 문학을 제대로 읽어낼 수 있는 균형 잡힌 시각을 제공받아야 할 필요가 있는데 이제까지 문화대혁명 이후 중국 역사의 신시기에 전개된 중국 문학을 번역 소개하는 과정에서는 그러한 배려가 부족했다는 것이 아쉬움으로 남는다.

한편 1990년대 작품으로는 자평와(賈平凹)의 《폐도(廢都)》가 소개되었다. 이 작품은 중국에서 천만 부 이상 팔려나가면서 '폐도열(廢都熱)'이라는 것을 일으킨 이른바 초대형 베스트셀러로, 중국 정부로부터는 황색 소설이라는 오명과 함께 판매 금지를 당했다. 자평아오는 중국 최고의 '뿌리 찾기(尋根)' 소설 작가이자 현실주의 작가로 이름이 높다. 그러한 그가 《폐도》에서 왜 그처럼 지식인의 타락한 모습에 집착하고, 어떠한 희망도 찾을 수 없는 좌절과 절망의 기록을 써냈는가 하는 것을 놓고 중국 평단에서는 오랫동안 논쟁의 파고가 높았다.

그러나 이 점 또한 설명이 안 된 채 《폐도》만이 덜렁 우리 독자들 앞에 던져져 많은 독자들이 1990년대 중국 문학에 대한 또 하나의 편견을 갖지 않을까 하는 우려를 안게 된다. 자평아오와 같은 뛰어난 작가가 그러한 돌파구 없는 소설을 써냈다는 것은 역사의 대전환기에서 혼란에 처한 중국 작가들의 오늘을 가장 잘 반영하는 것이다. 그러나 《폐도》를 둘러싼 열띤 논쟁은 중국 문학이 나름의 탄력성과 정화력을 담지하고 있다는 점을 입증해주는 것이므로, 그러한 맥락에서 오늘의 대다수 중국민의 삶의 문제에 적극적으로 다가가 그것을 동시대의 아픔으로 끌어안으며 우리 삶의 문제를 거기에 투영해볼 수 있는 계기를 찾아야 할 것이다.

최근 우리의 문학 상황을 살펴볼 때 우리 작가들 역시 창작에 많은 어려움을 겪고 있다. 그러고 보면 중국이나 우리나라나 각기 처한 역사적 상황은 다를지라도 작가들에게 닥친 위기의 본질은 크게 다를 게 없다는 생각이 든다. 단도직입적으로 말하면 작가가 맞닥뜨린 의식의 한계가 새로운 상황에 처한 글쓰기의 어려움을 낳고 있다는 것이다.

1990년대적 글쓰기, 그것은 급변하는 현실이 그 변화의 축을 잃고 있다는 사실을 반영한다. 그러나 그것을 장악해 들어가는 작가적 시각, 그 한계가 가중되면서 1990년대적 글쓰기의 어려움이 배가되고 있다. 가장 큰 문제는 많은 작가들이 급변하는 세상을 더 이상 총체적으로 바라볼 수 없다는 토로를 넘어, 총체적으로 세상을 바라보는 것 자체를 부정하고 그것을 강변한다는 점이다. 최근 젊은 작가들의 소설이나 시편들에서 두드러지는 개인주의적 삶의 편린에 집착한 낯설게 하기식 글쓰기 경향은 그 뚜렷한 반증이라고 할 것이다. 그러나 분명하게 짚고 넘어갈 필요가 있다. 과연 그런가. 과연 1990년대에는 더 이상 총체적 글쓰기가 불가능한가.

여기 소개한 위화라는 중국 작가의 《인생》은 그러한 문제 제기에 대한 하나의 답변이다. 해답이 아니라 치열한 작가적 고민의 소산, 그 대답으로서의 글쓰기인 것이다. 역사에 대한 총체적 서사, 혹은 삶에 대한 통찰이 돋보이는 서사는 한치 앞도 볼 수 없는 현실일 때 더욱 간절히 요구되며, 그것이 바로 작가의 몫이라는 것을 이 젊은 소설가는 담담하게 받아들이고 그에 대한 즉자적 해답이 아니라 문제적 고민, 그 해결의 길을 찾아나가는 글쓰기로 자신과 문학의 힘을 믿는 모든 이들에게 답하고 있는 것이다.

위화는 중국 문단에서는 선봉파 혹은 전위파의 기수로서 해체적 글쓰기 작가로 알려져 있었다. 1960년생으로 저장성의 항저우에서 태어났다. 문화대혁명 세대이지만 부모가 의사로 복무하였으므로 문화대혁명의 실제를 아픔으로 겪지 않은 특이한 경험 덕분에 동시대 작가들에 비해 문화대혁명에 대한 피해 의식이 상대적으로 적다. 그는 부모가 일을 하러 나가면 형과 함께 하루 종일 집에 갇혀 있어야 했고, 조금 자라서는 아버지가 도서 대출증을 마련해줘 매일 책 속에서 살았다고 술회한다.

문화대혁명 당시 문학 — '여덟 편의 모범극[樣板戲]' 등 문화대혁명 당시 높고 크고 완전한 영웅을 미화한 고대전(高大全)류의 문학 — 을 비롯해 다양한 책을 닥치는 대로 읽었다. 한편으로는 집이 병원 옆이어서 매일 삶과 죽음이 교차하는 순간과 환자들의 신음과 비명, 가족들의 통곡 소리에 죽음의 문제를 끊임없이 상기하며 지냈다고 한다. 그의 1980년대 말에서 1990년대 초의 작품들은 삶과 죽음의 교차, 그리고 인간이 얼마나 악할 수 있는가 하는 악의 세계를 편집적이고 해체적으로 파헤쳐 들어갔다. 이러한 작품 세계는 끈질긴 고독감과 생사의 갈림길을 봐야 했던 어린 날에 대한 토로라고 할 수 있다. 1991년 작품인 《가랑비 속의 외침》에서도 어린 날에 대한 회고로 생명을 조롱하는 듯한 해체적 서사를 보여줬는데, 위화는 이 작품을 끝으로 더 이상 난해한 글쓰기의 성역에 머무르지 않는다.

1992년에 접어들어 위화는, 중국 평론가들의 표현을 빌리면 세기를 뛰어넘으려 하는 창조 의식으로서의 세기말 의식과 본토성이 체현된 글쓰기로 담담하게 중국 역사의 지평으로 나아갔고, 그리하여 마침내 파란의 중국 현대사, 그 가장 가파른 고비를 한 노인의 삶의 역정 속에 투영해내려 했다.

애초부터 그에게는 역사를 재현한다는 의무감 같은 것은 없었을지도 모른다. 오직 현실과의 치열한 접전을 통한 글쓰기만이 그의 임무라고 강조한 적이 있으니까. 그럼에도 불구하고 그의 글쓰기는 중국 현대사, 그리고 중국 문학의 현대사에 비어 있는 부분을 위해 과감히 역사의 창을 열어젖혔다. 공식 당사(黨史), 수많은 영웅들의 역사 속에 묻힌 대다수 중국민의 묵묵한 삶, 그 치열한 삶의 내력에 뜨거운 눈길을 쏟지만, 그것에 황홀한 찬사를 던지거나 새삼스런 자리매김에 열을 쏟는 것이 아니라 있는 그대로의 모습을 재현하는 데 온 힘을 쏟았다.

독자를 무시한 글쓰기에서 대중에 대한 속 깊은 이해라는 이 돌연한 변화, 그것에 가장 먼저 관심을 쏟은 것은 평론가들이 아니라 제오 세대 감독으로 주목받는 장이머우였다는 점에서도 위화의 작업은 충분히 의미심장하다. 장이머우는 그동안 소장 평론가들에 의해 서구인들의 구미에 맞는 타자적 영화로 세계의 이목을 끌고 상업주의에 편승했다는 비판을 혹독하게 받은 바 있지만, 〈귀주 이야기〉에 이어 위화의 작품《인생》을 영상화하여 칸 영화제 심사위원 대상을 수상하는 쾌거를 이루며 제5세대 영화의 한계를 넘어섰다.

## 2) 우리 문학과 중국 문학의 만남 — 세기말의 모색과 전망

총괄하자면 《인생》은 1990년대 중국 문단에서 신역사소설이라는 새로운 영역을 개척하고 그 진수를 보여준 측면이 돋보인다. 삶의 문제를 중국적 삶의 특성 속에서 진솔하게 그려내고, 나름의 통찰을 해냈다는 것은 역사적 전환기에 처한 오늘의 중국 상황에서 꼭 필요하고도 중요한 문학적 행로가 아닐 수 없다.

최근 중국에서는 신상태 신역사소설 등 새로운 창작 조류가 형성되면서, 1980년대의 영광을 재연하는 수준을 넘어 진정한 중국 문학의 현대화로 나아가는 다양한 모색이 이어지고 있다. 1980년대에서 1990년대를 넘는 과정에서 중국 문학의 일탈을 안타깝게 지켜본 글쓴이로서는 이러한 노력들이 20세기 100년의 중국 문학을 총괄하고, 다음 세기 문학의 장도를 준비해나가는 문학적 힘으로 집적되어 민족 문학의 당대적 형태를 완정하게 구축해나갈 수 있기를 기대해 마지않는다.

이것은 비단 중국 문학에 닥친 문제가 아니라 바로 우리 작가들이 돌파해나가야 할 문학적 장도이다. 미흡한 작업이지만 중국 문학의 오늘의 문제와 전망이 우리 문학의 그것과 맥을 달리하지 않는다는 문제의식을 새기며, 그 현실을 미적으로 재창조해내는 뛰어난 힘을 우리 작가들이 자기 힘으로 전환하는 조그만 계기로 작용했으면 하는 마음 간절하다. 우리 문학과 중국 문학의 실체들이 문학적으로 만나는 자리가 곧 진정한 민족 문학의 정립 과정이자 그것을 바탕으

로 한 동아시아 문학, 나아가 세계 문학의 실질을 만들어가는 과정
이기 때문이다.

　어쭙잖은 해설까지 달아놓기는 했지만 이 소설의 문제 인식을 다
잡는 것은 역시 독자들의 몫이 아닐까 한다. 우리말로 옮기기까지
많은 애를 먹었다. 문맥을 다잡아주고 소설적 의미를 되새기게 해준
소설가 공지영의 마음 씀씀이와 문학적 열정에 어떻게 고마움을 전
해야 할지 모르겠다. 그리고 어려운 출판 환경에서도 인문 정신과
문학의 힘을 믿고 묵묵히 나아가는 푸른숲 출판사의 김혜경 사장님
과 편집진의 노고에 고개 숙인다. 그들의 의지로 생경하기 그지없는
1990년대 중국 소설이 진지하게 우리 독자들과 마주하게 되었다.

1997년 3월

백원담

**옮긴이 백원담**

중문학자. 성공회대학교 인문융합자율학부/국제문화연구학과 교수, 일반대학원장과 동아시아연구소장으로 재직 중이다. 중국 상하이대학 문화연구학과 해외교수,《황해문화》,《人間思想》편집위원, 인문한국연구소협의회장으로도 활동하고 있으며, 한국냉전학회/한국문화연구학회장을 역임했다. 지은 책은《1919와 1949: 21세기 한중 '역사 다시 쓰기'와 '다른 세계'》(2021)《중국과 비(非)중국 그리고 인터 차이나》(2021)《뉴노멀을 넘어; 팬데믹에 대한 인도네시아의 대응과 정동》(2021)《열전 속 냉전, 냉전 속 열전》(2017)《신중국과 한국전쟁》(2013)《냉전아시아의 문화풍경 I·II》(2008, 2009)《동아시아 문화선택 한류》(2005) 등이 있다.

# 인생

**첫판 1쇄 펴낸날** 1997년 6월 20일
**2판 1쇄 펴낸날** 2000년 11월 20일
**3판 1쇄 펴낸날** 2007년 6월 28일
**4판 1쇄 펴낸날** 2023년 9월 12일
**5쇄 펴낸날** 2024년 12월 20일

**지은이** 위화
**옮긴이** 백원담
**발행인** 조한나
**편집기획** 김교석 유승연 문해림 김유진 전하연 박혜인 조정현
**디자인** 한승연 성윤정
**마케팅** 문창운 백윤진 박희원
**회계** 양여진 김주연

**펴낸곳** (주)도서출판 푸른숲
**출판등록** 2003년 12월 17일 제2003-000032호
**주소** 서울특별시 마포구 토정로 35-1 2층, 우편번호 04083
**전화** 02)6392-7871, 2(마케팅부), 02)6392-7873(편집부)
**팩스** 02)6392-7875
**홈페이지** www.prunsoop.co.kr
**페이스북** www.facebook.com/prunsoop   **인스타그램** @prunsoop

ⓒ푸른숲, 2023
ISBN 979-11-5675-431-2 (03820)